與歷史競走

林于弘、楊宗翰——編著

臺灣詩學季刊社 25 週年資料彙編

【臺灣詩學論叢】第二輯
總序

李瑞騰

　　詩學即詩之成學，舉凡詩人之所以寫詩、詩之形式與內涵、詩之傳播與涉及公眾等活動、詩之賞讀與評判分析等行為，甚至於詩與其他文類或藝術之互動等，皆其研究範疇。而當我們為詩學做了某種界定，在該詞前面加上諸如「古典」、「現代」、「空間」、「中國」、「女性」、「身體」、「山水」、「現代派」、「跨文化」等等，那這樣的詩學，必有依其理而建構起來的系統，此即《文心雕龍・序志》所說的「敷理以舉統」。

　　緣此，「臺灣詩學」自當在「臺灣」之「理」上去建構，包含其史地條件中的自然與人文因素：是島，則與海洋和大陸息息相關；在歷史發展進程中，原漢關係、閩客關係、漳泉關係，乃至近代以降之省內外關係、當代新舊住民關係等，都曾是眾所矚目的族群問題；除了清領，曾被荷蘭人、日本人統治過，四九年後美國人對它影響重大。想想，「詩」原本就言志、緣情，人心憂樂萬感都在其中，臺灣的詩是在這樣的背景下生長出來的，在不同的歷史階段，會有些什麼樣的詩人寫了些什麼樣的詩？會形成什麼樣的詩觀、發展出什麼樣的詩史？這些全在「臺灣詩學」的論述範圍。

　　這個「統」，對「詩」來說是「傳統」，世世代代繼承不絕；對「詩學」來說是「系統」，要能抽絲剝繭，多元統合。然則，這詩，這詩學，卻又不是孤立的，和中國有關，和東西洋有關，和全球的華文詩與詩學都有關。我們要有宏觀的視野，敏銳的思維，才能挖得深、織得廣。

創立於1992年的臺灣詩學季刊社，是一個發願「詩寫臺灣經驗」、「論說現代詩學」的詩人社團，迄今已歷二十五寒暑了，從兼顧創作和評論的《臺灣詩學季刊》，到一社雙刊（《臺灣詩學學刊》和《吹鼓吹詩論壇》），近年更輔以詩選、個人詩集、詩學論叢之出版，恢宏壯闊，誠當前臺灣文學美景之一。

　　去歲初，我們出版了「臺灣詩學論叢」四冊：白靈《新詩十家論》、渡也《新詩新探索》、李瑞騰《詩心與詩史》、李癸雲《詩及其象徵》，由秀威出版；今年，趕在25週年社慶前夕，我們接續出版第二輯六冊：向明《詩人詩世界》、蕭蕭《新詩創作學》、白靈《新詩跨領域現象》、雲朵《濛濛詩意──雲朵論新詩》、陳政彥《身體、意識、敘述──現代詩九家論》、林于弘與楊宗翰編著《與歷史競走──臺灣詩學季刊社25週年資料彙編》，蒙秀威慨允繼續支持，不勝感激。

　　我們不忘初心，以穩健的步伐走正確的詩之道路。

目次

刊物紀事

編後記

回首來時路

｜《臺灣詩學季刊》第1期〈發刊辭〉

李瑞騰

　　以中文（漢字）作為表現媒介的詩，自有其悠久的歷史傳統，而臺灣現代新體詩從本世紀二〇年代始創，至今不足百年，然而，在不同的時間階段，早因各種內外主客觀條件而發展出各自不同的詩之風貌，首先是日據後期的悲苦與反抗，其次是戰後初期的沉寂與蕭條，然後便是國府遷臺以後四十年間的因革損益。此其間詩風迭有變化，殊難一言以蔽之，然而詩之處境卻一直都不好，一方面是詩壇內部時有紛爭，另一方面是文化界經常對詩表示質疑，甚至於否定其存在意義，有關詩的性質與功能、表現與結構等問題不斷地被討論。表面上詩似乎危機四伏，命在旦夕。然而在它看起來好像是被整個大的情勢逼到一個小角落時，我們發現，重新為它定位，未嘗不可以絕處逢生。

　　這時候，我們真的該勇敢地正視詩的存在了，過去基於傳統詩學以及對於詩的重視與熱愛，我們曾經過度誇張詩的功能，膨脹詩的地位，而當整個社會正朝向視聽媒介的多元化發展，人們的時間、精力以及感官享受，已逐漸被電子媒介所侵佔，而文字因其靜態性、沉潛性而逐漸在複雜的環境中式微。比較起其他文類，詩因其語言的高度壓縮而難以普及化，因其情感與思想之內斂，缺乏直接的感官刺激，比較難以吸引一般讀者，於是乃被迫成為小眾文類。

　　詩人不是貴族，詩不是只供賞玩的藝品；詩人有他的人間性，詩更有其主動對應社會現實的積極性。然而社會既已分眾，認清詩

的小眾性格，應有助於詩的發展與推廣，所以非常需要專業的詩評論家以及有運動能力的人一起來努力。

我們期待自己是這種人，但是親愛的詩人，縱使詩的社會已經是一個小社會，詩人卻不能侷促在這個小空間裡，仍然需要視通萬里、思接千載，仍然需要覽一國之意以為己心，仍然需要把人心裏樂萬感都藉詩傾洩出來。我相信詩仍會有讀者，這個社會的許多人可以不要詩，但假如沒有了詩，這個社會將單調、貧乏得令人可厭。

我們確信臺灣的現代新體詩已形成豐碩的傳統，但如何建立一個合理圓融的詮釋體系，應該是臺灣現代詩學最緊要的課題。譬如說，在日據時代，詩是否可以被視為一種抗日策略？五○年代湧現的反共戰鬥詩如何定位？西化的傾向性中難道沒有指涉社會現實的作品？當各詩社急於書寫其歷史、合理化其發展過程、升高其史線地位，是否可以有一個比較超越的詩史巨視出現？

站在九○年代臺灣的土地上，我們無可避免的選擇以臺灣為中心來建構現代詩學。所謂以臺灣為中心，首先必須心中有臺灣，我們願以最大的誠信和熱情從根本上清理臺灣的詩之經驗──我們過去曾經有過什麼？它們是如何形成的？其變化軌跡如何？現在又是一種什麼樣的面貌？在特定的歷史和地理條件底下，它和四周到底有過什麼樣的關係？現今又是如何的相互交流？而當我們以臺灣為中心，究竟能規畫多大半徑的詩之版圖，而又能夠給予所有權一種合理的解釋？我們將以學術的態度和方法來面對這一個充滿挑戰的課題。朝此目標前進，我們所確定的編輯與活動之原則是：歷史與現實兼顧，理論和實踐並重；不割裂現代詩的任何一條史線，不隔絕臺灣以外的任何一地詩壇。我們希望能夠整合詩學人力，以媒體的有效編輯和活動，書寫臺灣詩史，開創現代新詩的新紀元。

《臺灣詩學季刊》的創刊是我們踏出的第一步。

與時潮相呼應
——臺灣詩學季刊社15週年慶

李瑞騰

　　「臺灣詩學季刊雜誌社」創辦於1992年，《臺灣詩學季刊》創刊號出版於當年12月，以「大陸的臺灣詩學」為專題，並以此為題舉辦一場研討會；爾後效應逐漸浮現，在海峽兩岸震盪許久。這相當程度反映出，我們站在上世紀九〇年代，面對臺灣現代新詩的處境與發展，存有憂心；對於文學的歷史解釋，頗為焦慮。我們選擇組社辦刊，通媒體編輯及學術動員，在現代新詩領域強力發聲，護衛詩與臺灣的尊嚴。從第1期到第40期（2002年12月），歷白靈和蕭蕭二位主編，秉持「挖深織廣，詩寫臺灣經驗；剖情析采，論說現代詩學」的創社／刊宗旨，在創作部分大植物園主義，全面開放；在詩學部分，則針對詩活動的基本結構，整體考量，細部規劃，直面臺灣現代新詩的歷與現實問題。我們可以這麼說，總計四十期的《臺灣詩學季刊》，堪稱臺灣現代新詩具體而微的百科全書。2003年5月，原來25開本的「季刊」改成20開本的「臺灣詩學學刊」。開始還刊創作，從蘇紹連（米羅卡索）主持的「網路」精選出詩作來發表，並請專人評析；但從2005年9月起，「網路版」擬另出紙本《吹鼓吹詩論壇》，「學刊」乃從2005年6月第5期起改成一帶有學報性質的期刊。

　　這一段期間的變化，說明我們正在摸索一個較契合同仁屬性，且能與時潮相互呼應的表現方式；而事實上，我們發展出同時發行嚴肅「學刊」與活潑「吹鼓吹」的雙刊模式，回望臺灣現代新詩歷史，這樣的情況確實未見。「學刊」從一開始便由鄭慧如負責，

「吹鼓吹」由蘇紹連主持，他們都在臺中；業務則由在臺北的的白靈和後來加入的唐捐、李癸雲、解昆樺等人共同處理，運作流暢，社務雖談不上興隆，但一切皆穩定發展。

今年12月，欣逢本社創辦15週年，同仁有感於文學日漸式微，詩道不昌，乃有擴大慶祝之議。我們決定在12月間舉辦一場活動，贈獎及座談等，藉此探討一些與臺灣詩學有關的歷史和現象，並向世人宣告詩自有其存在的價值，即便上下交爭利，舉世滔滔，我們還是堅持：詩之於人心人性，有那麼一點淨化的作用；之於社會，有那麼一點世的功能。

除此之外，出版品更是我們這一次的重點。首先是蕭蕭負責的向明詩作研討會論文集的出版，鄭慧如主編的「學刊」特別規劃了同仁論詩專輯；其次，我們首度出版同仁詩選，更策劃一套七本的同仁個人詩集。即使生活忙碌俗務纏身，我們還是要把這些事做好。「臺灣詩學季刊社」同仁之結社，理念相近，趣味相投，情義相交；有時不必開會，一通電話就可解決很多問題。少年十五二十時，青春正盛，我們將著手規劃未來五年、十年，準備和歷史競走，走長遠的詩藝詩學之路。

臺灣詩學季刊社及其詩刊

李瑞騰

　　「臺灣詩學季刊社」創辦於1992年，《臺灣詩學季刊》創刊號出版於當年12月，以「大陸的臺灣詩學」為專題，並以此為題舉辦一場研討會；爾後效應逐漸浮現，在海峽兩岸震盪許久。創社社員共有：尹玲、白靈、向明、李瑞騰、渡也、游喚、蕭蕭、蘇紹連等八人，首任社長由向明擔任，創刊號由白靈和李瑞騰合編，發刊詞由李瑞騰執筆。

　　從創刊號及發刊詞可以看出，該刊同仁站在上世紀九〇年代的立場上，面對臺灣現代新詩的處境與發展，存有憂心；對於文學的歷史解釋，頗為焦慮。他們選擇組社辦刊，通過媒體編輯、活動設計及學術動員，在現代新詩領域強力發聲，護衛詩與臺灣的尊嚴。

　　從第1期到第40期（2001年12月），歷經白靈和蕭蕭二位主編，秉持「挖深織廣，詩寫臺灣經驗；剖情析采，論說現代詩學」的創社／刊宗旨，在創作部分採大植物園主義，全面開放；在詩學部分，則針對詩活動的基本結構，整體考量，細部規畫，直面臺灣現代新詩的各種問題，宏觀歷史，微視現實，而出之以專題，輔以專欄、專論。可以這麼說，總計40期的《臺灣詩學季刊》，堪稱臺灣現代新詩具體而微的百科全書。

　　2003年5月，原來25開本的「季刊」，改成20開本的「臺灣詩學學刊」。一開始還刊創作，從蘇紹連（米羅·卡索）主持的「網路版」精選出詩作來發表，並請專人評析；但從2005年9月起，「網路版」另出紙本《吹鼓吹詩論壇》，「學刊」乃從5號起

（2005年6月）改成一帶有學報性質的期刊。這一段期間的變化，說明該刊正在摸索一個較契合同仁屬性，且能與時潮相互呼應的表現方式。在臺灣現代新詩史上，一個詩之社團，同時發行嚴肅「學刊」與活潑「吹鼓吹」的雙刊模式，從未有過。

「學刊」編務先後由鄭慧如、唐捐（劉正忠）、方群（林于弘）負責，以專題和一般論文，雙軌進行，完全符合學術規範；「吹鼓吹」有網站和紙本刊物，由蘇紹連帶領，近年陳政彥參加編務（季刊，蘇紹連、陳政彥各編二期），專題頗具創意，傾向前衛；業務則以白靈為核心，陸續有唐捐、李癸雲、解昆樺、蕓朵（李翠瑛）等人協助，運作流暢，穩定發展。

十餘年來，蘇紹連經由網路和紙本《吹鼓吹》，營造了一個寬闊且自由的詩空間，凝聚了數十位相對比較年輕的詩人，他們或正式加入同仁，或擔任版主，活動力強，眾聲喧嘩，特別值得注意的是，他們以臺灣中部為主要場域，並向南方拓展，既誦且演，跨越藝術疆界。此外，《吹鼓吹》和出版社合作出版詩人叢書，到今年（2017）年底為止，成功出版了三十六本。

臺灣詩學季刊社前四十期網路電子書已於2008年全數上網，設有詩學研究獎學金、創作獎，有屬於自己的LOGO，有facebook粉絲專頁，且在facebook設立了「詩論壇」社團，全方位建立臺灣詩學陣地。

從2002年10週年慶舉辦之後，臺灣詩學季刊社逢五、逢十歡度社慶，藉此自我展現，創意十足：10週年（2002）以「臺北詩歌舖子」為名，宣布詩刊轉型；15週年（2007）贈獎及座談，第一次出版同仁詩選《我們一路吹鼓吹》，七位同仁同時出版個人詩集，並有一本研討會論文集；20週年（2012）在臺北內湖辦「古集藝創」，贈獎及出版十六冊新書；25週年（2017）更精彩了，一檔別出心裁的展覽、四本吹鼓吹詩集、五冊「臺灣詩學論叢」（2016年創辦，已出版四冊）、一本資料彙編、十五本近一兩年力推的「截

句系列」等。

臺灣詩學季刊社現有36位同仁（含社務委員和吹鼓吹論壇同仁），他們一方面「詩寫臺灣經驗」，在創作上求新求變；一方面「論說現代詩學」，在評論與研究上求實求是，都有一定程度的累積，取得可觀的成就。另外也經由具創意的活動之舉辦，努力讓現代新詩成為可親可近的文類，其表現之優異，彰彰在人耳目，堪稱臺灣詩學重鎮，臺灣現代新詩發展一座新的界碑。

跨世紀與跨領域的詩學詩藝
——臺灣詩學季刊社20週年慶

蕭蕭

　　「臺灣詩學季刊雜誌社」創辦於1992年，當初參與創辦的八位詩人（尹玲、白靈、向明、李瑞騰、渡也、游喚、蘇紹連、蕭蕭）具有足以聚焦的共識，一是為臺灣新詩的創作與發達，貢獻心力，二是為建立臺灣觀點的詩學體系，累積學力。因此，「挖深織廣，詩寫臺灣經驗；剖情析采，論說現代詩學」成為「臺灣詩學季刊雜誌社」目標顯著的文字「logo」。誠如長期擔任社長職位的李瑞騰（1952年生）在〈與時潮相呼應——臺灣詩學季刊社15週年慶〉所說：「我們站在上世紀九〇年代，面對臺灣現代新詩的處境與發展，存有憂心；對於文學的歷史解釋，頗為焦慮。我們選擇組社辦刊，通過媒體編輯及學術動員，在現代新詩領域強力發聲，護衛詩與臺灣的尊嚴。」這是對詩藝的執著，對臺灣新詩史、新詩學的歷史承擔。《臺灣詩學》的歷史使命如此昭然若揭，從此展開跨越世紀的不懈奮鬥旅程。

　　1992~2001年的前十年，《臺灣詩學》經歷向明（董平，1928年生）、李瑞騰兩位社長，白靈（莊祖煌，1951年生）、蕭蕭（蕭水順，1947年生）兩位主編，以季刊方式發行四十期25開本詩雜誌，評論與創作同步催生，在眾多偏向詩作發表的詩刊中獨樹一幟，對於增厚新詩學術地位，推高現代詩學層次，顯現耀眼成績。2003年5月改變編輯路向，易名為《臺灣詩學學刊》，邁向純正學術論文刊物之路，每篇論文經過匿名審查，通過後始得刊登，是一份理論與實踐並重、歷史與現實兼顧的20開本整合型詩學專刊

（半年一期），也是臺灣地區最早成為THCI期刊審核通過的詩雜誌，首任學刊主編鄭慧如（1965年生）負責前五年十期編務，設計專題，率先引領風騷，達陣成功。繼任主編為詩人唐捐（劉正忠，1968年生），賡續理想，擴大諮商對象，將詩學學刊提升為華文世界備受矚目的詩學評論專刊。

　　2003年6月11日「臺灣詩學」同仁蘇紹連（1949年生）以個人力量關設「臺灣詩學・吹鼓吹詩論壇」網站（http://www.taiwanpoetry.com/phpbb3/），原先在網頁上到處尋訪知音的新詩寫作者，彷彿遇到了巨大的磁石，紛紛自動集結在蘇紹連四周，「吹鼓吹詩論壇」網站儼然成為臺灣地區最大的現代詩交流平臺，以2012年5月而言，網站上的版面除〔臺灣詩學總壇〕、〔詩學論述發表區〕之外，可供網友發表詩創作的區塊，以類型分就有散文詩、圖象詩、隱題詩、新聞詩、小說詩、無意象詩、臺語詩、童詩、國民詩等，以主題分則有政治詩、社會詩、地方詩、旅遊詩、女性詩、男子漢詩、同志詩、性詩、預言詩、史詩、原住民詩、惡童詩、人物詩、情詩、贈答詩、詠物詩、親情詩、勵志詩等，另有跨領域詩作：影像圖文、數位詩、應用詩、朗誦詩、歌詞・曲等等，不可或缺的意見交誼廳、詩壇訊息、民意調查、詩人寫真館、訪客自由寫、個人專欄諸項，項項俱全，文章總數已達十二萬篇以上，網頁通路所應擁有的功能無不具足，新詩創作、評論與教學所應含括的範疇與內容，無不齊備。2005年9月紙本《吹鼓吹詩論壇》在蘇紹連主導下隆重出版，這是將半年來網路論壇上所發表的詩作，披沙揀金，選出傑異作品刊登於《吹鼓吹詩論壇》雜誌上，臺灣網路詩作不僅可以快速在網路上流傳，還可以以紙本的面貌與傳統性質的現代詩刊一較短長，網界盛事，也是詩壇新聞，「臺灣詩學」因而成為臺灣新詩史上同時發行嚴正高規格的「學刊」與充滿青春活力「吹鼓吹」的雙刊同仁集團。前任社長李瑞騰所期許的「臺灣現代新詩具體而微的百科全書」，「吹鼓吹詩論壇」網站與紙本的刊行，應已達成。

2012年，「臺灣詩學季刊雜誌社」創社20週年，檢視這二十年的足跡，我們不改最早創刊的初衷，不負「臺灣」、「詩學」的遠大理想，一直站在臺灣土地的現實上向詩瞭望，跨世紀、跨領域增強詩學、詩藝，將以十六冊書籍的出版，兩本詩刊《臺灣詩學學刊》、《吹鼓吹詩論壇》的持續發行，展現我們的決志與毅力，繼續向詩、向未來瞭望與邁進。臺灣詩學同仁在創作與評論上分頭努力，因此在20週年社慶時我們出版六冊詩集、兩冊論集（均由秀威資訊公司出版），詩集是向明的《低調之歌》、尹玲的《故事故事》、蕭蕭的《雲水依依──蕭蕭茶詩集》、蘇紹連的《少年詩人夢》、白靈的《詩二十首及其檔案》、靈朵的《玫瑰的國度》，含括了年紀最長的向明，寫詩資歷最淺、由評論界跨足創作領域的靈朵（李翠瑛）；中生代的四位詩人各有特色，尹玲配合照片說故事，蕭蕭配以小學生的繪圖專力寫作茶詩，蘇紹連則解剖自己，以詩話的舒緩語氣說他的少年詩人夢，白靈不改科學家與新詩教育家精神，以自己寫詩歷程的各階檔案，如實印製，期能對寫詩晚輩有所啟發。論集是新世代評論家林于弘（方群）的《熠熠群星：臺灣當代詩人論》、解昆樺的《臺灣現代詩典律與知識地層的建構推移：以創世紀與笠詩社為觀察核心》，對於詩人、詩社的發展，全面關注，深刻觀察。此外，跨領域的合作，還包括與海內外學界合作出版《閱讀白靈》（秀威）、《網路世紀・故里情懷》（萬卷樓）學術研討會論文集，編輯海內外第一本網路世代詩人選《世紀吹鼓吹》、海內外第一本《臺灣生態詩》（爾雅），跨領域也跨海域。這種跨領域也跨海域的工作範疇，當然也呈現在2009年開始，蘇紹連以個人力量訂立方案、獲得「秀威資訊科技有限公司」贊襄的「臺灣詩學吹鼓吹詩人叢書」，目前已出版十九冊，最新的四冊是櫺曦的《自體感官》，古塵的《屬於遺忘》，王羅蜜多的《問路──用一首詩》，肖水的《中文課》，其中肖水即為上海年輕詩人。

二十年來，「臺灣詩學季刊雜誌社」以「臺灣」、「詩學」為主體、為基地，但不以「臺灣」、「詩學」為拘限，不以「臺灣」、「詩學」為滿足，下一個二十年，全新的華文新詩界，臺灣詩學將會聯合所有愛詩的朋友，貢獻出跨領域、跨海域的詩學與詩藝，一起發光且發亮。

與時俱進‧和弦共振
——臺灣詩學季刊社成立25週年

蕭蕭

　　華文新詩創業一百年（1917-2017），臺灣詩學季刊社參與其中最新最近的二十五年（1992-2017），這二十五年正是書寫工具由硬筆書寫全面轉為鍵盤敲打，傳播工具由紙本轉為電子媒體的時代，3C產品日新月異，推陳出新，心、口、手之間的距離可能省略或跳過其中一小節，傳布的速度快捷，細緻的程度則減弱許多。有趣的是，本社有兩位同仁分別從創作與研究追蹤這個時期的寫作遺跡，其一白靈（莊祖煌，1951-）出版了兩冊詩集《五行詩及其手稿》（秀威資訊，2010）、《詩二十首及其檔案》（秀威資訊，2013），以自己的詩作增刪見證了這種從手稿到檔案的書寫變遷。其二解昆樺（1977-）則從《葉維廉〔三十年詩〕手稿中詩語濾淨美學》（2014）、《追和與延異：楊牧〈形影神〉手稿與陶淵明〈形影神〉間互文詩學研究》（2015）到《臺灣現代詩手稿學研究方法論建構》（2016）的三個研究計畫，試圖為這一代詩人留存的（可能也是最後的）手稿，建立詩學體系。換言之，臺灣詩學季刊社從創立到2017的這二十五年，適逢華文新詩結束象徵主義、現代主義、超現實主義的流派爭辯之後，在後現代與後殖民的夾縫中掙扎、在手寫與電腦輸出的激盪間擺盪，詩社發展的歷史軌跡與時代脈動息息關扣。

　　臺灣詩學季刊社最早發行的詩雜誌稱為《臺灣詩學季刊》，從1992年12月到2002年12月的整十年期間，發行四十期（主編分別為：白靈、蕭蕭，各五年），前兩期以「大陸的臺灣詩學」為專

題，探討中國學者對臺灣詩作的隔閡與誤讀，尋求不同地區對華文新詩的可能溝通渠道，從此每期都擬設不同的專題，收集專文，呈現各方相異的意見，藉以存異求同，即使2003年以後改版為《臺灣詩學學刊》（主編分別為：鄭慧如、唐捐、方群，各五年）亦然。即使是2003年蘇紹連所闢設的「臺灣詩學・吹鼓吹詩論壇」網站（http://www.taiwanpoetry.com/phpbb3/），在2005年9月同時擇優發行紙本雜誌《臺灣詩學・吹鼓吹詩論壇》（主要負責人是蘇紹連、葉子鳥、陳政彥、Rose Sky），仍然以計畫編輯、規畫專題為編輯方針，如語言混搭、詩與歌、小詩、無意象派、截句、論詩詩、論述詩等，其目的不在引領詩壇風騷，而是在嘗試拓寬新詩寫作的可能航向，識與不識、贊同與不贊同，都可以藉由此一平臺發抒見聞。臺灣詩學季刊社二十五年來的三份雜誌，先是《臺灣詩學季刊》、後為《臺灣詩學學刊》、旁出《臺灣詩學・吹鼓吹詩論壇》，雖性質微異，但開啟話頭的功能，一直是臺灣詩壇受矚目的對象，論如此，詩如此，活動亦如此。

臺灣詩壇出版的詩刊，通常採綜合式編輯，以詩作發表為其大宗，評論與訊息為輔，臺灣詩學季刊社則發行評論與創作分行的兩種雜誌，一是單純論文規格的學術型雜誌《臺灣詩學學刊》（前身為《臺灣詩學季刊》），一年二期，是目前非學術機構（大學之外）出版而能通過THCI期刊審核的詩學雜誌，全誌只刊登匿名審核通過之論，感謝臺灣社會養得起這本純論文詩學雜誌；另一是網路發表與紙本出版二路並行的《臺灣詩學・吹鼓吹詩論壇》，就外觀上看，此誌與一般詩刊無異，但紙本與網路結合的路線，詩作與現實結合的號召力，突發奇想卻又能引起話題議論的專題構想，卻已走出臺灣詩刊特立獨行之道。

臺灣詩學季刊社這種二路並行的做法，其實也表現在日常舉辦的詩活動上，近十年來，對於創立已60週年、50週年的「創世紀詩社」、「笠詩社」適時舉辦慶祝活動，肯定詩社長年的努力與貢

獻；對於八十歲、九十歲高壽的詩人，邀集大學高校召開學術研討會，出版研究專書，肯定他們在詩藝上的成就。林于弘、楊宗翰、解昆樺、李翠瑛等同仁在此著力尤深。臺灣詩學季刊社另一個努力的方向則是獎掖青年學子，具體作為可以分為五個面向，一是籌設網站，廣開言路，設計各種不同類型的創作區塊，滿足年輕心靈的創造需求；二是設立創作與評論競賽獎金，年年輪項頒贈；三是與秀威出版社合作，自2009年開始編輯「吹鼓吹詩人叢書」出版，平均一年出版四冊，九年來已出版三十六冊年輕人的詩集；四是興辦「吹鼓吹詩雅集」，號召年輕人寫詩、評詩，相互鼓舞、相互刺激，北部、中部、南部逐步進行；五是結合年輕詩社如「野薑花」，共同舉辦詩展、詩演、詩劇、詩舞等活動，引起社會文青注視。蘇紹連、白靈、葉子鳥、李桂媚、靈歌、葉莎，在這方面費心出力，貢獻良多。

臺灣詩學季刊社最初籌組時僅有八位同仁，二十五年來徵召志同道合的朋友、研究有成的學者、國外詩歌同好，目前已有三十六位同仁。近年來由白靈協同其他友社推展小詩運動，頗有小成，2017年則以「截句」為主軸，鼓吹四行以內小詩，年底將有十幾位同仁（向明、蕭蕭、白靈、靈歌、葉莎、尹玲、黃里、方群、王羅蜜多、雲朵、阿海、周忍星、卡夫）出版《截句》專集，並從「facebook詩論壇」網站裡成千上萬的截句中選出《臺灣詩學截句選》，邀請卡夫從不同的角度撰寫《截句選讀》；另由李瑞騰主持規畫詩評論及史料整理，發行專書，蘇紹連則一秉初衷，主編「吹鼓吹詩人叢書」四冊（周忍星：《洞穴裡的小獸》、柯彥瑩：《記得我曾經存在過》、連展毅：《幽默笑話集》、諾爾‧若爾：《半空的椅子》），持續鼓勵後進。累計今年同仁作品出版的冊數，呼應著詩社成立的年數，是的，我們一直在新詩的路上。

檢討這二十五年來的努力，臺灣詩學季刊社同仁入社後變動極少，大多數一直堅持在新詩這條路上「與時俱進‧和弦共振」，那

弦，彈奏著永恆的詩歌。未來，我們將擴大力量，聯合新加坡、泰國、馬來西亞、菲律賓、越南、緬甸、汶萊、大陸華文新詩界，為華文新詩第二個一百年投入更多的心血。

2017年8月寫於臺北市

詩刊時代的結束
——兼憶臺灣詩學季刊的「竄起」

白靈

1

　　不像一般的文學雜誌，詩刊在臺灣始終是「作怪多端」的；很少文學史會像詩史，對詩刊如此「自戀」，有時甚至到了「意淫」的地步。

　　文學刊物諸如《聯合文學》、《中外文學》、《幼獅文藝》，論編排、美工、文稿、印量、續航力、穩定度，都比詩刊高明許多，幾十年下來，就只說詩吧，詩作、詩論、評析，總加起來質量必都可觀，但詩史或文學史卻很少提到它們。這有可能因為它們幾乎成了公器，沒有人會担心出什麼狀況，誰來編，好像變化也不太大，按理，以數量和普及率而言，影響力應該遠遠超過任何一本詩刊的。就長遠的文學史而言，理應如此，但其影響是「隱伏式」的，由於它們是綜合性的文學雜誌，其尖銳和前衛性較不易凸顯。詩刊則不然，提出個什麼主張、發表什麼宣言，弄個什麼專輯，在往後的詩史中很可能就成了一再被討論和歸類的對象物，至於詩人的作品能否跟上來，與之相和、印証，倒反成了次要之事。

　　半世紀以來，臺灣詩壇的獨特性和活潑性也表現在詩刊「脆弱」和「堅韌」兼得的本質上，不像大陸詩刊絕大多數屬於官方性質，臺灣的詩刊一向是「自生自滅型」的，「屍」橫遍野的詩刊不知凡幾，開個頭就無疾而終的、三五期就不見蹤影的、雷聲大雨點

小的、自己說得口沫橫飛別人置之不理的，乃至鴨霸自大型、螞蟻雄兵型、煽動怒吼型的⋯⋯，真是不一而足。而其精神是基於自身對詩強烈的熱衷（或誤解）、企圖心和使命感，因而大小活動不斷、各種以詩為名的專刊、宣言、朗誦、表演、研討、座談，此起彼落，未嘗稍歇。然而此趨向由於近幾年資訊網路的介入，已有再次演化質變的態勢。

詩刊的百態其實即人性的百態，半世紀的臺灣詩刊「起滅的盛景」，在華人詩史上恐怕絕無僅有，未來已不易重現。一方面代表了溫情慢速社會的「終於真正的結束」，一方面代表了詩人熱情將離「詩的活動」越來越遠，而回歸詩人自身，人與人熱烈的往還互動將不再那麼「無所為而為」。以是本文所說「詩刊時代的結束」，乃意指平面新興詩刊的出現將越來越困難，甚至可有可無、不再那麼重要、後來有可能是「落伍的象徵」。年輕詩人忙於網絡上「按鍵」寫詩，即時張貼隨時發表，文字化為電波飛來飛去，對紙張已無太多眷戀，老中詩刊個個後繼乏人、缺薪欠材。文字的「可貴」似乎正在降低之中，《臺灣詩學》季刊值此世紀交錯、青黃不接之際，抖擻精神、奮勇創刊（1992），詩壇中也勉力泅泳了十年，出版了四十期，堆疊起來近乎兩尺高，不能不說是詩人「末代熱情」的最終展現！然而時移境遷，如何隨勢流轉、另闢蹊徑（比如詩作轉上網，平面轉學術），化危機為轉機，正嚴酷地考驗著詩社詩人們的智慧！

2

回想此刊物創辦的前五年，當主編的心情，真可說只有一種——「唯恐天下不亂」——希望能製造各種話題，引發討論，增加詩刊的能見度。於是設計活動、舉辦座談，不時在報章媒體刊登訊息。這期間找同仁的「碴」乃成常事，借活動場合或開會相互激盪

（尤其是李瑞騰），必欲從其中敲擊出點子來。每期專題之訂定並不容易，總想驚悚一些才好，四處邀稿，卻無稿費，如是終須熱情者方肯為之，直到詩刊逐漸打出知名度為止。後來轉變成有時來稿太多，積稿成災，無力處置，無形中感受不少壓力，也愧對不少熱心投稿的詩友。

開始時，渡也是最積極的撰稿者及每期詩刊的催生人，他以為同仁理應極力推展此刊物，於是身體力行，拉了不少學生親友訂閱，其後眼見其他同仁「斬獲有限」，便不時捎信建議當該如何積極等等，一片俠骨豪情，只可惜詩刊終非易於推廣，同仁或礙於形象，或作風一時不易改變，渡也累積怨言多日，又與同仁有小摩擦，本希望社內開會解決，社中積於同仁情誼，尊重個人意願，不擬過度干涉同仁之「參與度」。渡也遂自第7期退出同仁之列（啟事見第8期第12頁），實是《臺灣詩學》季刊的一大損失和遺憾。

而自一開端，每期刊物的另一位主要催生者是向明先生（擔任第一年的社長），不少前輩詩人的稿件或活動參與由他代邀，且詩刊上印出的同仁電話只有他（13期至20期），加上多年與詩壇往還互動頻仍，於是凡有怨言、漏寄、拖期、建議等等，都由他概括承受和輾轉告知，不知代主編挨了多少飛箭亂矢，對此不能不心生感激。

此刊物第一期是迄今最薄的一朝，形貌及格式由李瑞騰商請文訊雜誌的美術編輯詹淑渝小姐參與設計。雖有周夢蝶、余光中、洛夫、辛鬱、大荒等前輩詩人的鼎力襄助，起初稿子仍然不多，第一期僅得112頁，為湊頁數，還包含了6頁有橫格的「讀詩筆記」，其實是空白頁。專題是「大陸的臺灣詩學」，由同仁蕭蕭、向明、游喚、及我撰寫四篇小論文、加上李瑞騰的前言，專題加總不過19頁。此期主編由我及李瑞騰掛名，表明凡事起頭難，李氏編纂經驗老到，自然省力不少，且借力文訊雜誌場地寄發（那時在復興南路），加上封德屏小姐（其後擔任文訊總編輯）多方協助，方才順利揚帆。

借助創刊茶會之便，第1期於1992年12月19日上午十時假文藝協會正式發表，也一併舉辦了此期「大陸的臺灣詩學」專題的討論會，參與講評的有洛夫、李魁賢、呂正惠、劉登翰，發言的還有周鼎、傅敏、趙天儀等。因不意播著對岸不少學者的痛處，引發不小的反擊和批判，上述發言稿及古遠清等人的回應文章又以近五十頁的篇幅集合成了第2期的專題（大陸的臺灣詩學【下】）。其後第4期有章亞昕、耿建華、莫宏偉，第五期有徐望雲、南鄉子、古遠清，第6期有葛乃福、沈奇、耿秋、楊光治等的回應文章、乃至於第14、15兩期「再檢驗」（1996年）的回馬槍，前前後後於兩岸不少刊物媒體著實沸沸揚揚了好一陣子。經此「一役」，《臺灣詩學》季刊可以說紮紮實實打響了知名度。

詩刊的前兩年在詩活動上也下了一番功夫，比如第3期與彰化師大合作，舉辦「現代詩學研討會」，發表八篇論文，有李豐楙、楊文雄、林燿德、焦桐、白靈、莫渝、也斯、王浩威等提出論文，合集計二百一十餘頁，即構成第3期的內容。而講評內容（白萩、簡政珍、呂興昌、游喚、林亨泰、尹玲、陳慧樺、廖咸浩）及研討會的觀察報告（張健）則構成第4期的專題部份（現代詩學研討會【續】）。

創刊第二年，即1993年全年，共舉辦了十七場講座及討論會（詳目見第5期頁8），包含十一場「現代名詩講座」（臺北誠品書店敦南舊址的花園舉辦八場；嘉義文化中心舉行三場）、四場「挑戰詩人」、一場「現代詩學研討會」（即前述第3期的內容）、和一場「覃子豪作品研討會」。

「現代名詩講座」邀請同仁及詩人、學者前來，分別主講賞析詩人白萩、鄭愁予、辛鬱、林泠、余光中、蘇紹連、瘂弦、洛夫、敻虹、梅新、陳義芝、黃荷生、夏宇、商禽、朱陵、周夢蝶、陳黎、渡也、杜十三、陳克華、向陽、吳晟、林亨泰等多人的詩作，其中有三場演繹的內容和對話構成了第5期的專題部份（現代名詩

講座）；四場「挑戰詩人」（於前述誠品店舉行）則是邀請同仁蕭蕭與羅門對話、李瑞騰對瘂弦、翁文嫻對周夢蝶、尹玲對洛夫，這些對話交流的內容後來就形成了第10期專題的部份（挑戰詩人）。

如是「以活動企劃帶動編輯企劃」的作法成了《臺灣詩學》季刊早期的一大特色，於是乃有中小型之「從詩人到讀者的通路研討會」（第7期）及該專題的產生、更小型的「現代詩教學座談會——訪葉維廉」以增強「新詩教學經驗談」之專題內容（第8期）。

往後幾期則透過「委外」研討或紙上「檢驗」「運動」「大展」等各式手法延續「活動力」，比如第9期「兩大報詩獎我見」中楊平等十餘人在創見堂對詩獎的討論，第12期「詩戰場」專題中駱以軍等十餘人對「詩的媒介之變形及擴散」的討論，以及諸如「當前詩壇現象批判」二十篇（13期）、「大陸的臺灣詩學再檢驗」（14、15期）、「情詩大展」「情詩大賽再檢驗」（16期）、「女詩人特展」（17期）、「小詩運動」（18期）、「詩社詩選檢驗」（20期）等等，心思費盡也不過翻攪了一盅茶壺、揚起幾紋水波（好個「居心叵測」啊），而其實也只想試試當一個詩刊主編有多少能耐而已。然而如無諸多同仁「輸血輸財」、做足面子，眾多詩友學者共襄盛舉，《臺灣詩學》季刊又能於何時何地「竄起」？

3

平面詩刊是一群詩人和學人以耐心和「慢心」粘合而成，它們往往是中壯一代以上的詩人投注畢生心力的無形殿堂。在那裏他們朝拜繆斯，每一張紙當印上詩，就都是一朵天花或一片神的衣襟，因觸摸而感受詩神的眷顧和恩寵，從而肯定自身的天資和付出，竟是無與倫比的潔淨和高雅。有一天，會不會有那麼一天，從網路中飛出來的另類的神祇前來曉喻他們：凡迷戀皆屬於虛妄，沒有什麼不會腐爛，詩豈能與腐爛為伍、精神豈能容蟻蛆啃蝕？

然而會不會有一天，電子書是一本可翻閱卻永不必更迭的紙
張呢？

走入網路文學論壇的社群場域

蘇紹連

　　本文這些片斷文章寫於2010年，內容從「吹鼓吹詩論壇」談及網路文學論壇之社群場域的現象，實際上，臺灣純粹的文學論壇只剩「吹鼓吹詩論壇」和「喜菡文學論壇」兩個，本文大都以「吹鼓吹詩論壇」為例，但所言及的觀念及問題，亦可適用於對後一個論壇進行觀察。

1、何以要設立一個純詩的論壇

　　只要過當年的BBS電子佈告欄詩板發表詩作以及互動的經驗嗎，就會了解那種社群場域的運作模式，而論壇正是那種場域進化的完美版，它有完備的眾多功能，架構龐大而層次分明，兼能包容多媒體以及種種可以擴充的資料庫，故而我相當積極想為臺灣設立一個這麼可以在網路上大家一起來活動的詩論壇。當時最早與詩相關的論壇為銀色快手等人設立2002年的「壹詩歌論壇」，可惜不到一年多就夭折了，第二個即為2003年6月由臺灣詩學成立的「吹鼓吹詩論壇」。一個論壇的設置，首重於論壇主持人的文學修養及態度，怎麼樣的主持人就會有怎麼樣的論壇風格或形式，這跟一個刊物主編或一個藝術家一樣，他必須知道他要給出什麼，他要知道怎麼經營他心目中的論壇。我後來曾看到幾個想設文學論壇的，不是太個人化（存放個人作品），就是太無特色，往往千篇一律的分設「詩」「散文」「小說」三個版，根本跳脫不了這種傳統的文類模式。

2、做到詩學分類的論壇

「吹鼓吹詩論壇」初設，即不走綜合性的文學論壇，而是走專業性的詩學論壇，單純一個詩類再做詳細的細目分類來設版，這是全球華文論壇中唯一做到詩學分類的論壇，因為分類，你才能看到詩的殿堂裡龐大的體系，有這麼多的可以研究、探討及依循的創作類別，然後，累積的作品形成一個大型的詩學資料庫，它分門別類，供讀者方便索取查閱。從設站至今，論壇的配置，版面有所增加，但架構維持不變，此乃我們深思熟慮後一開始就走得正確，走出鮮明的獨特風格，而不必塗塗改改，或去模仿別的論壇。2003年「吹鼓吹詩論壇」為現代詩分類，讓充滿概括性與模糊性的詩類別有了各個可行的定義，將詩創作的發表分為「類型區」和「主題區」，並以類型區為主要規範，詩創作類型分為「分行詩」、「散文詩」、「圖象詩」三大類，然後佐以「俳句、小詩」、「組詩、長詩」、「隱題詩」、「臺語詩」等類型，另外再加上「數位詩」、「影像詩」、「朗誦詩」等跨界類型的詩作，用這樣的分類完整地建構一個詩論壇。

3、「吹鼓吹詩論壇」的大事記

「吹鼓吹詩論壇」其實並無須誇大為所謂的「大事」，一般能記錄的事無非是屬於「活動」的類別，比如網聚、座談會、研討會、訪問等等，而「吹鼓吹詩論壇」並無活動類別的事，他的母體「臺灣詩學季刊社」就辦了許多超大型的詩學研討會以及詩獎的頒贈，詩論壇單純做到網路與刊物編輯的事即可。所以要知道「吹鼓吹詩論壇」歷年來的作為，就必須從論壇及刊物來查閱。其中有數項較特別但不算大的事值得提出來，第一件事是2003年為現代詩分

類設版；第二件事是2005年9月《臺灣詩學‧吹鼓吹詩論壇一號》【隱密的靈魂】出版，將網路詩平臺與紙媒平臺結合，此後每半年出版一本紙本「吹鼓吹詩論壇」，至2010年歷經五年半，已出版了十一期，從未間斷，每期約二百頁，有近百位的作者，內容設定許多前所未有的主題專輯，例如首度有「同志詩」、「贈答詩」等專輯，質與量都頗受詩壇矚目，尤其詩刊美編活潑，打破了詩刊傳統一成不變的枯燥面目。第三件事是2005年9月後陸續設立兩個給年輕學子自主運作的創作團體：「〈少年詩園〉明日之星」和「創作團體〈大學詩園〉創作主力群」，集結全臺的研究生、大學生、高中生和國中生，這是非常重要的，也是詩論壇最為重視積極培育的園地，把資源給年輕學子運用，吹鼓吹站長從不像某些論壇站長為自己私設版面。第四件事是2008年擬定出版《臺灣詩學吹鼓吹詩人叢書》方案，免費為詩人提供出版，2009年12月出版了黃羊川《血比蜜甜》、陳牧宏《水手日誌》、負離子《回聲之書》三位詩人的詩集，2010年6月出版了冰夕《抖音石》、然靈《解散練習》、葉子鳥《中間狀態》三位詩人的詩集，2010年12月出版阿鈍《在你的上游》、劉金雄《不能停止的浪漫》、莊仁傑《德尉日記》三位詩人的詩集，此項方案長期執行，2011年將再出版六本。第五件事是：設立「臺灣詩學詩創作獎」網路徵詩比賽。2010年第一屆臺灣詩學創作獎——散文詩獎票選作品，這是臺灣首度專以散文詩為名的詩獎，且在網路以公開投票的方式納入決審參考。

4、網路及紙本刊物的不同處

　　「吹鼓吹詩論壇」分為網路及紙本刊物兩個園地，其實是一體兩面的，就效益來說，是相輔相成的，整個臺灣的詩壇，找不到第二個詩社能放任由非社員去主持一個發表版，去挑選刊登詩作，去籌畫一個刊物的編輯，「吹鼓吹詩論壇」的會員及版主，是詩學

網路及紙本刊物的最大資源，他們協助了論壇的開發及拓展，也是刊物作品質保證的提供者，功不可沒。「吹鼓吹詩論壇」網路及紙本刊物的不同處，我相信大家都看得出來，即是「開放式」及「關卡式」的區分，基本上，網路是無限空間的，再多的作品都收容得下，「開放式」的論壇，只要註冊為會員，即可把自己的作品發表出來，而紙本刊物因是有限的頁數，容納的作品當然得是精挑細選，設立「關卡」挑選作品，在所難免。另外，紙本刊物還接受e-mail投稿，作品不先於網上公開，也鎖定詩人對象，採用邀稿作品，這是和網路論壇的不同之處。然而，我認為網路論壇才是主要園地，它雖不能像紙本那樣的精英化，但卻能每天與我們互動，成為我們與詩友交流的平臺。自由發表是網路論壇的第一個特色，回帖討論是第二個特色，掌握時效是第三個特色，這三個特色是紙本刊物所沒有的。有這些特色，才能造福更多的詩的愛好者，「吹鼓吹詩論壇」網路也才有存在的必要。可是，我們也有一個認知，即網路與紙本不能也無需壁壘分明，結合在一起才能更寬更廣，也才是「臺灣詩學」努力走在詩壇前端的方向。

5、與大陸網路詩論壇截然不同

「吹鼓吹詩論壇」擁有的形式架構，與大陸網路詩論壇截然不同，相對來說，在「吹鼓吹詩論壇」可以讓他們看到現代詩怎麼設版、怎麼分類，可以讓他們從吹鼓吹了解到臺灣詩壇的活動狀況以及臺灣多樣化的詩風。大陸的詩友，常常一天到晚掛在網上，發表量極大，吸收力強，探索性也夠，故而到「吹鼓吹詩論壇」來交流，似乎對海峽一隔的臺灣詩壇有一點取經的味道，或有炫耀的目的，他們有些很謙虛，也有些很自傲。

6、論述版區架構設置

　　「吹鼓吹詩論壇」的版區架構設置，主要還是詩的分類創作發表為大宗，因為有關詩學論述文章多者數萬字，少者千把字，在網路力求精簡的速食般的閱讀情況下，寫作者很少在網上敲鍵盤一敲就千字以上，而閱讀者實際上也很難盯著螢幕讀那些密密麻麻的文字，尤其是那些艱澀的理論，但是一個完備的詩論壇，詩學理論的版區絕對少不了，故而「詩學論述發表區」的設置一開始即已規劃八個版區，但因發表量不多，後來就併合成四個版區：「〈現代詩史〉＆〈詩學理論〉」、「〈詩觀詩話〉＆〈現象觀察〉」、「〈詩作賞析〉＆〈詩集導讀〉」、「〈創作經驗〉＆〈新詩教學〉」，或許你會問，為什麼詩學論述的版區一點也不熱絡？為什麼臺灣詩學的同仁大都是大學的教授、學院的詩人、論述著作等身，卻不見上詩論壇發表論述文章？我只能這麼說，詩學同仁的教學和研究太忙，哪有時間上論壇，或者說，我們是把詩論壇園地的資源應用留給你們大家，由會員們耕耘和作主，就連「創作區」也是，臺灣詩學的同仁是不會來當版主，或來設個人版占用論壇資源的。當然另一不熱絡的原因是，論述能力不等同於創作能力，創作可以天馬行空，可以有了感情就來抒發，有了靈感就來書寫，有了現象就來描寫，幾行句子就可以是一首詩篇，但是論述，至少要有一個理，是知性的，更是需要學識的，有依據、有例證，不能沒有邏輯，總要頭頭是道，叫人信服。年輕的創作者在論述方面，若未受過訓練，一般都很少發表論述文章。至於一些簡談、對話，只能算是意見表達，尚無法稱之為完整的詩學論文。我在想，為了使「詩學論述發表區」內容紮實豐富，將來會陸續把臺灣詩學同仁的論文、評論放到論壇上，也會徵求兩岸的詩人學者提供論文給論壇轉載，但仍希望臺灣的年輕詩人學者自動把你們的評論也放上來，因

為論述文章也需要讀者的反應，別讓論文鎖在自己濕冷的古墓裡。

7、會員在詩論壇琢磨成長

創作，有必要一個自我空間來省思，也有必要一個共同空間來激勵。前者是自己發光，後者是映照，顯示光有多亮，陰影有多長。可以用電視上的「超級星光大道」和「超級偶像」的歌唱競賽來做比擬，當一個有才華或沒有才華的歌者，只會在自己的房間或工作室練唱歌嗎？或是踏上有許多觀眾、有評審的、或大或小的舞臺表演歌唱？然後是誰成就了誰？在我認為，詩論壇正是一個供創作者發揮的共同空間、大型舞臺，有許多會員、有許多版主，只要你踏入吹鼓吹詩論壇發表作品，大家的眼睛就會盯著看，你不得不繃緊神經，接受褒與貶，掌聲或者噓聲。「詩人琢磨成長」的意義在此出現，許多創作上的修正、詩觀的改變、談述的禮節等等都在論壇上養成，有天才的詩人受到矚目，也有天才的詩人沒沒無聞，此乃有無踏入詩壇或論壇、部落社群（共同空間）最大的區別。

8、培育論壇詩人的方案

「吹鼓吹詩論壇」除了推廣詩學外，正視年輕詩人的才華表現及培育新人也是是設立詩論壇的目的之一，我們為年輕詩人提供許多培育方案，如：「少年詩園」和「大學詩園」兩個詩版的開設，由學生自行擔任版主主持版務，並在紙本刊物設「明日之星·主力詩人」專欄刊登學生作品，持續多年的「年度論壇詩選」亦刊登於紙本刊物向詩壇推介。又如：由年輕詩人參與刊物企劃編輯，廖亮羽的「國民詩」小輯、黃羊川的「小人物·詩」小輯等等都讓年輕詩人磨練其選詩、組稿的能力。又如：「吹鼓吹詩人叢書方案」，協助會員申請免費出版個人詩集，讓找不到出版機會或沒有財力自

行出版詩集的年輕詩人實現其夢想，至2010年12月止，一年半的時間已為吹鼓吹詩論壇會員出版九本詩集。當然，我們還有許多計畫要做，只要你是吹鼓吹詩論壇的會員，都可以參與這些計畫。何以「吹鼓吹詩論壇」要花費這麼多的時間與心力來培育年輕世代的詩人呢？原因只有一個，即是愛詩、愛詩人，我是過來人，一個詩人的成長需要激勵，故而在我們能做得到的，我們全力為所有年輕世代的詩人服務。

9、對其他文學論壇的印象

每一個文學論壇都有存在的必要，關掉任何一個論壇，總是網路文學的一種損失。期望論壇愈多愈好，大家一起帶動文學發表與討論的風氣，讓網路文學的社群欣欣向榮。可惜在數量方面，臺灣真的不如大陸。我對文學論壇的印象，首先是先看主持人（站長）是誰，他的學識是否豐厚，人品是否正直，言談文字是否謙虛，其次是看這個論壇版面設置架構如何，版塊區分是否得體，版性是否與其他論壇有別。一個論壇的好壞，從這兩方面就可分出高下。對於其他的文學網論壇，我較欣賞「喜菡文學網論壇」，站長喜菡本身就是一個文學和藝術雙方面修養極高的老師，頗具親和力，故而她主持的論壇，相當受到歡迎，她設立的「大憨蓮文化工作室」和「影片+動畫文學」兩個版都很有意義，其他又有許多版，都屬綜合性的文學版，也頗具特色。

10、如何吸引創作者來上論壇

「吹鼓吹詩論壇」不是綜合性的文學論壇，一開始，即定位於專業的詩學論壇，只有詩類，其他的散文和小說等文類都不進駐。另外，站長不設自己個人的版，把論壇資源完全分給大家，你

在吹鼓吹詩論壇看不到我的版，要看我全部的網路創作，要到我的「flash超文學」網站和「意象轟趴密室」部落格。由於「吹鼓吹詩論壇」只是詩類的論壇，故而少了許多散文及小說的創作者登入，平常每一小時在線人數約十人左右，一天的瀏覽人次百人以上，故而也不少。所謂吸引網路創作者前來發表作品的作法，並不刻意去做什麼動作或宣傳，凡是覺得「吹鼓吹詩論壇」有水準，也喜歡在這裡互動交流者，自動就會來，但人總會有疲乏或低潮的時候，就像版主因時間或體力關係而辭去職務、或會員不再熱衷發表，去去留留，都是正常現象。

11、對各種網路平臺的觀察與看法

　　網路上的各種平臺，我大都有實際體驗過，除了噗浪plurk外，其他三者我涉入相當深，1996年我就當過臺中縣教育局電子BBS的詩版版主，並對全省連線，出入各大學各縣市教育局的BBS，而部落格blog的經營也相當長一段時間，目前仍是我主要作品放上網路的空間，同時有好幾個部落格在運作，其中建立於臺灣新浪的「意象轟趴密室」部落格，還得到臺灣文學館與東華大學主辦的第一屆文學部落格推薦獎。臉書Facebook和噗浪plurk則在2010年才登入，陸續每天都會觀看，這個平臺的優點值得利用，但其缺點也有，等我有空時會發揮臉書Facebook的功能，為詩做一些傳播。在現今電子時代，網路的傳播無遠弗屆，擅用各種平臺和開車一樣，是現代人對拓展外在空間必備的技能，愈多的平臺，可以找到更多的空間揮灑自己的才華，傳播自己的作品，找到更多的朋友和讀者。相對於這些平臺，一個論壇反而是一個雖有門開放，卻需先註冊拿到門票才能發表，雖是詩友和詩作的精華匯集地，卻沒有較多的對外連結功能。所以一個網路上的文學活動，若有許多的平臺，就可同時進行，你可以把自己的作品在BBS、論壇、部落格、臉書、噗浪同

時發表，將有不同的讀友在不同的平臺和你交流，我相信這是值得這麼做的。但除了網路平臺外，別忘了紙本平臺不朽的魅力，諸如報紙副刊、詩刊、雜誌、詩集等等，也都是一個有為的創作者要努力開拓的空間。

12、吹鼓吹詩論壇的發展方向

「吹鼓吹詩論壇」的各種特點，有其不可取代的地方，不管是在現在或未來，都是相當重要，即是它會形成一個詩創作的歷史資料庫，所有歷年發表的作品自動會標示時間，將來從中可以找到某些成名詩人的少作，見證某些詩人的成長，更見證網路詩風格的形成及轉變。我希望這是吹鼓吹詩論壇要彰顯的重點之一。其次，希望在現代詩教學有所協助，老師可以利用「吹鼓吹詩論壇」為教本或為學習園地，上「散文詩」課程時，老師說：「點入散文詩版，搜尋王宗仁的散文詩來研讀。」上「情詩」課程時，就點入「情詩版」搜尋相關作品為例討論，甚至叫學生註冊為會員，在論壇發表讀詩心得，老師也直接在論壇與學生互動。再其次，繼續出版紙本刊物，論壇與刊物同時存在，長期做到網路與平媒的結合，並且繼續推出「吹鼓吹詩人叢書」免費為網路詩人出詩集，讓網路詩人成為現代詩壇的堅強陣容，只要作品集結成為紙本書籍，就不怕沒電或網站關閉而失去資料。另外，我們要不斷地開發新的主題徵稿、不斷地研發詩的詩型，不斷地接納來自各地區各領域的詩創作者，一起耕耘與拓展詩的無限寬廣的沃土，並珍惜才華洋溢的創作者，讓他們在這片沃土上施展長才、擔任版主或編選委員，或讓他們企劃各種小輯，甚至讓他們共同管理論壇，共同策劃論壇的未來，讓論壇繼續走在詩壇的最前端，發揮帶頭作用。正如「吹鼓吹詩論壇」的宗旨：「詩腸鼓吹，吹響詩號，鼓動詩潮」，這是極大的使命要求，也是臺灣詩學不渝的願景。

▎《臺灣詩學》刊務1992年～2003年

蘇紹連

一、《臺灣詩學》前十年的「專題」及「活動」

　　這是臺灣詩壇上一個歷史性的日子，這個日子開啟了臺灣詩學時代的來臨，1992年12月6日，《臺灣詩學》七位創社同仁向明、李瑞騰、白靈、游喚、渡也、蕭蕭、蘇紹連於臺中耕讀園書香茶坊聚會，討論編務及規劃詩刊未來走向，成社宗旨為「挖深織廣，詩寫臺灣經驗；剖情析采，論說現代詩學」，並確立以「專題」及「活動」為社務導向。《臺灣詩學》發刊詞有相當清楚而完整的說明：

> 「站在九零年代臺灣的土地上，我們無可避免的選擇以臺灣
> 為中心來建構臺灣詩學。所謂以臺灣為中心，首先必須心中
> 有臺灣，我們願以最大的誠信和熱情從根本上清理臺灣的詩
> 之經驗：（中略）而當我們以臺灣為中心，究竟能規劃多大
> 半徑的詩之版圖，而又能夠給予所有權一種合理的解釋？我
> 將以學術的態度和方法來面對這一個充滿挑戰的課題。朝此
> 目標前進，我們所確定的編輯與活動之原則是：歷史與現實
> 兼顧，理論和實踐並重；不割裂現代詩的任何一條史線，不
> 隔絕臺灣以外的任何一地詩壇。我們希望能夠整合詩學人
> 力，以媒體的有效編輯和活動，書寫臺灣詩史，開創現代新
> 詩的新紀元。」

依此，《臺灣詩學》前十年的確在「專題」及「活動」下了不少工夫：

1、就其所編輯的「專題」來看，幾乎都引起了詩壇相當大的震撼，例如第1期的「大陸的臺灣詩學專題」，大陸方面反應熱烈，其後於第2、4、5、6、14、15期等繼續「延燒」，造成兩岸詩壇、批評界數年的話題。另外如：「詩選大家談」「新詩教學經驗談」「性愛詩專輯」「詩與宗教專輯」「當前詩壇現象批判專輯」「大陸的臺灣詩學再檢驗專輯」「詩與死亡專輯」「情詩大展專輯」「女詩人特展專輯」「小詩運動專輯」「人體詩專輯」「詩社詩選檢驗專輯」「人物詩專題」「臺語詩創作與評論專輯」「為兒童寫詩專題」「禪與詩的對話專題」「九二一地震專輯」「邁向海洋臺灣專題」「圖像詩大展專題」「年度詩選觀察專輯」「以詩論詩專輯」「朗誦詩詩朗誦專輯」等，也對臺灣詩學的理論與創作做了深入的探討，並且大力推介青年詩人，第24期本刊首度推出「大學詩人作品特展」專輯，陸續介紹各大學詩社青年詩人作品，第25期再推出「大學詩社作品特展」，其後30期有「新世代詩人大展專題」，32期有「新世代詩人詩作論述專題」，39期有「六人詩作展專輯」，為新世代詩詩人提供許多出線的機會與舞臺。

2、就其所舉辦的「活動」統計，1993年1月起，連續十二場的每月「現代名講座」分別於臺北誠品書店和嘉義文化中心進行，陸續賞析了白萩、鄭愁予、辛鬱、林泠、余光中、蘇紹連、瘂弦、洛夫、敻虹、梅新、陳義芝、黃荷生、夏宇、商禽、朱陵、周夢蝶、陳黎、渡也、杜十三、陳克華、向陽、吳晟、林享泰等詩人的作品。同時舉辦了四場「挑戰詩人」，窮究詩人的創作心路歷程，現場接受挑戰

的詩人為羅門、瘂弦、周夢蝶、洛夫。1993年5月「第三屆現代詩學研討會」於彰化師大舉行，所有論文均由臺灣詩學同仁社計及邀請詩人學者筆講評。「覃子豪先生逝世三十週年紀念會」，也由臺灣詩學同仁發動及設計論文，並邀各詩社及文學團體共同參與。此外並舉辦「從詩人到讀者的通路」研討會、「現代詩教學座談會」、「詩的媒介之變形和擴散的可能性」討論會、「年度詩選座談會」等會議。專為新世代詩人舉辦的則有「青年詩人看兩大報詩獎」和「臺灣新世代詩人會談」的討論會等。

以上的「專題」與「活動」，主要由前後任主編白靈和蕭蕭策劃執行，全體同仁協助，把理想一一實現，完成了《臺灣詩學》創社的願景。

二、《臺灣詩學》的轉型及網路版的開闢

1997年6月蘇紹連（米羅・卡索）於《臺灣詩學季刊》第19期開設「網路詩版探索」專欄，首度介紹網路詩，其後於各期不定時刊出探討網路詩壇的文章。蘇紹連重視網路，極力呼籲詩人上網，當時仍是BBS電子佈告欄的時代，他在〈BBS網路詩版反思〉一文中即說：

「當眾多詩人仍執意於紙上平面的發表是詩人唯一的發表方式時，悄悄的，另有一群在紙上得不到發表機會（例如：遭報紙副刊、詩刊、文藝刊物、出版社等退稿）的作者，已經在網路上尋找到另一個發表空間，這個空間就是各BBS站連線或未連線的詩版。這個空間可以讓大家任意揮灑，不受限制，不必擔心退稿，更不必擔心取稿標準或自己作品的水準，而且回收效益迅速，可能立即有回應或讚許、推介，更

大的效益是可以互動討論，由此而相互切磋，增進寫詩的功力，顯而易見的，一個網路上的詩創作者，比在紙上發表更能滿足發表慾，若受到讚許，也有某些程度上的成就感。」
（見《臺灣詩學季刊》第19期）

到了1999年3月《臺灣詩學季刊》第26期，他的一篇文章〈網路詩人的地下城〉又指出：

「從紙媒體脫胎，一路奔向網路的詩人或一或二。在紙媒體上建立的書香城堡，紛紛轉化為網路地下城。詩人在網路構築巢穴和分割活動空間，張貼詩作和開啟互動管道，此舉，撼搖了許多原本聞網路即不屑一顧的詩人，但是這種不屑網路的紙媒詩人卻只能望著N世代自嘆無能一探網路地下。」

「非主流詩人浮現檯面了，這個檯面即是網頁和電子佈告欄，不久的將來，如果主流詩人仍繼續自圍於紙媒檯面時，將難以和非主流的網路詩人相抗衡，可以預見的，未來不管網路詩人的成就是否能夠凌越紙媒詩人，網路詩人擁有的網路科技形式將使整個詩壇及作品產生質變。」

最後甚且預言：

「為了超越主流詩人，非主流詩人及年輕學子勢必在網路上更為勤奮、更為用功；為了延續詩的另一種媒體生命，能自覺的主流詩人也勢必順應時勢所趨投身網路，遊走或架站築起地下城，和非主流詩人共同走在科技和潮流的前端。屆時，二十一世紀真正的主流詩人將會換成這一群遊走地下城的網路詩人。」

現在早已進入了二十一世紀，果然真正的主流詩人已漸漸變成遊走於網路的詩人，整個詩壇的創作火力與注目焦點已從平媒移至於網路，而上網者也已非年齡、地域、身分、背景所能區隔，來自四面八方的創作者風起雲湧，每日都是網路詩人的盛會，留言、回應的文章源源不絕。

《臺灣詩學》同仁發覺這是時勢所趨，因此，2002年7月同仁聚會，決定詩刊改型為學刊，第40期出刊後平面紙本由鄭慧如繼任主編，並設網站由蘇紹連主編網路創作版。

《臺灣詩學》發出的改版聲明有如下的說明：

> 《臺灣詩學》從2003年5月轉型，版型及性質亦一併調整。
>
> 走過十個年頭，《臺灣詩學季刊》企圖改變詩刊的一般形象，以多元而包容的傳播心態和編輯方針，成為一九九〇年代甚具影響力的詩刊。為因應日漸成熟的詩學研究，《臺灣詩學》從每年四期的季刊改為每年兩期的半年刊，以提高學術論文比例，正式跨出同仁刊物的格局；並由蘇紹連開闢《臺灣詩學》網路創作版，提供詩友更寬廣而即時的發表園地。
>
> 轉型後的《臺灣詩學》，因而分為紙版與網路創作版。紙版在每年5月和11月出刊，採25開寬、16開高的刊本，內頁詩文改為橫向；學術論文一律外審，此外的一半篇幅，置以專題、評介、序文、書評、讀詩札記、讀者交流、詩作精選。」

蘇紹連膺任網路創作版設站的職責，實是因他從BBS時代就遊走於網路，相當熟悉網路生態，並且和向陽一樣，會自己建構網

站。2002年8月《臺灣詩學網路創版》正式掛牌上網，設網目的為接受網路詩作投稿，不到三個月，上網投稿的詩作達至數千首，每日上網人次統計約百人以上，網站的知名度可謂一砲而紅。網站建構如下：

1、「主題詩徵稿區」

2、「一般詩作投稿區」

3、「論述投稿區」

4、「超文本投稿區」

5、「詩戰場」

6、「新聞臺」

7、「談詩坊」

8、「留言坊」

9、「詩聯坊」

10、「詩學同仁介紹」

「主題詩徵稿區」每季設一主題，聘請詩人駐站挑選詩作、回答問題，至2003年8月先後的駐站詩人為詹澈、丁旭輝、唐捐，徵稿主題有〈與農共生〉、〈戰爭〉、〈父親〉。而最受捧場的為「一般詩作投稿區」，投稿量之多超過想像之上，由此而得知在網路寫詩的人口不計其數，新名字不斷出現，鍥而不捨的投稿，讓管理網站的蘇紹連大呼吃不消，幸而臺灣詩學的同仁分工合作，選稿採三關制，分初選、複選、決選，分為由三位同仁擔任，每兩個月再由另外同仁輪替，每季擔任決選的同仁則需寫總評，刊於出版的學刊上。換句話說，即每首決選出爐的詩作都是經由三位同仁背書的，少一位即落選，這麼嚴謹的選稿過程，難怪在《文學創作者》網站的討論版上有人說：若要參加文學獎詩比賽，不妨先到《臺灣詩學網路創版》投稿，能被選上者，才有可能得文學獎。

因為受到如此重視，就有人對選詩或某種因素提出了嚴厲的質疑，學刊主編鄭慧如教授寫了一文〈我們為什麼在網上選詩〉作了

以下的回應：

> 「我們篩選投稿區的詩作，是因為捧不如挖，我們抱著玄奇的夢想，希望提早當千載以下的伯樂；我們自不量力，追究別人內省外放的創作，是唯恐多數「夜半來，天明去」的詩心乖離走火，無所歸依；我們在網上選詩，因為隨立隨掃的鍵盤輸入和匿名方式更自由，譎幻難辨的虛擬空間可以適度調和焦慮的聲名追求；我們特別選擇在網上挑沙揀金，就是擔心沙聚而成的高塔隨時可能倒塌，所以左右端詳，期盼結實有力的作品來鼓盪詩潮。
>
> 我們了解網路的佳妙和侷限，所以我們選詩，從基本的感動出發，比好而不比爛；我們接受來自數位世界的監督，對於決選詩作會有綜論式的交代；我們深知詩人之謂不在品德而在詩作，因此我們心血的關注還是在文字裡；我們體會握筆的手如何在嘲弄和冷漠的眼色中成長，所以歡迎有詩意有格調的，離群的嘆息；我們當然也知道，風雲必須創造，際會當需安排，我們的網站受到關切不是偶然，不是奇蹟。

的確，《臺灣詩學網路創作版》受到關切不是偶然，不是奇蹟，e世代看到《臺灣詩學》一路走來，是穩健的、踏實的步伐，更是與e世代並肩的、齊步的步伐，當《臺灣詩學》創造風雲和安排際會時，e世代的詩人幾乎都樂於參與，不致於缺席。

三、《臺灣詩學》之新世代網路詩社群

2003年6月7日，《臺灣詩學》學刊第1期及九十一年度詩選發表會上，由蘇紹連宣布建構詩論壇的計畫，其實詩論壇一事早於

2002年底即已在構思中，等到當日詩社撥出經費購買虛擬主機後，詩論壇立即於6月11日前申請網址登錄上網，並取名為《吹鼓吹詩論壇》，從此，一個大型的詩論壇終於在臺灣誕生了。

　　《吹鼓吹詩論壇》定位為新世代新勢力的網路詩社群，並以「詩腸鼓吹，吹響詩號，鼓動詩潮」十二字為論壇主旨，典出自於唐朝・馮贄《雲仙雜記・二、俗耳針砭，詩腸鼓吹》：「戴顒春日攜雙柑斗酒，人問何之，曰：『往聽黃鸝聲，此俗耳針砭，詩腸鼓吹，汝知之乎？』」因黃鸝之聲悅耳動聽，可以發人清思，激發詩興，詩興的激發必須砭去俗思，代以雅興。論壇的名稱「吹鼓吹」三字響亮，而且論壇主旨旗幟鮮明，立即驚動了網路詩界。

　　不少各階段世代的詩人，無不訝異於老字號的《臺灣詩學》竟會走在網路風潮的最前端，且不惜人力與時間提供了一個巨型舞臺讓愛詩者上演自己的戲碼。然而一個受到稱譽的網站或論壇，其最主要的乃在於完善的規劃、紮實的內容及版主的素養，這三項是論壇成功必需具備的條件。

　　就第一項「完善的規劃」來看，《吹鼓吹詩論壇》規劃為六大部門，每一部門之下設有不同主題的版，即：

一、「臺灣詩學總壇」：包括「社務佈告欄」「學刊佈告欄」「網路創作版佈告欄」「吹鼓吹詩論壇佈告欄」「臺灣詩學同仁作品」「優質論壇」等版。

二、「詩學論述大講臺」：包括「詩學理論」「詩觀詩話」「評論賞析」「現象觀察」「史料訊息」「詩作自剖」等版。

三、「詩創作大競技場」：包括「一般詩作發表區」「圖象詩發表區」「散文詩發表區」「臺語詩發表區」「童詩發表區」「多媒體詩發表區」「地方詩書寫」「禁忌的詩歌發表區」「圖文創作發表區」等版。

四、「新世代詩人專欄」：包括「小熊談詩論藝」「原住民詩場」「史詩書寫」「現代文學經典的提醒與重讀」「追跡現代詩

史」「男子漢詩歌特區」「日本文學觀察」「中外詩歌感遇」「戲論」「文學性／文學價值之探討」「土地與社會詩場」等版。

五、「新世代同學會或詩社」：目前只有「政治大學長廊詩設」設版。

六、「談天說地詩樂園」：包括「民意調查」「詩人寫真館」「藝文拍賣場」「留言交誼廳」「酸甜苦辣話心聲」「掩埋場」等版。

就第二項「紮實的內容」來看，《吹鼓吹詩論壇》的六大部門及其下不同主題的版，幾已囊括詩學及創作所有的項目，這是指論壇整個架構的內容，在現今網路所有的論壇中，可說是架構最紮實最週全的論壇。而讀者真正所想看到的「紮實的內容」，則應是指論壇中各版所發表的詩文內容，據《吹鼓吹詩論壇》的自動統計文章數，論壇開張兩個月，文章數已超過兩千多篇，其內容不乏精闢的論述、精湛的詩篇、誠懇的回覆，不像某些論壇充斥著空洞無物、粗言惡語、乖僻膚淺、嘻笑怒罵的八卦詩文，此方面只有上論壇得以比較及見證。

就第三項「版主的素養」來看，《吹鼓吹詩論壇》各版的版主有：林德俊、陳思嫻、葉士賢、瘋狐狸、荒蕪、劉哲廷、廖經元、紀小樣、銀色快手、曾念、楊佳嫻、楊宗翰、鯨向海、李長青、阿鈍、佚凡、liawst、然靈、吳恙、高湯、莫方等新世代詩人，皆為適時之選，每位各有其擅長之處，例如：林德俊擅長於談詩論藝，且在聯合報副刊書寫社會文化專欄；荒蕪是近年來極被看好的臺語寫作能手；廖經元是在〈臺灣詩學詩作投稿區〉被挖掘出來的年輕詩人，因而延攬至發表量最大的「一般詩作發表區」擔任版主；阿鈍與鯨向海在《現代詩的島嶼》網站的「談詩坊」初識，兩人即惺惺相惜，詩藝切磋後更為精湛，加上女鯨詩人楊佳嫻，三人同在明日報新聞臺受到詩壇極大的矚目；瘋狐狸極早即進駐於網路，對網

路文學有其深入的見解；劉哲廷也是在〈臺灣詩學投稿區〉表現出色，尤其是他的圖象詩，因而也被延攬至「圖象詩發表區」擔任版主；陳思嫻、曾念、吳惹及然靈等四人各提出了其特殊的書寫計畫，因而開闢了「原住民詩場」、「史詩書寫」、「土地與社會詩場」、「地方詩書寫」四個專欄詩版；liawst以詩的方式來論詩學藝術，與眾不同，最為特別，文出必詩，真是表現了詩人的本色；楊宗翰是詩人，也作詩學研究，擔當追跡現代詩史的使命，可說是最佳人選。銀色快手是鑽研日本文學的專家，因而受聘開設了「日本文學觀察」專欄；紀小樣獲獎無數，成就早受肯定，近來涉獵兒童文學創作，也很適合擔任童詩版的版主；李長青詩作類型多，而且詩質精緻，甚獲好評，前途無限，寫作散文詩的經驗豐富，由他擔任散文版版主，正是不二人選。莫方是一位圖文藝術的創作人才，受到論壇總管理蘇紹連的賞識，而獲邀擔任版主；葉士賢是在〈臺灣詩學論述投稿區〉受到注目，而獲邀擔任版主，他也是「壹詩歌」的成員之一。高湯是網路詩壇老手，評賞詩作的態度誠懇，見解獨到，主持「評論賞析」版正是符合眾望；佚凡以其獨特的行文語言及思考模式，申請到了他的個人專欄版，他的用心，大有可為。

　　《吹鼓吹詩論壇》目前尚有數版還在徵求版主中，的確，要找到一位合適的版主並不容易，但網路可謂臥虎藏龍，相信會有更多的人才加入。《吹鼓吹詩論壇》開放式的廣納人才，接受新世代詩人申請詩版，設立專欄，正是其特色之一。而《臺灣詩學》本身的同仁呢？卻沒有讓詩學同仁設版闢專欄，因而有一讀者建議：「我覺得這既然是臺灣詩學的討論場，那麼雜誌的同仁就應該要時常出現發言，這樣才能把場子炒起來哩！網路的特性基本上還是在熱鬧交流，各抒己見，我想應該從主人做起帶動氣氛。」林德俊另指出：「詩壇新世代的定義可寬可窄，唐捐最近得了一個五四青年文學獎之類的獎項，理當屬新世代，李癸雲、丁旭輝等人，理當也屬新世代。我以為目前駐站的一批年輕詩人，屬於比較窄的網路世

代，而且跟年齡無必然關係，他們乃九〇年代中後期開始浮現，熟悉網路使用的一代／群；又有一說，戰後世代都屬新世代。」《臺灣詩學》的回應是：「這的確是《臺灣詩學》設立的討論場，但卻是歸於所有上網來的詩人讀者的討論場，我們詩社的同仁生活、教學及學術研究上各有所忙碌或專注處，若有時間或方便時，當然願意上網來和大家交流。現剛設立論壇，有待各位新世代的詩友來帶動，總之，這個論壇是屬於大家的，非只見臺灣詩學的同仁在這裡活動而已。」

大家或許能體諒《臺灣詩學》同仁少上網原因，但也深深期盼如「風中蘆葦」所說的：「不時可以來這裡張望張望，也對後生晚輩提出的東西寫點小小感想，我想這樣不只是新世代之間有交流，新世代也是很渴望可以和上一代交流哩。」

以《臺灣詩學》同仁做後盾，「吹鼓吹詩論壇」的水準受到信賴應無庸置疑。因此慕名而來註冊成為論壇會員的，至九月初旬已超過三百人，會員來自臺灣本島、大陸港澳及美加等地，一個新世代新勢力的網路詩社群顯然已經形成。

然而只有一個「吹鼓吹詩論壇」並不夠，因為網路詩壇是大家共同經營的，從早期的BBS，到現在的WWW的網頁模式，進出許許多多的詩創作者及愛好者，也設立了個人網頁網站及新聞臺或論壇，我們相信，盛唐的時代來臨了。我們呼籲：老字號的「詩路」、「喜菡文學網」、「心詩小站」、「文學創作者」等網站，及「我們這群詩妖」「隱匿的馬戲班」「地下逗陣網」等明日報個人新聞臺，還有「火焰文學」「臺灣文學研究」「楓情萬種」「壹詩歌」等論壇，及潛藏在各BBS版的詩人，或各學校詩社，請來和《臺灣詩學》網站、「吹鼓吹詩論壇」合作，大家攜手協力，交流參與，不分彼此，共同來開創網路詩壇的盛唐。

那一年
──回想《臺灣詩學》的出生

向明

那一年，又開始「詩死亡」之說再度響起！

那一年是1992年。那一年我所主編的「藍星詩季刊」在編完第八年的32期以後，由於支持的出版社財務緊縮而撤資停刊。而在那一年的年底，出版發行了二十年的「年度詩選」亦因銷路不暢，不堪虧損而停止編選，這兩本臺灣最重要的詩的出版物的夭折，兩者我都曾一直參與其事，顯然我應負起最大責任，其對我的衝擊真非同小可，可說慌張到不知如何應對的地步。

正苦悶難解時，一天也是年度詩選編委的蕭蕭教授和我碰了面，他見我面帶愁容，知道我對這樣的突變難以釋懷，也不知他內心早有打算，還是忽發奇想，他笑容滿面的對我說：「向明，沒有什麼大不了的事，不是倒了嗎？我們找幾個人再辦一本詩刊，保證一定要有你編的藍星的水準，而且甚至此那本還要好很多。」當時我對詩刊一事，實已意興闌珊，心想人家出版社出錢出力都無法挽回頹勢，你我幾個窮書生哪能有此能力？我苦笑的回應了他，他說等他再徵求幾個人的意見再說，「不過你是一定要帶頭參加的」，說完他便須忙別的事而走開。

大約過了十多天，蕭蕭來電話告訴我，詩刊的事大約可以成真了，現在包括他、我在內，尚有白靈、李瑞騰、渡也、游喚、蘇紹連、尹玲已經同意組織一個詩社，出版一本詩刊。我問財力問題解決了嗎？他說準備每人拿出十萬元，湊足八十萬元，就可開始進行。我又問刊名叫什麼？他說他和瑞騰正在商量，等有了定奪再告

訴大家，必須大家通過才行。我沒有再問，只說一次要我拿出十萬元，目前有點困難，我要他另外再找一個人頂替我，蕭蕭急著說那怎麼行？你是我們的老大，錢的事不用急，你分期拿出好了，反正一下子用不著那麼多，我當面語塞，只好感激他，就沒再說話。

又過了許多天，蕭蕭告訴我刊名取好了叫做「臺灣詩學」，其他的人都同意這個稱呼了，就怕你會不同意，所以遲遲不敢問你。我聽了之後，不以為然對他說，憑什麼判斷我不會同意呢？我就那麼難搞嗎？他乘勢的反問我，「那你不反對囉？」我說：「我為什麼要反對？我們現在在臺灣，用臺灣二字名正言順，而且『臺灣詩學』四字多響亮，多具代表性！」就是這樣，刊名就在全數通過下成立了。我又問，誰來當社長？誰作主編有商量過嗎？我是不再擔任何工作了，只能供稿子給刊物用。他說準備12月6日在臺中開一個會討論這些事情。

於是在臺中耕讀園那次八個發起人的會議中決定了社長由我擔任，主編由白靈、李瑞騰分別擔綱創作與理論的編選，我曾申明不願再擔任任何職務，作一純粹的寫手。他們說這些職務都採「值年」制，我年齡最大，這開創的第一年名正言順的由你輪值，不能推辭。

會中又討論了這本詩刊成立的目標和編輯方向，大家同意既然站在臺灣這塊土地上，而且以「臺灣詩學」為名，就須以最大誠信和熱情從根本上清理和發展臺灣詩的經臉，確定的編輯原則應是，「歷史與現實兼顧，理論與實踐並重，不割裂現代詩的任何一條史脈，不隔絕臺灣以外的任何一地詩壇」，因此這本詩刊除接納任何詩人投來的詩創作稿件發表，並每期設一專題，公開展開討論或意見闡發。

記得創刊號上，除有資深名詩人周夢蝶、余光中、洛夫、大荒、辛鬱之最新創作外，最重要的是設定的專題為「大陸的臺灣詩學」，主要是當時與大陸詩壇接觸不久，猛然發現他們出版的「臺

灣詩選」如帶賞析的、詩人專論的，乃至個人詩選、詩社詩選、臺灣詩歌史，以及臺灣詩歌鑑賞等等不一而足，不下二、三十種之多。每本的編選者都是以研究臺灣的詩歌的專家自居，但細看其論述內容，顯然都因資料不全，認識不足，且懷固有偏見及敵意，以至我們認為兩岸詩壇必須有真正的對話來糾正這種因隔閡而造成的誤解不實。因此我們有五位發起同仁各針對一本大陸出版的有關詩的出版物提出問題予以探討，除李瑞騰的「大陸的臺灣詩學探討前言」外，蕭蕭的「隔著海峽搔癢——以《臺灣現代詩歌賞析》一書談大陸學者對臺灣詩壇的有心與無識」；白靈的「隔海選詩——小評《臺港百家詩選》」；向明的「不朦朧，也朦朧——評古遠清的《臺灣朦朧詩賞析》，以及游喚的「有問題的臺灣新詩發展史」，詩創作中除我等創刊八人均有最新創作加入，當時中生代詩人之強棒如孫維民、陳克華、鍾順文、徐望雲、方群、顏艾琳、葉紅、吳錫和、李瑞鄘等都有好作品推出，呈現的陣營空前的耀眼。

　　這本別樹一幟，不同於當時出現的眾多詩刊於1992年12月出版後，曾經引來海峽兩岸詩壇極大的迴響，只準備印製一千五百本的數量居然不夠分配，又加印了五百本才夠應付。由於讓詩刊不致因財源不濟而斷炊，特別在「稿約」欄內以粗黑體字加刊一句「本刊接受廣告委刊以及各種方式的贊助」，這樣的一聲期盼，居然得到非常意外的反響，贊助訂戶一下子到達近六十餘人，榮譽訂戶則近廿人，分別來自海內外的熱心支持人士，更令人感動的是有好幾位朋友，願意也拿出廿萬或更多作為詩刊同仁，使得詩社財力充足，永續經營。由於創刊伊始，一切都得從零開始，我們不敢大肆擴張，只敢穩紮穩打的試辦下去，所以都婉拒了他們的美意。

　　但這本詩刊的雄心壯志永遠在超前的邁進，決不作遲滯的停留，創刊不久即開始與E時代接軌，同仁幾乎均已建立個人網站，創作、發表、交流均以E-MAIL為之，同仁蘇紹連、白靈，以及隨後加入詩刊同仁的向陽，利用最新發明的FLASH軟體，建立「超文

本網站」，將古典的中國圖像文字做出真正視覺動態的詩，為詩的進化賦予生命的延續性作嶄新實驗，在發行十年後的第40期（2002年12月）版型作階段性結束存檔，2003年開始作全面性改版轉型，正式進入學術性研究及詩作發表的雙軌局面。其一為以論述為主的「臺灣詩學學刊」，其二為「臺灣詩學網路創作版」配合以紙本發行之「吹鼓吹詩論壇」同步發行，「臺灣詩學」兩刊一報（網絡電子報）之組合，形成一「詩寫」與「論說」並舉，再加以網路版的ON-LINE立時瀏覽、品鑑、淘汰，可說為當今詩刊發行之最新創舉，全世界各地尚無此詩學全面發展之平臺。此外臺灣詩學季刊已與北京首都師範大學詩歌研究中心及北京大學中國新詩研究院合辦「兩岸中生代詩學高層論壇」已歷四屆，分別在臺北及北京舉行，論文達數十篇，對增進兩岸詩學交流，成果豐碩。

　　「臺灣詩學」一路走來，瞬已進入25週年，但對詩學的發展與進步的追求一直未曾停歇，且仍然勇往直前。誠如在首期創刊號上即標舉的：

　　挖深織廣，詩寫臺灣經驗
　　剖情析采，論說現代詩學

　　我們會永遠信守此一目標，也為此獲得的成果而驕傲欣喜。

2017/9/28

存影成詩

▍刊物封面

臺灣詩學季刊

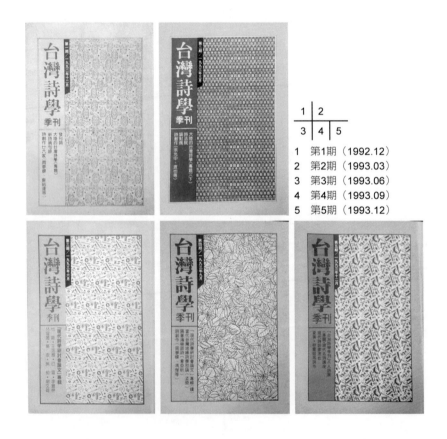

臺灣詩學季刊

1	2	
3	4	5

1　第6期（1994.03）
2　第7期（1994.06）
3　第8期（1994.09）
4　第9期（1994.12）
5　第10期（1995.03）

臺灣詩學季刊

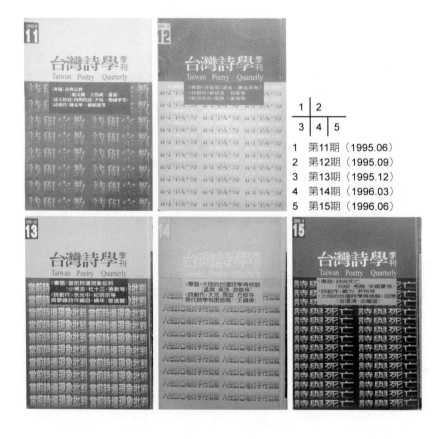

1　第11期（1995.06）
2　第12期（1995.09）
3　第13期（1995.12）
4　第14期（1996.03）
5　第15期（1996.06）

臺灣詩學季刊

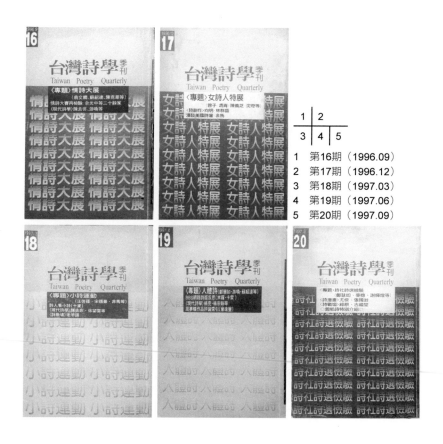

1 第16期 （1996.09）
2 第17期 （1996.12）
3 第18期 （1997.03）
4 第19期 （1997.06）
5 第20期 （1997.09）

臺灣詩學季刊

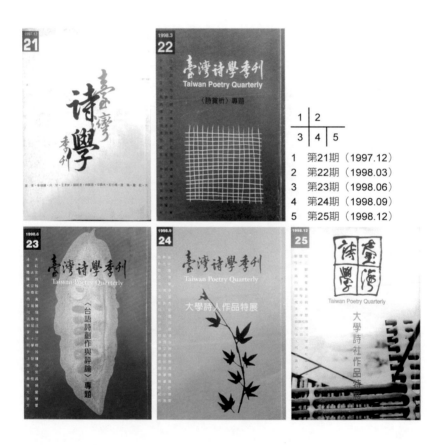

1	2	
3	4	5

1　第21期（1997.12）
2　第22期（1998.03）
3　第23期（1998.06）
4　第24期（1998.09）
5　第25期（1998.12）

臺灣詩學季刊

1	2
3	4	5

1 第26期（1999.03）
2 第27期（1999.06）
3 第28期（1999.09）
4 第29期（1999.12）
5 第30期（2000.03）

臺灣詩學季刊

臺灣詩學季刊

1	2	
3	4	5

1　第36期（2001.09）
2　第37期（2001.12）
3　第38期（2002.03）
4　第39期（2002.06）
5　第40期（2002.09）

臺灣詩學學刊

1	2	3
4	5	

1　第1期　詩與畫專輯（2003.05）
2　第2期　詩與意象專輯（2003.11）
3　第3期　詩與音樂專輯（2004.06）
4　第4期　現代詩與現代性專輯（2004.11）
5　第5期　詩與史專輯（2005.06）

臺灣詩學學刊

1	2	3
4	5	

1　第6期　新詩中的空間論述專輯（2005.11）
2　第7期　時間・記憶・原鄉想像專輯（2006.05）
3　第8期　詩學何為專輯（2006.11）
4　第9期　詩與現實專輯（2007.06）
5　第10期　詩與語言專輯（2007.11）

臺灣詩學學刊

1	2	3
4	5	

1　第11期　雕藻淫豔‧傾炫心魄（2008.06）
2　第12期　天體，身體，詩體（2008.11）
3　第13期　詩同志（2009.08）
4　第14期　管管專輯（2009.12）
5　第15期　夏宇×周夢蝶專輯（2010.07）

臺灣詩學學刊

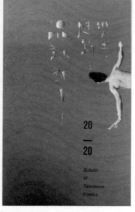

1	2	3
4	5	

1　第16期　商禽研究專輯（2010.12）
2　第17期　張默研究專輯（2011.07）
3　第18期　巨大化的書寫（2011.12）
4　第19期　微物敘事（2012.07）
5　第20期　樂土，魅影，混就對了！（2012.11）

臺灣詩學學刊

 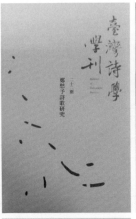 

1	2	3
4	5	

1　第21期　中生代詩人（2013.05）
2　第22期　鄭愁予詩歌研究（2014.11）
3　第23期　小詩專輯（2014.05）
4　第24期　文本／作者／讀者（2014.11）
5　第25期　渡也詩作研究（2015.05）

臺灣詩學學刊

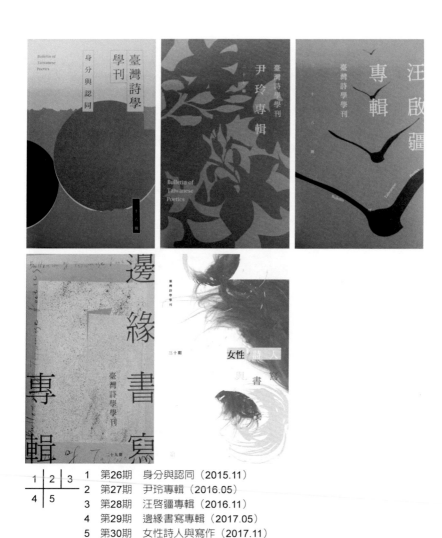

吹鼓吹詩論壇

1	2	
3	4	5

1　第1期　隱密的靈魂（2005.09）
2　第2期　領土浮出・同志詩（2006.03）
3　第3期　大補帖・詩的應用（2006.09）
4　第4期　詩人致詩人・贈答詩（2007.03）
5　第5期　惡童詩（2007.09）

吹鼓吹詩論壇

1	2
3	4	5

1　第6期　地方詩・空間漂流（2008.03）
2　第7期　冷酷異境・預言詩（2008.09）
3　第8期　詩寫詩集專輯（2009.03）
4　第9期　心靈田園（2009.09）
5　第10期　小人物・詩（2010.03）

吹鼓吹詩論壇

1	2
3	4	5

1　第11期　小說詩·輯（2010.09）
2　第12期　「百年阡陌」（國家·詩）（2011.03）
3　第13期　無意象詩·派（2011.09）
4　第14期　新聞刺青（2012.03）
5　第15期　舞詩團·詩話（2012.09）

吹鼓吹詩論壇

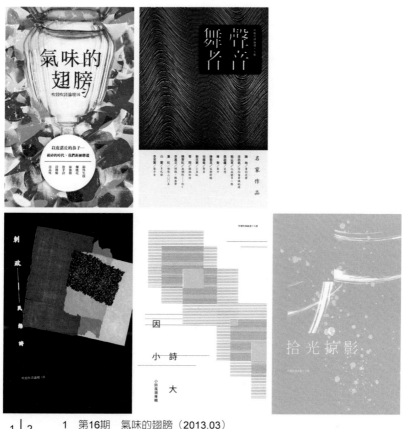

吹鼓吹詩論壇

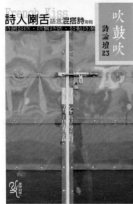

1	2
3	4	5

1　第21期　理性與感性（2015.06）
2　第22期　看！詩的視覺專輯（2015.09）
3　第23期　詩人喇舌──語言混搭詩專輯（2015.12）
4　第24期　私神‧宗教詩專輯（2016.03）
5　第25期　半人半獸──人性書寫專輯（2016.06）

吹鼓吹詩論壇

1	2	3
4	5	6

1　第26期　遊戲詩專輯（2016.09）
2　第27期　戲劇詩專輯（2016.12）
3　第28期　懺情詩專輯（2017.03）
4　第29期　歌詞創作專輯（2017.06）
5　第30期　心想詩成──許願池專輯（2017.09）
6　第31期　思辨變詩──論述詩專輯（2017.12）

活動照片

①1992年12月6日，創刊前於臺中耕讀園書香茶坊開會情景。

②1992年12月6日創刊前在臺中耕讀園合影。

③1992年12月19日，臺灣詩學季刊社創刊茶會暨專題研討會。創社八位同仁，左起：白靈、李瑞騰、尹玲、游喚、渡也、向明、蕭蕭、蘇紹連。

④1992年12月21日《聯合報》報導〈詩壇刊物前仆後繼──臺灣詩學季刊誕生〉。

聯合報

中華民國八十一年十二月二十一日 星期一

詩壇刊物前仆後繼 台灣詩學季刊誕生

●游唤多時的「台灣詩學季刊」昨天創刊。同時舉行一場大陸的台灣詩刊研討會。

蘇紹連、試圖精造分詩刊的運作，建立一個以台灣為主的現代詩學體系。

「台灣詩學季刊」的歷史，可以說是受到一年度的「台灣詩學季刊」和「藍星詩刊」內容，創作與評論並重；創作不分派別，但求詩藝純熟，評論性文章，兼顧正史與現實，用專題呈現。

詩選」和「藍星詩刊」先後停編等一連串刺激後，八位集資興辦的「台灣詩學季刊」一次再出發。

的詩人及詩評家。尹玲、李瑞騰、渡也、向明、游喚、蕭蕭。

創刊號專題談「大陸的台灣詩學」。

①臺灣詩學創刊專題「大陸的台灣詩學」，引發對岸激烈回應。

②1993年10月24日在誠品創始店舉辦現代名詩講座，同仁踊躍參與。

③1993年10月24日在誠品創始店舉辦現代名詩講座。由向明（右）開場，李瑞騰（中）、瘂弦（右）對談。

④早期臺灣詩學同仁聚會，左起：蕭蕭、白靈、李瑞騰、向明、翁文嫻、尹玲。

②

①

九十年代前期台灣十大詩事之一：

兩岸詩評家关于"大陸的台灣詩學"的论争综述

依閑

③

④

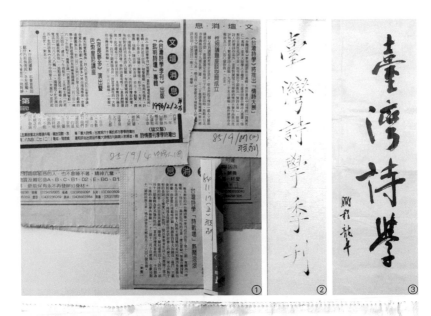

①1990年代臺灣詩學各項活動之部分剪報。
②周夢蝶題「臺灣詩學季刊」。
③龔鵬程題「臺灣詩學」。
④2000年6月5日《民生報》報導臺灣詩學舉辦「新世代詩人會談」。

十歲了 台灣詩學季刊 轉型學刊

白靈嘆「詩刊時代的結束」 未來改半年刊 並增闢網路創作版

【記者手文佳／台北報導】

①2002年11月25日《聯合報》報導〈十歲了——臺灣詩學季刊轉型學刊〉。
②2003年6月由蘇紹連所架構的「吹鼓吹詩論壇」（www.taiwanpoetry.comphpbb3）。
③《臺灣詩學季刊》前二十期由白靈主編。
④《臺灣詩學季刊》後二十期由蕭蕭主編。

①2003年起改為《臺灣詩學學刊》，1至10期由鄭慧如主編。

②林于弘自2013年第21期起接任《臺灣詩學學刊》主編。

③《臺灣詩學學刊》11至20期由唐捐主編。

④前18期《吹鼓吹詩論壇》編務幾乎是蘇紹連獨力完成，並有精彩企畫如臺灣首次標舉
　同志詩創作的論壇2號。

①陳政彥自論壇19號《因小詩大》起接任吹鼓吹主編。

②2009年，將1992至2002年的季刊前四十期電子書化後上傳網路。

③2011年9月由臺灣詩學季刊社與臺北教育大學語教系合辦「中生代詩人──第四屆兩岸四地當代詩學論壇」。

④2012年舉辦吹鼓吹詩論壇首屆詩人聚會。

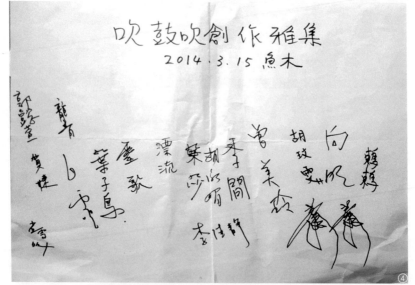

①2012年臺灣詩學季刊社適逢20週年，出版一系列同仁詩集。

②主張不乖活，一路吹鼓吹。

③由劉哲廷設計的「臺灣詩學」標誌。

④2014年3月15日「吹鼓吹創作雅集」參與者簽名。無論於網站上或生活中，吹鼓吹成員們齊聚與交流，凝聚詩的力量，發想詩的可能。

2014鼓動小詩風潮成果

文訊雜誌社。創世紀詩雜誌社。乾坤詩社。衛生紙詩社。風球詩社。台灣詩學季刊社

①

②　③

④

①2014鼓動小詩風潮成果發表。由臺灣詩學發起結合《文訊》及五家詩社，出版了八個小詩專輯。

②2015年10月3日「詩腸鼓吹──詩聲與詩身」活動，吹鼓吹詩論壇推動者蘇紹連致詞。

③2015年10月3日「詩腸鼓吹──詩聲與詩身」透過各種形式，讓詩有聲有色。此為施傑原以魔術演繹新詩。

④2015年10月3日「詩腸鼓吹──詩聲與詩身」會後合照。

①2016年1月9日，臺灣詩學季刊社於紀州庵文學森林舉辦社慶。活動包括：第四屆「大學院校詩學研究獎學金」頒獎、第23期《吹鼓吹詩論壇》「語言混搭詩」朗讀發表、年度新書發表。

②2016年1月9日臺灣詩學季刊社年會，唐捐朗讀他在《吹鼓吹詩論壇》23號刊出的詩〈悲傷12種〉。

③2016年1月9日，《新詩十家論》、《新詩新探索》、《詩心與詩史》、《詩及其象徵》等新書發表，由李瑞騰主持。

④2017年3月25日，詩雅集於耕莘文教院舉行。

①2016年6月11日，「詩與畫的交響曲」活動於臺中文學館舉行，葉子鳥主持。
②2017年5月7日臺南吹鼓吹雅集，眾多年輕詩人參與。
③2016年6月11日「詩與畫的交響曲」，結合藝術與詩作的「讀畫詩」演誦行動於臺中
文學館舉行。
④2017年5月27日詩雅集於耕莘文教院舉行，靈歌主持，賴文誠點評。

刊物紀事

《臺灣詩學季刊》編目（1-40期）

作者名	欄位名	篇名	期數	頁碼
李瑞騰	【專題】大陸的臺灣詩學（上）	前言	1	9
蕭蕭	【專題】大陸的臺灣詩學（上）	隔著海峽搔癢——以《臺灣現代詩歌賞析》談大陸學者對臺灣詩談的有心與無心	1	10
白靈	【專題】大陸的臺灣詩學（上）	隔海選詩——小評《臺港百家詩選》	1	23
向明	【專題】大陸的臺灣詩學（上）	不朦朧，也朦朧——評古遠青的《臺灣朦朧詩賞析》	1	16
游喚	【專題】大陸的臺灣詩學（上）	有問題的臺灣新詩發展史	1	22
周夢蝶	詩創作	集句六帖——遙寄曉女弟衡陽湖南	1	28
白靈	詩創作	小毛驢——兼贈文飛	1	30
洛夫	詩創作	讀李商隱（另一首）	1	31
辛鬱	詩創作	六十自述——給影子	1	32
大荒	詩創作	致杜慎卿	1	33
李瑞廍	詩創作	榮民	1	36
鐘順文	詩創作	捉迷藏	1	37
李瑞騰	詩創作	異形	1	38
陳克華	詩創作	智慧大樓	1	39
徐望雲	詩創作	三十驚悟	1	40
方群	詩創作	小鎮	1	41
吳錫和	詩創作	知北遊	1	41
顏艾琳	詩創作	隱隱燃	1	43
張筧	詩創作	南迴線上	1	44
莊瓊花	詩創作	存在——向帕斯致敬	1	45
傅朝文	詩創作	獨釣	1	46
詹鐙貴	詩創作	兩個自焚殉情的靈魂	1	47
葉紅	詩創作	風	1	47
昱璋	詩創作	祕密的一些祕密	1	48
向明	詩創作	童玩兩首	1	49

作者名	欄位名	篇名	期數	頁碼
尹玲	詩創作	曾經夏季開到最盛	1	51
蕭蕭	詩創作	鐵蒺藜日記	1	52
蘇紹連	詩創作	隱形或者變形——散文詩六首	1	54
白靈	詩創作	五行詩二首	1	57
渡也	詩創作	近作三首	1	58
游喚	詩創作	獨立詩國	1	60
游喚	現代詩學	現象學詩學之一例（詩法院）	1	61
白靈	現代詩學	新詩摘句評（一）（試刀集）	1	63
蕭蕭	現代詩學	略論現代詩人自我生命的鑑照與顯影	1	68
李瑞騰	新詩教室	現代新詩的奧秘（新詩講話之一）	1	80
尹玲	新詩教室	浪漫主義／象徵主義（新詩名詞解釋）	1	92
張默	新詩史料	好酒沉甕底（詩人書簡）	1	94
吳浩	新詩史料	張我軍《亂都之戀》（懷念詩集）	1	102
李瑞騰	【專題】大陸的臺灣詩學（下）	大陸出版有關臺灣詩的書目	2	5
游喚	【專題】大陸的臺灣詩學（下）	大陸詩有關臺灣詩詮釋手法之商榷	2	8
本社	【專題】大陸的臺灣詩學（下）	「大陸的臺灣詩學」討論會	2	21
古清遠	【專題】大陸的臺灣詩學（下）	兩岸文學交流不應存在敵意——兼評向明先生的〈不朦朧，也朦朧〉	2	40
張默	【專題】大陸的臺灣詩學（下）	隔海猶聞吟誦聲——概評《寫給繆斯的情書》	2	45
席慕蓉	【專題】大陸的臺灣詩學（下）	必要的原則	2	51
余光中	詩創作	聖奧黛麗頌——弔奧黛麗·赫本	2	54
向明	詩創作	在三萬呎高空	2	56
渡也	詩創作	誰是主流	2	58
周夢蝶	詩創作	既濟——七十七行	2	60
馮傑	詩創作	烏龍·茶的寫意	2	62
亘國泰	詩創作	藍星星	2	63
管管	詩創作	仙人掌與黑白貓	2	66
大荒	詩創作	頑疾二題	2	67
陳官暄	詩創作	別	2	69
唐捐	詩創作	絕句	2	71
葉紅	詩創作	詩三首	2	74

作者名	欄位名	篇名	期數	頁碼
尹玲	詩創作	五十四歲你舞入永恆	2	77
趙荌	詩創作	短章	2	80
蘇紹連	詩創作	隱形或者變形——散文詩六首	2	82
蕭蕭	詩創作	洪荒峽四首	2	86
白靈	詩創作	五行詩二首	2	88
游喚	詩創作	臺灣俳句	2	92
白家華	詩創作	夜來香（外一首）	2	95
方群	詩創作	小太陽——東區紀事之一	2	99
謝昭華	詩創作	格列佛	2	98
鍾順文	詩創作	滾鐵環	2	101
周粲	詩創作	詩二首	2	102
游喚	現代詩學	臺灣俳句理論介紹（上）	2	90
游喚	現代詩學	技巧即意義（詩法院）	2	104
陳啓佑	現代詩學	論對偶	2	107
白靈	現代詩學	新詩摘句評（二）（試刀集）	2	129
孫文	現代詩學	詩的沉思	2	136
尹玲	新詩教室	未來主義達達主義超現實主義（新詩名詞解釋）	2	139
管黠	新詩教室	詩與生活（一）（二）（詩的應用）	2	143
瘂弦	新詩史料	詩的新座標——本刊創刊茶會貴賓賀辭	2	147
麥穗	新詩史料	四十年前兩手詩——詩壇逸事	2	149
林耀德	【專題】現代詩學研討會	環繞現代臺灣詩史的若干意見	3	3
李豐楙	【專題】現代詩學研討會	中國純粹性詩學與現代詩學詩作的關係	3	33
楊文雄	【專題】現代詩學研討會	《龍族詩社》在七零年代詩史的地位	3	67
焦桐	【專題】現代詩學研討會	八零年代詩刊的考察	3	95
白靈	【專題】現代詩學研討會	九歌藍星詩刊的歷史意義——兼談詩刊的迷思	3	119
莫渝	【專題】現代詩學研討會	法國詩與臺灣詩人（1950~90年）	3	141
也斯	【專題】現代詩學研討會	臺灣與香港現代詩的關係——從個人的體驗說起	3	189
王浩威	【專題】現代詩學研討會	一場未完成的革命——現代主義與臺灣現代詩幾點個人的思考	3	201

作者名	欄位名	篇名	期數	頁碼
白萩	【專題】現代詩學研討會	〈環繞現代臺灣詩史的若干意見〉一文的講評	4	7
簡政珍	【專題】現代詩學研討會	講評〈中國純粹性詩學與現代詩學詩作的關係〉	4	9
呂興昌	【專題】現代詩學研討會	講評〈龍族詩社在七〇年代現代詩史的地位〉	4	12
游喚	【專題】現代詩學研討會	評焦桐〈八十年代詩刊的考察〉	4	18
林亨泰	【專題】現代詩學研討會	講評〈九歌版藍星詩刊的歷史意義〉	4	17
尹玲	【專題】現代詩學研討會	講評莫渝的〈法國詩與臺灣詩人〉	4	19
陳慧樺	【專題】現代詩學研討會	講評也斯〈臺灣與香港現代詩的關係〉	4	23
廖咸浩	【專題】現代詩學研討會	評王浩威〈一場未完成的革命〉	4	26
張健	【專題】現代詩學研討會	由純詩到現代主義——《現代詩學研討會》觀察報告	4	29
周夢蝶	詩創作	八行	4	35
向明	詩創作	捉迷藏（外一章）	4	36
徐望雲	詩創作	危機（兼致一部分詩人）	4	39
葉紅	詩創作	詩三首	4	40
和權	詩創作	苦果	4	42
孫維民	詩創作	旗（外一章）	4	43
白靈	詩創作	路標	4	45
白家華	詩創作	早餐（外一章）	4	46
楊平	詩創作	十四行詩（兩首）	4	48
鍾順文	詩創作	醫事八問要	4	50
吳長耀	詩創作	詩四首	4	52
莫云	詩創作	塵心	4	56
劉凱娟	詩創作	相擁時刻	4	57
李進文	詩創作	棒球系列	4	58
隗振璇	詩創作	詩三首	4	63
馮傑	詩創作	鄉土年代（組詩）	4	64
侯吉諒	詩創作	詩三首	4	68
張遠謀	詩創作	紛擾的年代沒有花季	4	72
辜人幾	詩創作	三人行	4	73
趙荃	詩創作	夜奔（外一首）	4	74
莊瓊花	詩創作	永恆之喪（外三首）	4	77
高平遠	詩創作	車行，過中橫	4	82

作者名	欄位名	篇名	期數	頁碼
游喚	八人詩展	詩三首	5	57
蘇紹連	八人詩展	隱形或者變形（散文詩五首）	5	60
蕭蕭	八人詩展	小詩十三首	5	62
夏菁	詩創作	近作兩首	5	65
周夢蝶	詩創作	癸酉冬集曉女弟句續帖	5	67
周粲	詩創作	心境變奏（外一首）	5	69
劉清輝	詩創作	情崩（外一首）	5	71
葉紅	詩創作	背叛	5	72
辛鬱	詩創作	醉人的話題	5	73
莫云	詩創作	書房截角	5	75
蔣非非	詩創作	一生（外一首）	5	76
客人	詩創作	睫毛邊的鄉村（組詩）	5	77
楊孟芳	詩創作	情人的邊界	5	79
董克勤	詩創作	十月	5	79
管管	詩創作	生日派對	5	80
尹凡	詩創作	偶遇掃地僧	5	81
顏艾琳	詩創作	度冬的情獸	5	82
李美綾	詩創作	秋蟬（外一首）	5	83
楊平	詩創作	十四行詩兩首	5	84
張遠謀	詩創作	隱題詩兩首	5	85
夏末	詩創作	空中的夜歌	5	86
伊沙	詩創作	乘滑輪車遠去（外一首）	5	88
方群	詩創作	愛情公路	5	89
吳明諭	詩創作	暮秋印象	5	90
林群盛	詩創作	及	5	92
吳長耀	詩創作	圓弧風景	5	92
吳浩	現代詩評家	渡也	5	93
渡也	現代詩學	廣告／兒童與臺語	5	97
何金蘭	現代詩學	洛夫〈清明〉詩析論——高德曼結構主義詩歌分析方法之應用	5	104
蕭蕭	現代詩學	論羅門的人女關懷	5	113
游喚	現代詩學	臺灣俳句理論介紹（中）——精神與景象	5	123
劉士林	現代詩學	荷馬盲目	5	125
游喚	現代詩學	八〇年代臺灣政治調查報告	5	127

作者名	欄位名	篇名	期數	頁碼
徐望雲	現代詩學	可能有問題的兩岸詩學交流——與蕭蕭、白靈、向明、古遠清、章亞昕、耿建華《研究研究》	5	154
南鄉子	現代詩學	詩評家的邪路——讀〈兩岸文學交流不應存在「敵意」〉	5	159
古遠清	現代詩學	關於「大批判情結」、政治敵意、詩的詮釋諸問題——對南鄉子〈詩評家的邪路〉一文的答辯	5	164
向明	新詩教室	來自迦南地的聲音——以色列女詩人阿達·阿哈羅麗詩選譯	5	169
麥穗	新詩史料	一首惹禍的詩	5	173
李瑞騰	【專題】詩選大家談	詩選怎麼編	6	7
余光中	【專題】詩選大家談	傳後之門？	6	9
孟樊	【專題】詩選大家談	詩選的政治性	6	11
陳義芝	【專題】詩選大家談	能否換個方式挑選？——對年度詩選的一點看法	6	14
向明	【專題】詩選大家談	民主詩選	6	15
岩上	【專題】詩選大家談	對詩選編輯的一些看法	6	17
李魁賢	【專題】詩選大家談	選詩的偏見	6	19
蕭蕭	【專題】詩選大家談	大學《現代詩》課堂上適用哪本詩選集？	6	21
白靈	【專題】詩選大家談	紙上遊戲編詩選	6	25
游喚	【專題】詩選大家談	詩選的性質與功能——一種批評詮釋的策略	6	27
張默	【專題】詩選大家談	攀登時間的峰頂——漫談編輯「詩選」的種種	6	31
余光中	詩創作	老來	6	43
周夢蝶	詩創作	用某種眼神看冬天	6	45
隱地	詩創作	詩五首	6	47
向明	詩創作	短章三題	6	52
大荒	詩創作	西安初旅——致沈奇	6	55
李瑞騰	詩創作	狗流浪	6	57
張遠謀	詩創作	小詩三首	6	59
白家華	詩創作	催眠術	6	60
劉清輝	詩創作	詩三首	6	62
方群	詩創作	在一個疲倦的午後醒來	6	64
葉紅	詩創作	髮（外二首）	6	66
林怡君	詩創作	大樹	6	68

作者名	欄位名	篇名	期數	頁碼
徐望雲	詩創作	久別	6	69
渡也	詩創作	詩二首	6	70
蘇紹連	詩創作	草木詩篇（四首）	6	72
吳晟	詩創作	棲	6	74
游喚	詩創作	臺灣小鶯（外一首）	6	75
蕭蕭	詩創作	小詩三首	6	77
蔡明展	詩創作	禽獸二首	6	79
白靈	詩創作	夜泊長江某鎮	6	81
和權	詩創作	大磁鐵	6	82
鍾順文	詩創作	踩鐵罐	6	84
邱宇健	詩創作	蝙蝠	6	84
林岸	詩創作	無形的切角	6	85
尹玲	詩創作	追尋名叫西貢的都市（外一首）	6	86
陳強華	詩創作	雄貓之歌	6	89
李進文	詩創作	情詩（外一首）	6	90
陳去非	詩創作	婚姻生活	6	92
路傷	詩創作	曲折的歌	6	93
劉大興	詩創作	湘西寫生（三首）	6	94
沈葦	詩創作	獨白（三首）	6	96
劉松林	詩創作	與初唐四傑相握（四首）	6	98
吳長耀	詩創作	翡翠農場	6	101
葛乃福	現代詩學	我們期待怎樣的交流——海峽兩岸詩歌交流之檢討	6	102
沈奇	現代詩學	誤接之誤——談兩岸詩界的交流與對接	6	107
耿秋	現代詩學	朦朧詩、現代詩與大中華詩歌	6	114
楊光治	現代詩學	《朦朧詩》是一個概念——讀者投書	6	117
游喚	現代詩學	兩種基本型敘述手法——詩法院專欄	6	119
王鎮庚	現代詩學	詩壇風雲四十年——簡論《現代主義》在臺灣	6	123
羅門	現代詩學	從我《第三自然螺旋型架構》世界對後現代的省思	6	128
劉士林	現代詩學	關於古典詩歌的現代接受問題	6	140
楊平	現代詩學	永恆的夢，比生活更純——關於顧城	6	143
鄒建軍	現代詩學	談目前大陸詩壇的四種文化現象	6	149

作者名	欄位名	篇名	期數	頁碼
白家華	詩創作	穩定	7	94
林群盛	詩創作	回憶圖書館冒險問答	7	96
毛翰	詩創作	自殺的另八種方式	7	99
張耳	詩創作	詩三首	7	101
李俊東	詩創作	豢（外一首）	7	103
李國七	詩創作	趕九點場電影	7	105
漢駱	詩創作	巨荷四連屏	7	106
陳銘華	詩創作	小詩三首	7	107
莫云	詩創作	變焦的心鏡（外一首）	7	108
黃玠源	詩創作	家鄉人（三首）	7	109
翁文嫻	現代詩學	《興》之涵義在現代詩創作上的思考	7	111
李瑞騰	現代詩學	菲華現代詩中的華人處境	7	129
游喚	現代詩學	文化詩學論梅新——評梅新詩集《家鄉的女人》	7	138
徐望雲	詩戰場	臺灣現代詩壇中前輩詩人與年輕詩人的互動關係	7	154
管黠	新詩教室	詩的應用	7	162
向明	新詩教室	以色列女詩人阿哈羅麗詩選譯	7	164
尹玲	新詩教室	越南詩選譯	7	166
章簡	新詩教室	威廉斯作品選譯	7	168
麥穗	新詩史料	胎死腹中的三本詩選	7	171
楊文雄	【專題】新詩教學經驗談	我的新詩教學經驗	8	7
楊昌年	【專題】新詩教學經驗談	國立臺灣師範大學國文學系《新詩》教學	8	11
張健	【專題】新詩教學經驗談	現代詩教學	8	13
趙衛民	【專題】新詩教學經驗談	黃河之水天上來	8	14
焦桐	【專題】新詩教學經驗談	迷人的陷阱——關於新詩教學	8	16
蕭蕭	【專題】新詩教學經驗談	現代大學生需要什麼樣的現代詩教學	8	17
韋鳴	【專題】新詩教學經驗談	新詩教學設計	8	18
沈志方	【專題】新詩教學經驗談	現代詩教學管窺	8	21
翁文嫻	【專題】新詩教學經驗談	讓詩在生活中之中流傳不已	8	24
游喚	【專題】新詩教學經驗談	現代詩教學辛酸史	8	30
李瑞騰等	【專題】新詩教學經驗談	現代詩教學座談會——訪葉維廉	8	41
蔡明展	詩創作	佛曰：不可說	8	51
林建隆	詩創作	平常事	8	52

作者名	欄位名	篇名	期數	頁碼
吳明興	詩創作	烏篷船	8	53
商禽	詩創作	泉——紀念覃子豪先生	8	54
周夢蝶	詩創作	七短句二闋	8	56
陳義芝	詩創作	小島速寫——《不能遺忘的遠方》殘稿	8	58
向明	詩創作	長廊	8	59
葉維廉	詩創作	坐在太陽的光芒上（外二首）	8	61
蘇紹連	詩創作	散文詩三首	8	64
陳正凡	詩創作	一個美麗的女子	8	66
葛乃福	詩創作	二行詩三首	8	68
方安華	詩創作	詩劇I：孟玄記	8	69
隱地	詩創作	開礦之歌（外二首）	8	71
和權	詩創作	小詩三題	8	73
簡夏	詩創作	小詩兩首	8	74
董克勤	詩創作	後院	8	75
李俊東	詩創作	夏日過街	8	75
秦松	詩創作	枝葉從水上站起——寄懷	8	77
葉紅	詩創作	黃昏曼陀羅（外三首）	8	78
白家華	詩創作	忙	8	80
吳明諭	詩創作	午后	8	81
楊平	詩創作	詩兩首	8	82
白靈	詩創作	五行詩二首	8	83
泡泡	詩創作	藏	8	84
張明珠	詩創作	懸（外一首）	8	85
張國治	詩創作	心之病室手札——在生命的邊陲	8	86
邱小明	詩創作	人性（外三首）	8	87
尹玲	詩創作	近作五首	8	90
游喚	詩創作	家人（外一首）	8	94
林岸	詩創作	蝶的意外事件	8	96
林群盛	詩創作	在故事街傳說巷讀到的（外二首）	8	97
劉清輝	詩創作	燭（外一首）	8	99
李進文	詩創作	賞鳥人	8	100
吳長耀	詩創作	詩三首	8	102
懷白	詩創作	虛驚過後	8	104
洪正壹	詩創作	邯鄲道	8	105
莊民峰	詩創作	擦肩	8	105

作者名	欄位名	篇名	期數	頁碼
黃玠源	詩創作	遠方的稀客（外一首）	8	106
楊平等	詩戰場	青年詩人看《年度詩選》	8	107
熊國華	現代詩學	詩的沉思	8	117
杜十三	現代詩學	詩的《第三波》	8	123
王鎮庚	現代詩學	從詩作品論新詩的《再》革命	8	128
沈奇	現代詩學	沉寂、造勢、導引、清理、以及⋯⋯——當前大陸詩壇的若干問題	8	134
向明	詩人特寫	認識尹玲	8	141
蕭蕭	詩人特寫	戰爭詩美學——以尹玲的《當夜綻放如花》為例	8	144
瘂弦	詩人特寫	《戰火紋身》——尹玲的戰爭史詩	8	158
游喚	新詩教室	尹玲詩話	8	162
渡也	新詩教室	新詩的斷句與分行	8	170
向明譯	新詩教室	詩死了嗎——美國詩人看詩與讀者的通路	8	167
謝輝煌	新詩教室	小黑傘的憂思——周夢蝶（弟弟呀——十行二首擬童詩）讀後	8	179
向明	新詩教室	阿哈羅麗詩選譯	8	182
麥穗	新詩史料	藍星成立於誰《家》？	8	186
李瑞騰	性愛詩專輯	前言	9	7
向明	性愛詩專輯	關於詩與性愛的幾點註釋	9	8
蕭蕭	性愛詩專輯	現代詩的情色美學與性愛描寫	9	10
劉易	性愛詩專輯	漢詩學所見情色	9	24
蕭蘁律嘉	性愛詩專輯	東區夜泊	9	30
扶桑	性愛詩專輯	擁抱（外二首）	9	31
小蓧	性愛詩專輯	秋之味	9	32
陳雅湞	性愛詩專輯	內宮御膳鮮果冰淇淋食譜	9	33
侯吉諒	性愛詩專輯	色彩練習（外一首）	9	34
陳正凡	性愛詩專輯	動的	9	36
蕭蕭	性愛詩專輯	我卸下了鞍銷劍鉈	9	37
隱地	性愛詩專輯	二弟弟	9	38
一樂	性愛詩專輯	蠟燭	9	39
陳義芝	性愛詩專輯	春之祭	9	40
蘇紹連	性愛詩專輯	玫瑰花瓣（外一首）	9	42
張默	性愛詩專輯	崩塌十行	9	44

作者名	欄位名	篇名	期數	頁碼
杜十三	性愛詩專輯	鹽	9	45
林耀德	性愛詩專輯	他如何辨識妳的陰核	9	46
東野	性愛詩專輯	獨立戰爭	9	47
盧揚雨	性愛詩專輯	臥房情事	9	49
葉維廉	性愛詩專輯	蜂鳥	9	50
阿翁	性愛詩專輯	第幾號海灣	9	51
羅門	性愛詩專輯	樹，鳥，森林，天空——性的象徵符號	9	52
劉菲	性愛詩專輯	夏夜	9	53
楊觀	性愛詩專輯	書室	9	54
董克勤	性愛詩專輯	手	9	55
游喚	性愛詩專輯	物色三類	9	56
阿薑	性愛詩專輯	夜之創世紀	9	58
薛莉	性愛詩專輯	我們的愛情	9	59
江平	性愛詩專輯	初航	9	60
吳長耀	性愛詩專輯	感官帝國	9	62
顏艾琳	性愛詩專輯	黑牡丹	9	63
楊平	性愛詩專輯	金急雨之夜（外一首）	9	64
丁威仁	性愛詩專輯	關於情慾底一些紀事	9	66
阿翁譯述	性愛詩專輯	波特萊爾作品：吸血鬼的變身	9	68
麥穗	性愛詩專輯	我國第一本歌頌性愛的現代詩集	9	70
路痕	詩創作	生活的殘延八題	9	74
伊沙	詩創作	我絕處逢生的詩行（外二首）	9	75
向明	詩創作	拇指山下——記夏菁	9	76
和權	詩創作	中秋月	9	77
周夢蝶	詩創作	七十五歲生日一輯六題	9	78
陳銘華	詩創作	散文詩二章	9	80
李宗蓓	詩創作	李宗蓓小輯	9	82
吳明興	詩創作	廣濟寺居出林	9	86
朵思	詩創作	小詩二三行	9	87
周粲	詩創作	這時間那時間	9	88
傅天虹	詩創作	新作三首	9	90
大荒	詩創作	月亮考古學	9	92
吳明諭	詩創作	外語二說	9	94
渡也	詩創作	民藝系列：石獅	9	96
莫云	詩創作	角度的告白	9	97
尹玲	詩創作	近作四首	9	98

作者名	欄位名	篇名	期數	頁碼
疊淑	詩創作	攝影進行曲	9	102
陳銘華	詩創作	安土桃山時代	9	103
白家華	詩創作	鳥骸	9	104
于凌	詩創作	秋天的岸口	9	105
莫野	詩創作	Coffee Shop手記	9	106
方群	詩創作	預支思念十二行後又得括弧一行	9	107
鍾順文	詩戰場	呼拉圈──童玩系列	9	107
詩徒	詩戰場	立「竿」見影	9	108
隱地	詩戰場	詩的意象症	9	110
大荒	詩戰場	鎖碼頻道與單身牢房	9	111
楊平等人	詩戰場	青年詩人看「兩大報詩獎」	9	114
左委	詩戰場	空靈婉約的「暗中三題」	9	124
孫維民	現代詩學	詩人與評論家的對話	9	127
莊向陽／彭迎春	現代詩學	大陸新詩：峰迴路轉的一九九四	9	129
游喚	現代詩學	時間與動作在詩中的作用（詩法院專欄）	9	136
游喚	現代詩學	臺灣俳句理論（下）──美情篇	9	140
小宛	現代詩學	閒話詩人	9	145
蔣登科	現代詩學	諸神下界與詩學家的使命	9	149
渡也	新詩教室	汽車廣告與新詩	9	154
向明	新詩教室	喬曼 拙根布魯特詩選譯	9	157
鄭慧如	新詩史料	新詩期刊論文索引初編（上）	9	159
向明	挑戰詩人專輯	前言關於──挑戰詩人專輯	10	7
本刊	挑戰詩人專輯	誰能雪中取火──翁文嫻vs.周夢蝶	10	8
本刊	挑戰詩人專輯	靈魂深處永遠有詩意的躍動──李瑞騰vs.瘂弦	10	18
本刊	挑戰詩人專輯	語言的破壞與重建──尹玲vs.洛夫	10	26
本刊	挑戰詩人專輯	詩人的心靈世界──蕭蕭vs.羅門	10	36
周夢蝶	詩創作	四行 附跋	10	56
蕭蕭	詩創作	蕭蕭三首	10	57
蘇紹連	詩創作	〈隱形或變形〉四首	10	61
阿慾	詩創作	無愛	10	65
和權	詩創作	鏡	10	65

作者名	欄位名	篇名	期數	頁碼
蔡明展	詩創作	菸（外四首）	10	66
葉紅	詩創作	亞當的門	10	68
黃梁	詩創作	狗月（外三首）	10	70
劉荒田	詩創作	塊壘之歌	10	72
白家華	詩創作	山	10	75
游喚	詩創作	臺灣派小輯	10	76
隱地	詩創作	在路上	10	78
向明	詩創作	影子（外一首）	10	79
林錫嘉	詩創作	六粒小石子的世界	10	80
董克勤	詩創作	悲哀的嗩吶	10	81
傅小華	詩創作	小鳥的故事	10	82
白靈	詩創作	五行詩二首	10	83
盧揚雨	詩創作	靜的	10	83
林群盛	詩創作	雪貓貓〈3D詩〉（外一首）	10	85
尹玲	詩創作	近作五首	10	86
劉大興	詩創作	花語	10	88
阿翁	詩創作	聊齋的故事（見封面裡）	10	
王鎮庚	詩戰場	評論詩的「當代性」和女性「荒野地帶」	10	90
游喚	現代詩學	詩與自然	10	94
隱地	現代詩學	寫詩的故事	10	99
宋穎豪	新詩教室	美國桂冠詩人馬克·史傳德（及詩選譯）	10	104
李瑞騰	新詩史料	關於現代詩期刊論文目錄之編輯	10	110
黃郁婷	新詩史料	現代詩期刊論文初編（民41～70）	10	111
鄭慧如	新詩史料	新詩期刊論文索引目錄（下）（民71～82）	10	135
麥穗	新詩史料	臺灣最早培植詩人的搖籃	10	170
翁文嫻	詩與宗教專輯	詩與宗教	11	7
王鎮庚	詩與宗教專輯	說中國文化的宗教觀與詩	11	18
王浩威	詩與宗教專輯	肉身菩薩——九〇年代臺灣現代詩的性與宗教	11	22
游志誠	詩與宗教專輯	從道教觀點重新解讀〈登江中孤嶼〉乙詩	11	34
羅門	詩與宗教專輯	詩眼中的宗教性與靈思	11	44
阿慾	詩與宗教專輯	婚禮	11	51

作者名	欄位名	篇名	期數	頁碼
葉紅	詩與宗教專輯	紅蝴蝶（外一首）	11	52
吳明興	詩與宗教專輯	二諦集（八首）	11	54
林姿伶	詩與宗教專輯	禪來禪去（外四首）	11	59
游喚	詩與宗教專輯	妙法蓮花師	11	61
白靈	詩與宗教專輯	紅頭阿三	11	62
楊非	詩與宗教專輯	黑暗紀事（外一首）	11	64
向明譯	詩與宗教專輯	上帝，你賜我以靈魂	11	65
羅門	詩與宗教專輯	靈與肉一直是好芳鄰	11	66
蕭蕭	詩與宗教專輯	我心中那頭牛啊！（十首）	11	68
陳義芝	詩與宗教專輯	遲學──寫母親	11	78
蔡富澧	詩與宗教專輯	津渡	11	79
蓉子	詩與宗教專輯	奧秘	11	81
楊平	詩與宗教專輯	孩子	11	82
扶疏	詩與宗教專輯	吃茶的哲學	11	83
尹玲	詩與宗教專輯	法國宗教詩選譯介	11	84
宋穎豪	詩與宗教專輯	宗教師二家選譯	11	94
翁文嫻	詩與宗教專輯	天墜（封面裡）	11	
路痕	詩創作	化妝鏡閒話（八題）	11	98
鄧秋彥	詩創作	非詩	11	99
陳克華	詩創作	母狗·選舉日	11	100
沙陵	詩創作	非非集（四首）	11	104
紀明宗	詩創作	祈禱──給地球	11	105
薛莉	詩創作	沉默樹	11	105
韋銅雀	詩創作	嫁娶	11	106
蘇紹連	詩創作	〈看不見的小孩〉兩首	11	109
大荒	詩創作	一泓水 隱地題龐均小油畫（二首）	11	110
尹玲	詩創作	近作三首	11	111
俞強	詩創作	在大地與天空之間必須成為一隻鳥	11	112
周夢蝶	詩創作	細雪	11	113
林群盛	詩創作	巧克力大混戰	11	115
劉松林	詩創作	給杜甫按脈	11	116
罍淑	詩創作	偽國王	11	118
林俊東	詩創作	奴心	11	119
夏菁	詩創作	雨的消息（二首）	11	120
陳去非	詩創作	卡夫卡	11	121

作者名	欄位名	篇名	期數	頁碼
楊邪	詩創作	一瞬	12	78
葉紅	詩創作	刊誤列車	12	79
周粲	詩創作	新聞語言三首	12	80
顏艾琳	詩創作	衣服的聯想	12	81
向明	詩創作	無聊檔案三首	12	82
張安君	詩創作	鷹爪拳	12	83
蕭蕭	詩創作	詩八首	12	84
林廣	詩創作	「一」之系列三首	12	87
一樂	詩創作	秤	12	90
吳錫和	詩創作	手ㄕㄡˇ	12	91
李國七	詩創作	愛的幻想	12	92
楊宗翰	詩創作	在學院的長廊	12	93
劉大興	詩創作	一家三口	12	96
余佳玲	詩創作	擺動心情四首	12	99
銀髮	詩創作	我獨自走在臺北街道上	12	101
尹玲	詩創作	近作四首	12	102
游喚	詩創作	忘掉吧（外一首）	1	104
隱地	詩創作	方塊舞	12	106
林群盛	詩創作	12月那一年一直分不清白血球和血小版的我（外一首）	12	108
孫維民	詩創作	久違	12	110
蔡富澧	詩創作	詩的對話	12	111
羅門	詩創作	歲月一直是這樣變調的	12	112
陳正凡	詩創作	胃	12	113
李宗蓓	詩創作	發呆外五首	12	114
吳菀菱	詩創作	年輪	12	117
張國治	詩創作	月光不安	12	118
殷皓	詩創作	禪的思索	12	119
張士甫	詩創作	小巷盡頭	12	120
紀小樣	詩創作	鱉腳馬戲團	12	121
鍾順文	詩創作	海問	12	122
董克勤	詩創作	中國之夜——讀史	12	122
紀明宗	詩創作	裸奔（外一首）	12	124
小黑吉	詩創作	跟蹤（漫畫）	12	125
扶疏	詩創作	湧來的河外二首	12	126
路痕	詩創作	「詩戰場」四首	12	128

作者名	欄位名	篇名	期數	頁碼
石天河	現代詩學	詩學的困惑——至青年詩學家蔣登科的一封信	12	130
懷金	現代詩學	流亡——詩歌隨筆	12	133
張亞昕	現代詩學	詩歌藝術的感染力	12	137
吳當	新詩教室	現代人的孤絕與疏離——試析焦桐的三首詩	12	147
黃梁	新詩教室	尋水——析論鴻鴻的四首詩	12	152
張默、蕭蕭	新詩史料	「新詩三百首」詩人鑑評選刊	12	160
紀絃等八人	新詩史料	「新詩三百首」名家贊詞選刊	12	167
本刊	新詩史料	臺灣光復後的第一本詩雜誌——有關「詩誌」	12	171
李瑞騰	「當前詩壇現象批判」專輯	前言	13	8
小黑吉	「當前詩壇現象批判」專輯	「創世紀」會失守嗎？（外二題）	13	10
張健	「當前詩壇現象批判」專輯	當前詩壇現象	13	11
向明	「當前詩壇現象批判」專輯	詩人與詩匠	13	12
謝輝煌	「當前詩壇現象批判」專輯	詩壇如政壇	13	14
杜十三	「當前詩壇現象批判」專輯	臺灣詩？中國詩？	13	17
大荒	「當前詩壇現象批判」專輯	獎為何設？	13	18
王鎮庚	「當前詩壇現象批判」專輯	「時報新詩獎」走的是一條創作的窄路	13	21
林燿德	「當前詩壇現象批判」專輯	尊重之心	13	24
翁文嫻	「當前詩壇現象批判」專輯	詩教育之可能性	13	25
張默	「當前詩壇現象批判」專輯	誦明月之詩，歌窈窕之章	13	28
陳去非	「當前詩壇現象批判」專輯	「搞怪」就是「前衛」	13	43
游喚	「當前詩壇現象批判」專輯	美的詩還有嗎？	13	47
陳去非	「當前詩壇現象批判」專輯	一條等待澈底腐敗的空心菜頭	13	55
侯吉諒	「當前詩壇現象批判」專輯	愛詩者搗蛋發射	13	58
岩上	「當前詩壇現象批判」專輯	關於「榮後臺灣詩獎」	13	64
李魁賢	「當前詩壇現象批判」專輯	可以這樣濫殺無辜嗎？	13	67
渡也	「當前詩壇現象批判」專輯	再談「榮後臺灣詩獎」	13	71
老舊顏妹妹	「當前詩壇現象批判」專輯	艾琳的印象詩	13	72
鴻鴻	「當前詩壇現象批判」專輯	理不直而氣壯	13	74
余光中	詩創作	悲來日（外一首）	13	76
蘇紹連	詩創作	感覺系列（四首）	13	77

作者名	欄位名	篇名	期數	頁碼
薛莉	詩創作	玫瑰無根	13	79
浩浩	詩創作	屬於弦的（外二首）	13	80
渡也	詩創作	人權面具	13	81
楊宗翰	詩創作	音樂會	13	81
周夢蝶	詩創作	細雪之三	13	82
紀明宗	詩創作	雨之抒情式	13	83
尹玲	詩創作	尹玲近作六首	13	84
林群盛	詩創作	夜日	13	87
林廣	詩創作	文房四寶	13	88
葉紅	詩創作	水晶球（外一首）	13	89
朵思	詩創作	夢幻飛翔	13	90
江盈岱	詩創作	信心	13	90
隱地	詩創作	十個房間	13	91
向明	詩創作	無聊檔案（四首）	13	92
阿翁	詩創作	月溫	13	94
游喚	詩創作	臺灣派小輯二首	13	95
楊平	詩創作	詩二首	13	96
侯吉諒	詩創作	雪色粉金紙（外一首）	13	97
汪啓疆	詩創作	工作素描三首	13	98
徐老虎	詩創作	出恭記	13	100
蕭蕭	詩創作	我心中那頭牛啊！（乙篇）	13	102
張國治	詩創作	一枚秋之血楓	13	110
陳去非	詩創作	本草經別裁一首	13	112
劉榮進	詩創作	禪之習坐	13	113
劉洪順	詩創作	月亮掛在大樹上	13	114
甘耀明	詩創作	廊下的碗	13	115
方群	詩創作	末世紀終極預言	13	116
趙佳誼等六人	詩創作	「白開水詩社」詩作大展	13	117
尹玲	現代詩學	捷克中、小學的文學教育及其改革	13	123
沈奇	現代詩學	對「O檔案」的發言	13	127
羅門	現代詩學	詩眼看後現代現象（上）	13	135
張國治	新詩教室	讀詩札記——駕感覺翅膀想像飛翔的羅任玲	13	142
曾進豐	新詩史料	周夢蝶詩作編目，編年（上篇）	13	147
李瑞騰	《大陸的臺灣詩學再檢驗》專輯	前言	14	8

作者名	欄位名	篇名	期數	頁碼
吳浩	《大陸的臺灣詩學再檢驗》專輯	史家紀傳是這種紀法嗎？	14	9
文治	《大陸的臺灣詩學再檢驗》專輯	如果漸成事實	14	12
蕭蕭	《大陸的臺灣詩學再檢驗》專輯	大陸學拼貼的《新詩理論批評》圖	14	19
孟樊	《大陸的臺灣詩學再檢驗》專輯	主流詩學的盲點	14	25
張健	《大陸的臺灣詩學再檢驗》專輯	大陸的臺灣詩學十家	14	28
尤七	《大陸的臺灣詩學再檢驗》專輯	失時間歷史與空間歷史的矛盾	14	29
張默	《大陸的臺灣詩學再檢驗》專輯	偏頗，錯置，不實？	14	37
謝輝煌	《大陸的臺灣詩學再檢驗》專輯	《論詩》的隔與不隔──兼就教沈奇教授	14	46
游喚	《大陸的臺灣詩學再檢驗》專輯	大陸學者如何評釋五十年代臺灣詩	14	50
楊平	《大陸的臺灣詩學再檢驗》專輯	批評之外	14	63
向明	詩創作	無聊檔案（二首）	14	66
張戰	詩創作	一些話	14	67
薛莉	詩創作	女媧	14	67
周粲	詩創作	預言家	14	68
楊平	詩創作	晨霧	14	69
大荒	詩創作	鼠年──閏一九九五年（外二首）	14	70
鄧秋彥	詩創作	荷（外一首）	14	72
路痕	詩創作	聖誕鈴聲（三首）	14	73
劉榮進	詩創作	禪之習坐	14	74
莫云	詩創作	山雨欲來	14	74
方群	詩創作	秋日，某臨海小鎮紀事	14	75
陳正凡	詩創作	公車	14	75
阿鏡	詩創作	吻（外一首）	14	76
蘇紹連	詩創作	《隱形或者變形》散文詩二首	14	77
邱平	詩創作	花落時節（外一首）	14	78
隱地	詩創作	詩人與黑色	14	79
林群盛	詩創作	喵喵咪帝國	14	80
管管	詩創作	肥了秋陽瘦了乳房	14	81
葉紅	詩創作	凋零的睡眠	14	82
柯子陶	詩創作	老兵情史	14	83
張詩	詩創作	心事	14	83
詹淑玲	詩創作	現代俳句	14	84
游喚	詩創作	艮──懷黃慶萱師	14	85

作者名	欄位名	篇名	期數	頁碼
陳去非	詩創作	本草經別裁（外一首）	14	86
紀明宗	詩創作	麻醉師（外一首）	14	87
張士甫	詩創作	一位犯罪少女和她的初夏	14	88
秦松	詩創作	斷札抄	14	89
丁威仁	詩創作	意識流現象	14	90
徐望雲	詩創作	滄海一聲，笑過西安	14	91
張耳	詩創作	暑日隨筆	14	93
扶疏	詩創作	黑眼珠	14	94
黃梁	詩創作	不要忘記喫掉你的早餐	14	95
連暉慈	詩創作	閱讀（外一首）	14	96
林野	詩創作	閒居（外一首）	14	97
楊宗翰	詩創作	水龍頭心事（外三首）	14	98
和權	詩創作	葉子	14	99
李雪菱	詩創作	失戀（外三首）	14	100
李俊東	詩創作	劇場短歌	14	101
蕭蕭	詩創作	岩與水的傳奇——太魯閣國家公園所見所思	14	102
蘇文彥	詩創作	心事	14	104
楊觀	詩創作	地吸引力索引	14	106
尹玲	詩創作	近作四首	14	108
王鎮庚	詩戰場	現代詩有困惑嗎？	14	110
羅門	詩戰場	仍是《理所當然》	14	112
楊宗翰	現代詩學	擺盪：論楊牧近期的詩創作	14	114
羅門	現代詩學	詩眼看後後現代現象（下）	14	121
陳仲義	現代詩學	反省生命詩歌	14	127
楊四平	現代詩學	在交點上燃燒——再談PTV	14	131
白靈	現代詩學	畢竟是小詩天下——詩獎在行數上的迷思	14	135
周夢蝶	現代詩學	鹿橋《人子》二十年後重讀	14	142
	新詩史料	周夢蝶詩作編目，編年（中篇）	14	146
小黑吉	詩漫畫	品味後的下場（外一題）	14	
李瑞騰	《詩與死亡》專輯	前言	15	8
張健	《詩與死亡》專輯	詩與死亡，死亡與詩	15	10
王鎮庚	《詩與死亡》專輯	詩會死嗎？	15	11
謝輝煌	《詩與死亡》專輯	黃泉無旅店，今夜宿誰家？	15	13
黃梁	《詩與死亡》專輯	詩中的《還魂》之思——周夢蝶作品二闋試析	15	16

作者名	欄位名	篇名	期數	頁碼
周粲	《詩與死亡》專輯	眾生二首	15	19
陳正凡	《詩與死亡》專輯	劍氣	15	20
向明	《詩與死亡》專輯	天葬臺集景	15	21
吳錫和	《詩與死亡》專輯	死者的行進外二首	15	22
顏艾琳	《詩與死亡》專輯	魘事	15	23
白靈	《詩與死亡》專輯	魚化石（外一首）	15	24
林廣	《詩與死亡》專輯	一場火	15	25
俞強	《詩與死亡》專輯	在詩歌之中被死神凝視（外三首）	15	26
紀小樣	《詩與死亡》專輯	骷髏頭	15	29
莫云	《詩與死亡》專輯	迴風	15	30
林姿伶	《詩與死亡》專輯	驚心（外一首）	15	31
鄧秋彥	《詩與死亡》專輯	死亡語錄	15	32
黃梁	《詩與死亡》專輯	死之歌（外三首）	15	34
張代明	《詩與死亡》專輯	詩之生死謎（外一首）	15	36
張士甫	《詩與死亡》專輯	獻給死亡的歌	15	37
尹玲譯	《詩與死亡》專輯	如何告別人世——幾首有關的法文詩	15	44
秀陶譯	《詩與死亡》專輯	保羅‧色蘭詩選譯	15	54
宋穎豪譯	《詩與死亡》專輯	死亡詩三家	15	65
匡國泰	詩創作	烏雲中的抽屜——一個詩人的片斷剪輯	15	71
嚴力	詩創作	被扶著花瓣奔放（外四首）	15	75
楊宗翰	詩創作	琉璃風景（外一首）	15	77
路痕	詩創作	家之傳說	15	78
陳孝慧	詩創作	隱題詩一首	15	79
葉紅	詩創作	蹺蹺板外收一首	15	80
蘇紹連	詩創作	感覺的詩（二首）	15	81
游喚	詩創作	臺灣派小輯	15	82
向明	詩創作	無聊檔案（二首）	15	83
尹玲	詩創作	近作五首	15	84
李俊東	詩創作	詩二首	15	88
晶晶	詩創作	飆	15	89
潘寧馨	詩創作	午睡囈語	15	90
張國治	詩創作	晚間新聞之夜	15	91
喬林	詩創作	聖誕禮物	15	92
劉松林	詩創作	青蓮，在酒中燃燒	15	94

作者名	欄位名	篇名	期數	頁碼
丁威仁	詩創作	荒謬（外三首）	15	96
蕭蕭	詩創作	天與山無語	15	98
羅門	詩創作	我最短的一首詩	15	99
古遠清	詩戰場	蕭蕭先生批評大陸學者的盲點	15	104
古繼堂	詩戰場	雨過山自綠，風過海自平	15	121
張健	詩戰場	來函	15	122
張默	現代詩學	垂今釣古話蕭蕭	15	123
佑子	現代詩學	時間呵！牛毛呵！（讀詩隨筆）	15	132
嚴力	現代詩學	四月是最殘酷的	15	135
楊宗翰	現代詩學	再生的樹：現代詩中的有情草木（上）	15	138
黎山嶢	現代詩學	顯在的消解，隱性的建構——讀葉紅《凋零的睡眠》	15	146
麥穗	新詩史料	四十年前的詩人節活動	15	149
李瑞騰	《情詩大展》專輯	前言	16	8
張健	《情詩大展》專輯	情詩十一說	16	9
翁文嫻	《情詩大展》專輯	現代詩中男女的情與變	16	10
冬山客	《情詩大展》專輯	郎情妹意處處詩	16	22
吳莞菱	《情詩大展》專輯	非離襟宣言：詩歌中的愛情觀	16	26
麥穗	《情詩大展》專輯	談二本臺灣光復後最早的情詩選	16	28
向明	《情詩大展》專輯	魯迅的詩人資格和擬情詩風波	16	31
俞強	《情詩大展》專輯	春天	16	34
黃婷愛	《情詩大展》專輯	亞當的蘋果	16	34
吳健廣	《情詩大展》專輯	你將我的碎片	16	35
晶晶	《情詩大展》專輯	另一種纏綿	16	35
紹惠真	《情詩大展》專輯	回音（外一首）	16	36
李雪菱	《情詩大展》專輯	自在（外一首）	16	36
聞雲	《情詩大展》專輯	高跟鞋	16	37
葉蕙芳	《情詩大展》專輯	100%純眠（外二首）	16	38
劉進榮	《情詩大展》專輯	借（外一首）	16	39
吳承澤	《情詩大展》專輯	到另一顆星球練習想妳	16	40
陳素英	《情詩大展》專輯	等	16	41
林姿妙	《情詩大展》專輯	思念	16	41
蘇紹連	《情詩大展》專輯	變奏曲（二首）	16	42
陳克華	《情詩大展》專輯	獸姦之必要	16	43
葉紅	《情詩大展》專輯	情網（外一首）	16	45
林雲閣	《情詩大展》專輯	你的親暱環抱過來時	16	46

作者名	欄位名	篇名	期數	頁碼
韶翎	《情詩大展》專輯	二月十四日，臥室（外一首）	16	47
紫君	《情詩大展》專輯	結果	16	49
游元弘	《情詩大展》專輯	等妳	16	50
江揚	《情詩大展》專輯	斂情詩（四首）	16	51
情傑	《情詩大展》專輯	可口可樂	16	52
廖之韻	《情詩大展》專輯	十九歲的不完全戀愛	16	53
楊平	《情詩大展》專輯	烙印	16	54
瓊虹	《情詩大展》專輯	一景劇場想像	16	55
顏艾琳	《情詩大展》專輯	狩獵者身世	16	56
向明	《情詩大展》專輯	秤	16	57
朔星	《情詩大展》專輯	緣	16	58
陳義芝	《情詩大展》專輯	我愛的鄰家大姐姐	16	59
孝慧	《情詩大展》專輯	列出所有檔案	16	60
楊宗翰	《情詩大展》專輯	贈妳以風景	16	61
尹玲	《情詩大展》專輯	尹玲近作五首	16	62
曾志偉	《情詩大展》專輯	撿拾妳指尖滑落的藍色珍珠	16	65
薛莉	《情詩大展》專輯	植一株薄荷草（外一首）	16	66
白靈	《情詩大展》專輯	五行詩二首	16	67
流蘇	《情詩大展》專輯	大禹的妻子	16	67
鄒依霖	《情詩大展》專輯	漏網的魚	16	68
尹玲譯介	《情詩大展》專輯	謝絕第三者——愛情生與死亡（幾首法國愛情詩）	16	69
侯吉諒	《情詩大展》專輯	誰有資格得獎？	16	79
本刊策劃	《情詩大展》專輯	情詩大賽作品再檢驗調查表	16	82
羅門	《情詩大展》專輯	我對得獎作品的意見	16	94
謝輝煌	《情詩大展》專輯	詩與情詩的方向拿捏	16	96
黃梁	《情詩大展》專輯	情詩大賽精妙詩段選摘	16	100
羅門	詩戰場	《詩》《牛毛》與《屁眼》同上藝術法庭	16	102
陳去非	現代詩學	系統化現代詩學理論之嘗試性建構（上篇）	16	107
楊宗翰	現代詩學	再生的樹：現代詩的有情草木（下）	16	113
游喚	現代詩學	臺灣現代詩中的土地：河流與海洋	16	120
佑子	現代詩學	蟲患——讀詩隨筆	16	137
蕭蕭	新詩教室	現代詩遊戲（一）	16	140

作者名	欄位名	篇名	期數	頁碼
向明	《女詩人特展》專輯	女性詩解答──《新詩一百問》第五十一問	17	8
張健	《女詩人特展》專輯	女詩人十一家簡評	17	10
沈奇	《女詩人特展》專輯	角色意識與女性詩歌	17	11
吳莞菱	《女詩人特展》專輯	女性是個被分解的屍體	17	16
陳義芝	《女詩人特展》專輯	永恆的男人（Animus）（上篇）	17	18
謝輝煌	《女詩人特展》專輯	飲食男女搖曳的背影──顏艾琳《善後工作》讀後	17	28
鄒建軍	《女詩人特展》專輯	創造純粹的意像結構──論阿毛的抒情詩	17	31
鄭慧如	《女詩人特展》專輯	失去的天堂──讀葉紅的《藏明之歌》	17	35
宋穎豪譯	《女詩人特展》專輯	美國女詩人詩選（一）	17	41
向明譯	《女詩人特展》專輯	西方女詩人詩選譯	17	47
琴川	《女詩人特展》專輯	站在高崖之上	17	49
黃麗如	《女詩人特展》專輯	散場（等四首）	17	50
李雪菱	《女詩人特展》專輯	木質部說（等三首）	17	52
莫也	《女詩人特展》專輯	人間紀事（等四首）	17	53
羅任玲	《女詩人特展》專輯	冬景‧黑暗王國	17	55
紹惠真	《女詩人特展》專輯	夢想‧景‧詩人的夢	17	57
尹玲	《女詩人特展》專輯	讀看不見的明天（等五首）	17	59
胡的清	《女詩人特展》專輯	閱讀的卡嘉，空房子	17	65
蓉子	《女詩人特展》專輯	時間（等四首）	17	67
葉紅	《女詩人特展》專輯	相期（等八首）	17	70
馮青	《女詩人特展》專輯	和我意念的島嶼（長詩）	17	73
顏艾琳	《女詩人特展》專輯	海女傳說（等三首）	17	78
阿毛	《女詩人特展》專輯	在深秋被懷念的往事（等三首）	17	81
方子	《女詩人特展》專輯	黑貓的經歷（四首）	17	83
之舞	《女詩人特展》專輯	海（等三首）	17	87
流蘇	《女詩人特展》專輯	洋蔥愛情（等三首）	17	88
潘寧馨	《女詩人特展》專輯	童傷（等三首）	17	90
蔡美馨	《女詩人特展》專輯	陪寂寞散步（等三首）	17	92
洪淑苓	《女詩人特展》專輯	蹺蹺板	17	93
陳孝慧	《女詩人特展》專輯	街坊（等三首）	17	95
薛莉	《女詩人特展》專輯	我和他共用一個浴缸（等六首）	17	98
羅思容	《女詩人特展》專輯	誰（等五首）	17	101

作者名	欄位名	篇名	期數	頁碼
葉蕙芳	《女詩人特展》專輯	哀（等五首）	17	103
吳莞菱	《女詩人特展》專輯	禁忌的書（三首）	17	105
黃瓊瓊	《女詩人特展》專輯	冷月（外一首）	17	107
朵思	《女詩人特展》專輯	在海和沙灘之間	17	108
吳佩珊	《女詩人特展》專輯	荒涼手記	17	109
陳惠英	《女詩人特展》專輯	小巷書齋	17	110
夢如	《女詩人特展》專輯	陽光下的長短句	17	111
馬聰	詩創作	墊腳石	17	114
向明	詩創作	玻璃說	17	115
游喚	詩創作	占雲集（二首）	17	115
唐捐	詩創作	黑箱作業	17	116
白靈	詩創作	淡水的午後即景	17	118
大荒	詩創作	天葬	17	119
林群盛	詩創作	戀戀戀X1/3	17	120
楊宗翰	詩創作	父語術	17	121
白家華	詩創作	索性情歌（外二首）	17	123
魯蛟	詩創作	地球	17	124
楊平	詩創作	日本浪人	17	125
佑子	詩戰場	厚設扯言	17	126
羅門	詩戰場	讓事情接近它的真實性	17	129
游喚	現代詩學	臺灣現代詩的土地：河流與海洋（下）	17	133
非馬	現代詩學	漫談美國詩壇（外一章）	17	144
蕭蕭	新詩教室	現代詩遊戲（二）	17	1152
麥穗	新詩史料	臺灣光復後第一位省籍女詩人	17	157
白靈	《小詩運動》專輯	前言	18	7
向明	《小詩運動》專輯	卵生或胎生——《新詩一百問》第六十五問	18	8
向明	《小詩運動》專輯	一行也是詩——《新詩一百問》第六十六問	18	10
謝輝煌	《小詩運動》專輯	古往今來看小詩	18	12
張健	《小詩運動》專輯	小詩十六說	18	14
楊平	《小詩運動》專輯	驅動小詩的22種誘因	18	16
非馬	《小詩運動》專輯	漫談小詩	18	18
本社輯	《小詩運動》專輯	詩人看小詩 十家	18	20
羅門	《小詩運動》專輯	短詩短論	18	24
白靈	《小詩運動》專輯	閃電和螢火蟲——淺論小詩	18	25

作者名	欄位名	篇名	期數	頁碼
王鎮庚	《小詩運動》專輯	小詩十頌	18	34
宋穎豪譯	《小詩運動》專輯	諷諭二行詩・四行詩五首	18	36
林德俊	《小詩運動》專輯	水簾洞的愛情	18	40
曦薇	《小詩運動》專輯	變心	18	41
齊思	《小詩運動》專輯	墓誌銘	18	42
俞強	《小詩運動》專輯	歲月	18	43
黃宣敏	《小詩運動》專輯	小詩五首	18	44
劉安	《小詩運動》專輯	酒醉紅塵	18	45
吳金翰	《小詩運動》專輯	網語Talk有感	18	46
王道偉	《小詩運動》專輯	《傷指》（外三首）	18	47
夢如	《小詩運動》專輯	自然物語	18	48
桑恆昌	《小詩運動》專輯	小詩一束	18	51
楊宗翰	《小詩運動》專輯	不耳喬啞俱樂部	18	53
夏閒月	《小詩運動》專輯	尺	18	53
大蒙	《小詩運動》專輯	出走（外三首）	18	54
愛汶	《小詩運動》專輯	想念	18	55
謝昭華	《小詩運動》專輯	矮靈祭	18	56
林志彬	《小詩運動》專輯	小詩四首	18	57
路痕	《小詩運動》專輯	育嬰五題	18	58
陳孝慧	《小詩運動》專輯	你還醒著嗎？	18	59
阿芒	《小詩運動》專輯	小詩	18	60
紀小樣	《小詩運動》專輯	衣櫥（外一首）	18	61
尹玲	《小詩運動》專輯	小詩八首	18	62
汪啓疆	《小詩運動》專輯	因為愛慾緣故（五首）	18	64
張國治	《小詩運動》專輯	三種想你的時候	18	65
陳香吟	《小詩運動》專輯	至潔的雪	18	65
彩羽	《小詩運動》專輯	三短章	18	66
黃德城	《小詩運動》專輯	鄉愁（外二首）	18	67
林廣	《小詩運動》專輯	茶壺（外三首）	18	68
楊平	《小詩運動》專輯	現代漢俳一束	18	69
丁威仁	《小詩運動》專輯	雜箋五帖	18	70
蕭蕭	《小詩運動》專輯	蕭蕭小詩（四首）	18	71
白家華	《小詩運動》專輯	哲理小詩（外二首）	18	72
周粲	《小詩運動》專輯	鐘與錶	18	73
葉紅	《小詩運動》專輯	權威說（外二首）	18	74
汪龍雯	《小詩運動》專輯	處境	18	75

作者名	欄位名	篇名	期數	頁碼
蘇紹連	《小詩運動》專輯	皮膚思想（小詩六則）	18	77
尚飛鵬	《小詩運動》專輯	輕音樂（外一首）	18	78
陳銘華	《小詩運動》專輯	Sensor	18	79
林玉薇	《小詩運動》專輯	歸宿（外一首）	18	79
阿翁	《小詩運動》專輯	生活三帖	18	80
柔之	《小詩運動》專輯	隱居	18	81
張健	《小詩運動》專輯	近作五首	18	82
琴川	《小詩運動》專輯	小詩	18	83
白凌	《小詩運動》專輯	劍	18	83
游喚	《小詩運動》專輯	雲間詩派（四首）	18	84
范述婉	《小詩運動》專輯	悼亡（外一首）	18	85
羅思容	《小詩運動》專輯	影子（外一首）	18	86
非馬	《小詩運動》專輯	非馬小詩輯（十四首）	18	87
鄭慧如	《小詩運動》專輯	小而冷，小而省？——三部小詩讀後	18	90
孔德平	《小詩運動》專輯	一首忘了作者名字的詩	18	101
謝輝煌	《小詩運動》專輯	羅任玲的小詩面面觀	18	103
劉清輝	《小詩運動》專輯	小詩品嚐	18	109
白家華	《小詩運動》專輯	葉紅詩作一首〈誰的夢〉賞析	18	114
鄒建軍	《小詩運動》專輯	試論小詩的美學特質	18	117
老芋頭	詩戰場	評詩論文不宜太主觀——兼呈羅門，佑子等諸先進	18	122
陳去非	詩戰場	點火的詩	18	124
尹玲	現代詩學	論詩歌的社會性——兼論其社會功能	18	126
陳去非	現代詩學	系統化現代詩學理論之嘗試性建構（中篇）之一	18	129
徐望雲	現代詩學	讓現代史詩站上起跑線	18	139
陳義芝	現代詩學	永恆的男人（Animus）（下篇）	18	147
宋穎豪譯	新詩教室	美國女詩人詩選（二）	18	157
張健	《人體詩》專輯	人體詩十四說	19	8
鄭慧如	《人體詩》專輯	偷窺人體詩——以《新詩三百首》為例	19	10
陳義芝	《人體詩》專輯	各人住在各人的衣服裡	19	23
王鎮庚	《人體詩》專輯	人體與擬想的飛翔	19	35
黃梁	《人體詩》專輯	一座妊娠之書——阿翁《給當當書》評析	19	37

作者名	欄位名	篇名	期數	頁碼
宋穎豪譯	《人體詩》專輯	康明士詩兩首	19	45
周粲	《人體詩》專輯	人體詩七首	19	47
蔡富灃	《人體詩》專輯	大兵非夢事	19	49
薛懷琦	《人體詩》專輯	肉身菩薩（外一首）	19	50
草草	《人體詩》專輯	做愛	19	51
蘇紹連	《人體詩》專輯	沉思的胴體（外一首）	19	52
毛翰	《人體詩》專輯	克隆人四章	19	53
蔡明展	《人體詩》專輯	妓女（外一首）	19	56
方群	《人體詩》專輯	四季	19	57
張健	《人體詩》專輯	人體三行	19	58
王道偉	《人體詩》專輯	人體詩	19	60
李瑞騰	《人體詩》專輯	人體詩三首	19	61
琴川	《人體詩》專輯	臉以及五官	19	62
紀小樣	《人體詩》專輯	麻醉師（外一首）	19	63
游喚	《人體詩》專輯	身體四象	19	64
劉榮進	《人體詩》專輯	殉國（外四首）	19	65
葉紅	《人體詩》專輯	背影	19	66
陳義芝	《人體詩》專輯	長舌（外一首）	19	67
黃梁	《人體詩》專輯	唇的小屋（外一首）	19	68
尹玲	《人體詩》專輯	詩七首	19	69
阿翁	《人體詩》專輯	剩下唇形	19	71
顏艾琳	《人體詩》專輯	思想速寫——麋鹿篇	19	72
李明修	《人體詩》專輯	髮之繭	19	73
楊宗翰	《人體詩》專輯	成熟（外一首）	19	75
邱平	《人體詩》專輯	笑	19	
蕭蕭	詩創作	雲邊書	19	76
艾汶	詩創作	戀	19	79
筱卉	詩創作	初夏偶感	19	80
廖之韻	詩創作	那種感覺	19	81
葉紅	詩創作	詩三首	19	82
李進文	詩創作	我鍵入，我列印完美的墓誌銘	19	83
向明	詩創作	傳真機文化	19	84
陳瑞山	詩創作	翠微絲湖日落記事	19	85
柔之	詩創作	月之華（外一首）	19	86
黃宜敏	詩創作	詩三首	19	88
徐望雲	詩創作	偷情	19	89

作者名	欄位名	篇名	期數	頁碼
米羅‧卡索	網路詩界探索	BBS網路詩版反思	19	90
挂雲帆	網路詩界探索	網路poem詩版不該出現古詩詞？	19	94
sulien	網路詩界探索	網路詩人steel鐵匠的兩首小詩	19	96
老芋頭	詩戰場	兩岸詩學交流中的沉思	19	98
蕭蕭	詩戰場	鬥雞眼，亂視眼——讀詩隨筆	19	100
羅門	詩戰場	讓一切存在於坦誠與真實中	19	104
蔣登科	詩戰場	現代詩學的確存在困惑	19	112
楊克 溫遠輝	現代詩學	在一千種鳴聲中梳理詩的羽毛	19	117
陳去非	現代詩學	系統化現代詩學理論之嘗試性建構（中篇）之二	19	124
楊宗翰	現代詩學	黑暗抽長，火光不安——與林燿德，容格的三角對話	19	139
非馬	新詩史料	兩山詩會——瑣記第三屆國際華文詩人筆會	19	145
曾進豐		周夢蝶及其作品評論，介紹訪問目錄索引	19	151
李瑞騰	《詩社詩選檢驗》專輯	前言	20	8
向明	《詩社詩選檢驗》專輯	小談詩社詩選	20	10
張健	《詩社詩選檢驗》專輯	臺灣各詩社白描	20	12
謝輝煌	《詩社詩選檢驗》專輯	誰領風騷？	20	13
葉風	《詩社詩選檢驗》專輯	笠詩選《混聲合唱》初驗報告——戰後世代詩人部分	20	16
麥穗	《詩社詩選檢驗》專輯	風消雲散見清明——檢驗《葡萄園》的三本詩選	20	23
陳去非	《詩社詩選檢驗》專輯	《創世紀詩選》讀後	20	28
江一君	《詩社詩選檢驗》專輯	《創世紀詩選》（1984~1994）初驗單——戰後世代部分	20	35
鄭慧如	《詩社詩選檢驗》專輯	狂戀福爾摩沙（上篇）——詩社，詩選與族群認同	20	42
阿芒	詩創作	慈善家（外一首）	20	58
大蒙	詩創作	沒事兒	20	59
向明	詩創作	後視鏡	20	59
布靈奇	詩創作	詩二首	20	60
蘇紹連	詩創作	〈旅夜書懷〉變奏曲	20	61

作者名	欄位名	篇名	期數	頁碼
周粲	詩創作	海天線25詠	21	87
琴川	詩創作	不捨	21	89
向陽	詩創作	近作兩帖	21	90
朵思	詩創作	失題	21	92
蕭蕭	詩創作	愛情二式‧療傷二劑	21	92
汪啓疆	詩創作	接觸與撫摸	21	94
游喚	詩創作	易詩集二首	21	97
張默	詩創作	一絕集	21	98
尤俠	詩漫畫	尤俠特區	21	100
米羅‧卡索	網路詩壇	白話詩的飛俠阿達？（下）	21	104
鄭慧如	現代詩學	狂戀福爾摩沙（下）	21	108
蕭蕭	現代詩學	臺灣散女詩美學（下）	21	121
陳去非	現代詩學	系統化現代詩學理論之嘗試性建構〈中篇〉之三	21	128
荒林	現代詩學	〈現代漢詩學研討會〉綜述	21	140
陳慧樺	現代詩學	大馬詩壇當今兩塊瑰寶	21	147
楊宗翰	現代詩學	九葉詩派與臺灣現代詩（上）	21	156
謝輝煌	詩戰場	熾烈的火花過後	21	162
羅門	詩戰場	必要的說明與回應	21	166
王鎮庚	詩戰場	再說現代詩學有困難嗎？	21	168
村言	詩戰場	童詩兒歌和小詩	21	171
謝箴	詩戰場	達達、達達，不是電報聲	21	174
李瑞騰	【詩賞析專題】	〈詩賞析專題〉前言	22	6
何金蘭	【詩賞析專題】	繫與不繫之間——析林泠〈不繫之舟〉	22	7
沈奇	【詩賞析專題】	抬一粒石子聽濤聲——談我一首代表詩作〈上游的孩子〉	22	13
周曉萍	【詩賞析專題】	詩與愛情的神祕關連——以狄金森的詩為例	22	16
徐曜均	【詩賞析專題】	知性與感性的婚慶——試析孫維民詩集〈拜波之塔〉	22	23
馮異	【詩賞析專題】	〈雨巷〉一解	22	30
白靈	【詩賞析專題】	我讀〈沿著〉——詩	22	33
向明	【詩賞析專題】	脫國王新衣——評析羅門〈大峽谷奏鳴曲〉及其他	22	35

作者名	欄位名	篇名	期數	頁碼
掛雲帆／米羅·卡索	網路詩壇	老酒新提，問劉十九	22	48
林群盛／葉蕙芳	網路詩壇	網路詩職場／BBS／朱雀詩團	22	53
尤俠	詩漫畫	尤俠特區	22	61
白靈	白靈詩學	菲華詩中的景象與情境初探	22	65
白靈	白靈詩學	詩的濃度、明度與長度──兼及中國時報情詩大賽作品的幾點考察	22	78
白靈	白靈詩學	再論詩的濃度	22	88
游喚	詩創作	游喚詩手稿（封面裡頁）	22	
謝文珊	詩創作	非·地理	22	100
李雪菱	詩創作	私房錢	22	102
流蘇	詩創作	大禹的妻子	22	103
雁翎	詩創作	霧樹	22	104
白家華	詩創作	朋友獻奏的音樂	22	104
楊秉欽	詩創作	大地	22	104
黎明鵬	詩創作	生活素描	22	105
任耀庭	詩創作	詩兩首	22	106
陳素英	詩創作	夏晴	22	107
劉榮進	詩創作	貓·夜·笛	22	108
林輝熊	詩創作	看蓮	22	109
紀小樣	詩創作	懺情書·心電感應·無神論者的信仰	22	110
楊宗翰	詩創作	學院絮·革命	22	112
許惠適	詩創作	南、北	22	113
路痕	詩創作	猝死之歌	22	114
林廣	詩創作	給小P	22	115
非馬	詩創作	非馬小詩輯	22	116
董克勤	詩創作	旗外二首	22	120
周粲	詩創作	或者·又或者	22	122
莫云	詩創作	等·挫	22	123
謝輝煌	詩創作	氣象哲學	22	124
邱平	詩創作	黑色聖母的心音	22	126
白靈	詩創作	九歌	22	127
葉紅	詩創作	無題三行	22	128

作者名	欄位名	篇名	期數	頁碼
蘇津平	詩創作	假釋	22	129
蘇紹連	詩創作	我兮臺語詩五首	22	130
蕭蕭	詩創作	鞦韆兩架	22	131
尹玲	詩創作	近作三首	22	132
簡政珍	詩創作	短詩四首	22	134
陳去非	現代詩學	詩的意象論	22	136
楊宗翰	現代詩學	九葉詩派與臺灣現代詩（下）	22	141
賀少陽	現代詩學	抽象詩	22	151
李俊東／蔡富澧／方群／路痕	現代詩學	特稿：以詩論詩	22	152
麥穗	新詩史料	手刻的詩刊與第一本詩刊	22	156
文曉村	新詩史料	來函登照	22	162
向明	新詩教室	譯詩三難信達雅	22	167
向明	新詩教室	奧西亞・馬區《無題》詩中譯	22	168
秀陶	新詩教室	保加利亞詩選	22	169
李瑞騰	【臺灣詩創作與評論】	《臺與詩創作與評論》前言	23	6
向陽	【臺灣詩創作與評論】	世界恬靜落來的時（封面裡頁）	23	
寒袖	【臺灣詩創作與評論】	臺語詩歌路	23	7
路痕	【臺灣詩創作與評論】	芋仔寒薺	23	9
黃明峰	【臺灣詩創作與評論】	春天若到遮	23	11
蘇紹連	【臺灣詩創作與評論】	我兮臺語詩	23	13
鯨向海	【臺灣詩創作與評論】	蹺腳撚嘴鬚	23	15
杜十三	【臺灣詩創作與評論】	我對閩南語詩創作的兩點看法	23	16
羅肇錦	【臺灣詩創作與評論】	對比找漢字	23	17
麥穗	【臺灣詩創作與評論】	臺語寫詩的用字探討	23	20
白靈	【臺灣詩創作與評論】	目睭金金	23	23
陳國鈞	【臺灣詩創作與評論】	用閩南語翻譯兩首現代詩	23	24
黃婉儀	【臺灣詩創作與評論】	出水芙蓉倚意風笑——讀路寒袖的臺語詩	23	28
周夢蝶	詩創作	先知	23	35
尹玲	詩創作	近作四首	23	36
汪啓疆	詩創作	一塊水田栽各次秧穗	23	38
游喚	詩創作	易詩經	23	41
大荒	詩創作	虎字碑	23	42
向明	詩創作	無聊檔案兩則	23	43

作者名	欄位名	篇名	期數	頁碼
桑恆昌	詩創作	短詩——束	23	44
歐陽昱	詩創作	無題	23	46
董克勤	詩創作	曠野·一棵樹	23	47
傅天虹	詩創作	在公園裡	23	47
紀小樣	詩創作	東方不敗的私人大事記	23	48
嚴忠政	詩創作	時差	23	49
蘇津平	詩創作	劫獄	23	49
大蒙	詩創作	一生	23	50
李懷	詩創作	詩二首	23	51
阿芒	詩創作	阿芒的詩	23	52
吳東晟	詩創作	投影片	23	53
鯨向海	詩創作	愛唱歌的鯨魚	23	54
陳孝慧	詩創作	知道一切都將……	23	55
方群	詩創作	在黑暗中	23	55
葉紅	詩創作	葉紅四首	23	56
唐捐	詩創作	吾喪我	23	58
林煥彰	詩創作	厚著臉皮，拿出「少作」夾	23	59
商禽	詩創作	默雷（封底裡頁）	23	
尤俠	詩漫畫	尤俠特區	23	
向明	現代詩學	我們的信仰只有——種，詩	23	66
俞兆平	現代詩學	臺灣詩學中意象概念的追尋	23	68
陳去非	現代詩學	詩的意象論	23	77
張士甫	現代詩學	語言的詩性底蘊	23	86
楊宗翰	現代詩學	〈臺灣散文詩美學〉再議	23	93
陳仲義	現代詩學	展示：回升的合題	23	99
林振龍	詩與陶的對話	陶藝	23	107
蓉子、辛鬱、羅門、管管、蕭蕭、李魁賢	詩與陶的對話	詩藝	23	107
隱地	隱地詩的生活	詩是一杯曼特寧	23	113
隱地	隱地詩的生活	隱地新作五首	23	114
洛夫	隱地詩的生活	詩是隱地活得真實的理由	23	116
張默	隱地詩的生活	後半生閃躲前半生	23	118
游喚	新詩教室	經典詩的確立	23	127

作者名	欄位名	篇名	期數	頁碼
米羅·卡索	新詩教室	白色恐怖的象徵思維	23	136
羅門	詩戰場	向明？向暗？向黑	23	140
張默	新詩史料	當代新詩賞析書目	23	152
李瑞騰	【大學詩人作品特展專題】	「大學詩人作品特展」前言	24	6
鯨向海	【大學詩人作品特展專題】	大學詩人作品	24	7
陳孝慧	【大學詩人作品特展專題】	大學詩人作品	24	10
陳昱成	【大學詩人作品特展專題】	大學詩人作品	24	13
黃文儀	【大學詩人作品特展專題】	大學詩人作品	24	14
李長青	【大學詩人作品特展專題】	大學詩人作品	24	16
洪書勤	【大學詩人作品特展專題】	大學詩人作品	24	18
觧浿	【大學詩人作品特展專題】	大學詩人作品	24	20
邱稚亘	【大學詩人作品特展專題】	大學詩人作品	24	22
林思涵	【大學詩人作品特展專題】	大學詩人作品	24	25
楊宗翰	【大學詩人作品特展專題】	大學詩人作品	24	28
潘寧馨	【大學詩人作品特展專題】	大學詩人作品	24	30
何雅雯	【大學詩人作品特展專題】	大學詩人作品	24	32
林定立	【大學詩人作品特展專題】	大學詩人作品	24	35
蔡明展	【大學詩人作品特展專題】	大學詩人作品	24	36
王正良	【大學詩人作品特展專題】	大學詩人作品	24	38
葉昊謹	【大學詩人作品特展專題】	大學詩人作品	24	40
高珮文	【大學詩人作品特展專題】	大學詩人作品	24	42
劉維瑛	【大學詩人作品特展專題】	大學詩人作品	24	44
楊澤龍	【大學詩人作品特展專題】	大學詩人作品	24	46
劉藝婉	【大學詩人作品特展專題】	大學詩人作品	24	49
尤俠	詩漫畫	尤俠特區	24	
余光中	現代詩學	一枝紫荊伸向新世紀	24	52
沈奇	現代詩學	分流歸位，水靜流深	24	59
商禽	詩創作	書寫畫家系列（楚戈，李錫奇）	24	61
簡捷	詩創作	我用獨特的語言訴說	24	62
路痕	詩創作	試說新語	24	63
紀小樣	詩創作	愚昧的春之死亡	24	65
張國治	詩創作	源頭	24	66
阿芒	詩創作	一釣客	24	68
顏艾琳	詩創作	初戀的重逢	24	69
陶里	詩創作	老華倫泰的下落	24	70
林峻楓	詩創作	臺語詩二首	24	71

作者名	欄位名	篇名	期數	頁碼
葉紅	詩創作	四片	24	72
蕭蕭	詩創作	西式六書	24	74
白靈	詩創作	憂鬱之死	24	77
向明	詩創作	無聊檔案四則	24	78
尹玲	詩創作	詩三首	24	80
蘇紹連	詩創作	今天我沒有心	24	82
汪啓疆	詩創作	肉體初醒於晨	24	84
游喚	詩創作	山西二首	24	86
林建隆	詩創作	生活俳句	24	87
周夢蝶	詩創作	周夢蝶手蹟（封面裡頁）	24	
淡瑩	新加坡詩壇特稿	淡瑩的詩	24	90
王潤華	新加坡詩壇特稿	王潤華的詩	24	93
周粲	新加坡詩壇特稿	周粲的詩	24	95
梁鉞	新加坡詩壇特稿	梁鉞的詩	24	97
林方	新加坡詩壇特稿	林方的詩	24	100
文愷	新加坡詩壇特稿	文愷的詩	24	102
郭永秀	新加坡詩壇特稿	郭永秀的詩	24	105
寒川	新加坡詩壇特稿	寒川的詩	24	108
希尼爾	新加坡詩壇特稿	希尼爾的詩	24	110
董農政	新加坡詩壇特稿	董農政的詩	24	112
伍木	新加坡詩壇特稿	伍木的詩	24	114
郭永秀	新加坡詩壇特稿	走向詩的多元世界	24	118
徐舒虹	新加坡詩壇特稿	試論淡瑩、王潤華的詩	24	129
郭惠芬	新加坡詩壇特稿	論梁鉞詩集《浮生三變》	24	148
鄭慧如	新加坡詩壇特稿	出位之思——解讀王潤華〈象外象〉	24	160
eye to eye	網路詩壇	我讀詩人代橘的「鼻子」	24	169
王宗傑	鹽分地帶文學獎	故鄉兮詩人‧牛車路	24	174
陳金順	鹽分地帶文學獎	阿媽e形影	24	176
方耀乾	鹽分地帶文學獎	您來看我——夜讀《郭水潭集》	24	177
周定邦	鹽分地帶文學獎	起厝兮工農	24	179
廖美娟	鹽分地帶文學獎	揚羽	24	180
謝鴻文	鹽分地帶文學獎	山城旅店的童話情節	24	181
張國治	新詩教室	談現代詩的多元推廣	24	182
游喚	新詩教室	經典詩的確立	24	189
羅門	詩戰場	一聲警笛	24	196
向明	詩戰場	來函照登	24	198

作者名	欄位名	篇名	期數	頁碼
李瑞騰	【大學詩社作品特展專題】	《大學詩社作品特展》前言	25	6
噴泉詩社	【大學詩社作品特展專題】	噴泉詩社（師範大學）	25	7
詩文學社	【大學詩社作品特展專題】	詩文學社（臺灣大學）	25	13
詩議會	【大學詩社作品特展專題】	詩議會（成功大學）	25	27
長廊詩社	【大學詩社作品特展專題】	長廊詩社（政治大學）	25	38
藍風現代詩社	【大學詩社作品特展專題】	藍風現代詩社（臺中師院）	25	47
白開水現代詩社	【大學詩社作品特展專題】	白開水現代詩社（東吳大學）	25	52
尤俠	詩漫畫	尤俠特區	25	
杜十三	杜十三專輯	一九九八新作	25	58
高建	杜十三專輯	發現杜十三	25	67
辛鬱	杜十三專輯	我讀杜十三	25	76
鴻鴻	杜十三專輯	文體與欲望的躍升試煉	25	78
白靈	杜十三專輯	從灰燼中掙扎出樹——小讀杜十三	25	80
羅門	杜十三專輯	杜十三作為詩人的存在——他內層創作生命的基本面	25	82
謝昭華	詩創作	在鐵尖島	25	85
邱稚亘	詩創作	迴旋曲‧用失憶速度彈	25	86
楊佳嫻	詩創作	狼之外	25	87
李非	詩創作	戀歌練習曲	25	88
陳孝慧	詩創作	在夏天的結束和秋天的開始時相聚	25	91
歐陽柏燕	詩創作	給X情人	25	92
紀小樣	詩創作	剪接室——詩的陷阱	25	
琴川	詩創作	風吹過你在那裡	25	94
張國治	詩創作	張國治詩作	25	96
大蒙	詩創作	懷某人／爸爸	25	98
周鼎	詩創作	自敘	25	99
陳慧樺	詩創作	白衣婦：下沙崙一九四三	25	100
秦松	詩創作	黃昏的收割	25	101
蕭蕭	詩創作	《我們的島》系列	25	102
白靈	詩創作	鯨魚之歌	25	104
尹玲	詩創作	她／面貌／承諾	25	
游喚	詩創作	山西組曲續編	25	108
向明	詩創作	陽光顆粒（封面裡頁）	25	

作者名	欄位名	篇名	期數	頁碼
夐虹	詩創作	一景劇場想像	26	48
隱地	詩創作	生命周記	26	49
向陽	詩創作	城市，黎明	26	50
汪啓疆	詩創作	鴿子和潛艦	26	52
尹玲	詩創作	網起一河星月	26	54
彩羽	詩創作	流星雨內在	26	55
董崇選	詩創作	釣者	26	56
文曉村	詩創作	夢回杜樓有記	26	58
李長青	詩創作	慣例	26	59
劉榮進	詩創作	兩個人	26	60
邱平	詩創作	蝴蝶與蠶蛾	26	61
銀髮	詩創作	在一座山上看另一座山	26	62
葉紅	詩創作	詩二首	26	63
楊平	詩創作	詩兩首	26	64
吳明諭	詩創作	即景	26	65
方群	詩創作	壞脾氣	26	66
鯨向海	詩創作	P情書……物理習題	26	67
張國治	詩創作	世紀末美容術系列	26	68
歐陽柏燕	詩創作	在時間的韻腳上築巢孵化自己	26	70
疾如風	詩創作	煙花	26	71
楊潛	詩創作	楊潛詩作	26	72
林律絜	詩創作	一線之間	26	73
代橘	詩創作	看電視	26	74
大蒙	詩創作	失戀滋味	26	75
陳孝慧	詩創作	背叛	26	76
款款	詩創作	那一把晃盪著的巨大的灰藍的搖椅	26	77
木焱	詩創作	毛毛之書	26	81
齊思	詩創作	如果	26	81
方耀乾	詩創作	臺語詩小集	26	82
王卦怠	詩創作	單人床	26	84
向明	跨世紀跨語言演出	野地上（中文、英文、法文、德文、荷蘭文、南斯拉夫文、羅馬尼亞文、斯洛伐克文）	26	85
周粲	跨世紀跨地區演出	周粲（新加坡）	26	93
桑恆昌	跨世紀跨地區演出	桑恆昌（山東）	26	96
懷白	跨世紀跨地區演出	懷白（陝西）	26	97

作者名	欄位名	篇名	期數	頁碼
王軍	跨世紀跨地區演出	王軍（雲南）	26	98
小葉季子	跨世紀跨地區演出	小葉季子（北京）	26	99
鄭慧如	現代詩學	余光中的親性歌吟及其文學史意義（下）	26	100
萬登學	現代詩學	寄寓深遠，詩思深邃	26	112
石天河	現代詩學	解構理論批判	26	116
米羅・卡索	網路詩壇	網路詩人的地下城	26	128
謝輝煌	詩戰場	陳黎在探索什麼	26	130
黃粱	中國大陸先鋒詩歌述評	九種反旋的歌聲	26	134
黃粱	中國大陸先鋒詩歌述評	文化與自然的本質對詰	26	142
黃粱	中國大陸先鋒詩歌述評	重奏的祕密	26	150
尤俠	詩漫畫	尤俠特區	26	
李瑞騰	【禪與詩的對話（上）專題】	《禪與詩的對話（上）》專題前言	27	6
向明	【禪與詩的對話（上）專題】	禪與非禪四則	27	7
陳茂霖	【禪與詩的對話（上）專題】	《禪與詩的對話》參考書目	27	8
岩上	【禪與詩的對話（上）專題】	菩提四則	27	10
尹玲	【禪與詩的對話（上）專題】	存在抑或不存在（外一首）	27	12
尹凡	【禪與詩的對話（上）專題】	靜坐六首	27	14
楊平	【禪與詩的對話（上）專題】	沒有什底不是飛行器（外三首）	27	18
辛鬱	【禪與詩的對話（上）專題】	外婆的經堂與蛋	27	21
李長青	【禪與詩的對話（上）專題】	文本之附錄之PS	27	22
蘇紹連	【禪與詩的對話（上）專題】	六行禪三首	27	25
林廣	【禪與詩的對話（上）專題】	無聲三首	27	26
麥城	【禪與詩的對話（上）專題】	麥城禪詩	27	28
白靈	【禪與詩的對話（上）專題】	蹬羚	27	31
商禽	【禪與詩的對話（上）專題】	不和春天說再見	27	31
蕭蕭	【禪與詩的對話（上）專題】	空與有（三首）	27	32
向明	【禪與詩的對話（上）專題】	真空妙有——賞析蕭蕭的《空與有》（第一首）	27	34
潘麗珠	【禪與詩的對話（上）專題】	微笑的禪意——析洛夫（水墨微笑）	27	36
謝輝煌	【禪與詩的對話（上）專題】	禪詩瑣論	27	40
張士甫	【禪與詩的對話（上）專題】	追溯與辨認	27	48
向明	【禪與詩的對話（上）專題】	篝火中的禪意	27	56

作者名	欄位名	篇名	期數	頁碼
林峻楓	【禪與詩的對話（上）專題】	裡佛習禪・不孤的覺者——側寫詩人周夢蝶	27	59
焦桐	完全壯陽食譜	我將再起——【完全壯陽食譜】之一	27	62
焦桐	完全壯陽食譜	紅杏出牆——【完全壯陽食譜】之二	27	64
焦桐	完全壯陽食譜	【完全壯陽食譜】後記	27	66
賀淑瑋	完全壯陽食譜	【完全壯陽食譜】之《幽默》策略	27	68
隱地	詩創作	耳朵下雪	27	83
林峻楓	詩創作	乾涸的胎記	27	83
歐陽柏燕	詩創作	誌嘆調與七夜怪談	27	84
楊宗翰	詩創作	文字間的光明（外一首）——借翁師題	27	87
阿翁	詩創作	女變（外二首）	27	88
方群	詩創作	尋隱者不遇再尋隱者又不遇	27	90
鴻鴻	詩創作	地下詩人——贈黃粱	27	91
江啓疆	詩創作	海和魚	27	92
邱平	詩創作	歸零的夢境	27	94
陳慧樺	詩創作	水之湄	27	95
游喚	詩創作	火山與山火……七行	27	96
張國治	詩創作	在斯洛伐克——有贈榮鐵牛	27	98
丁威仁	詩創作	最後一齣關於選擇遺棄而非救贖的肥皂劇本（外二首）	27	100
蘇津平	詩創作	星期五	27	103
尹玲	詩創作	旋轉木馬（外一首）	27	104
蘇紹連	詩創作	蘇紹連手蹟（封面裡頁）	27	
黃明峰	現代詩學	漢賦予現代散文詩語言藝術之比較研究	27	107
沈奇	現代詩學	夢土詩魂——評詹澈《西瓜寮詩輯》	27	117
孫維民	現代詩學	自由詩的音樂性——以楊牧詩為例	27	124
陶保璽	現代詩學	在那張冷臉背後，且聽豹的嘯吟（上）——兼論辛鬱詩歌中自我形象的塑造	27	128
彭鏡禧譯	跨世紀語言演出	詩之藝——（美）林妲・派斯坦作	27	140

作者名	欄位名	篇名	期數	頁碼
楊鴻銘	跨世紀行業演出	夜	27	150
楊忠遠	跨世紀行業演出	詩四首	27	151
陳正家	跨世紀行業演出	臺語詩三首	27	153
蔡勝紀	跨世紀行業演出	拖吊車（臺語詩）	27	157
桑恆昌	跨世紀地區演出	桑恆昌（山東）	27	159
小葉秀子	跨世紀地區演出	小葉秀子（北京）	27	160
吳彬映	跨世紀地區演出	吳彬映（新加坡）	27	162
懷白	跨世紀地區演出	懷白（陝西）	27	164
李寂蕩	跨世紀地區演出	李寂蕩（重慶）	27	165
蕭蕭	臺灣詩人專論	蘇紹連研究目錄（初編）	27	167
朱雙一	臺灣詩人專論	我的肚腹發散出螢螢的綠光——蘇紹連論	27	170
焦桐	臺灣詩人專論	《隱形或者變形》評介	27	175
李癸雲	臺灣詩人專論	蘇紹連詩中的存在悲劇感	27	177
尤俠	詩漫畫	尤俠特區	27	
羅青	【九二一地震專輯】	天崩地裂	28	封底裡頁
許悔之	【九二一地震專輯】	餘生	28	6
林渡	【九二一地震專輯】	如雷大震	28	7
向陽	【九二一地震專輯】	黑暗掉落下來	28	8
鍾玲	【九二一地震專輯】	天問	28	9
羅青	【九二一地震專輯】	地震（外一首）	28	10
大荒	【九二一地震專輯】	大地震	28	12
蕭蕭	【九二一地震專輯】	我們呼喚你	28	13
李瑞騰	【禪與詩的對話（下）專題】	《禪與詩的對話（下）》專題前言	28	14
周慶華	【禪與詩的對話（下）專題】	臺灣新禪詩話語的變異性	28	15
洛夫	【禪與詩的對話（下）專題】	洛夫手蹟（封面裡頁）	28	
向明	【禪與詩的對話（下）專題】	雕神記	28	26
夏菁	【禪與詩的對話（下）專題】	我不能懂得——給夢蝶	28	26
尹凡	【禪與詩的對話（下）專題】	木石亦有情	28	27
李瑞騰	【禪與詩的對話（下）專題】	蓮‧水‧空	28	28
謝輝煌	【禪與詩的對話（下）專題】	禪意小詩	28	30
尹玲	【禪與詩的對話（下）專題】	非禪意的空虛二首	28	32
潘小安	【禪與詩的對話（下）專題】	錯置三境界	28	34
白靈	【禪與詩的對話（下）專題】	飛魚	28	34
陳素英	【禪與詩的對話（下）專題】	眾聲喧嘩	28	35

作者名	欄位名	篇名	期數	頁碼
王宗仁	【禪與詩的對話（下）專題】	菩提樹	28	35
蕭蕭	【禪與詩的對話（下）專題】	《禪與詩的對話》參考書目（補）	28	36
林淑媛	【禪與詩的對話（下）專題】	空花水月——論周夢蝶詩中的禪意	28	38
劉靜怡	【禪與詩的對話（下）專題】	賞析余光中的兩首禪詩	28	43
游佩娟	【禪與詩的對話（下）專題】	試論洛夫詩中的禪意	28	46
余姒民・余姒倩	【禪與詩的對話（下）專題】	賞析羅青兩首禪詩	28	49
陳政彥	【禪與詩的對話（下）專題】	許悔之《跳蚤聽法》賞析	28	52
吳肇嘉	【禪與詩的對話（下）專題】	讀蕭蕭〈我心中的那頭牛阿〉	28	55
江文瑜	【禪與詩的對話（下）專題】	金剛經鐵窗——靈魂與藝術的昇華	28	58
尹玲	詩創作	近作六首	28	72
王宗仁	詩創作	慾望形錄	28	75
簡政珍	詩創作	放逐	28	76
魯蛟	詩創作	還原十二行	28	77
秋心	詩創作	看山問海	28	78
丁威仁	詩創作	密室殺人事件	28	79
鯨向海	詩創作	詩二首	28	80
林峻楓	詩創作	辯論三則	28	82
方群	詩創作	雨後的夏日速寫	28	85
民風	詩創作	詩二首	28	86
張國治	詩創作	歌吟記憶的外島	28	88
楊潛	詩創作	戶外的閒愁	28	90
李長青	詩創作	幻想曲	28	92
陳耿雄	詩創作	村之晨	28	93
隱地	詩創作	尋蕭蕭	28	94
洪淑苓	詩創作	海睡	28	95
李京珮	詩創作	潮濕的言語	28	95
大蒙	詩創作	絕症婦人	28	96
？弦	現代詩學	新詩這座殿堂是怎樣建造起來的	28	97
陶保璽	現代詩學	在那張冷臉背後，且聽豹的消嘯（下）	28	112
李雲楓	現代詩學	李雲楓的詩與畫	28	125
古遠清	詩之小評	寓美麗於悲淒之中	28	136
向明	詩之小評	隔空截詩	28	139

作者名	欄位名	篇名	期數	頁碼
葉紅	詩之小評	美的感知者	28	141
謝輝煌	詩之小評	邏輯命題的詩趣	28	145
犁青	跨世紀跨地區演出	犁青（香港）	28	148
舒暢	跨世紀跨行業演出	飛鼠	28	157
陳正國	跨世紀跨行業演出	臺語詩三首陳正國	28	158
游喚	網路詩壇	絲路超聯結	28	160
游喚	網路詩壇	網路詩話	28	161
陳瑞山	詩戰場	關於「食譜詩」——給賀淑瑋的幾點參考	28	164
蕭蕭	臺灣詩人專論	蘇紹連的生命主軸與藝術工程	28	160
米羅·卡索	臺灣詩人專論	目擊成詩·逐下千年之淚	28	188
李瑞騰	【邁向海洋臺灣專輯】	「邁向海洋臺灣專輯」前言	29	6
汪啓疆	【邁向海洋臺灣專輯】	鯨魚觀察	29	7
張默	【邁向海洋臺灣專輯】	七零八落的海	29	10
白靈	【邁向海洋臺灣專輯】	大海	29	11
方耀乾	【邁向海洋臺灣專輯】	搖阿搖	29	12
方群	【邁向海洋臺灣專輯】	島嶼記事	29	13
鯨向海	【邁向海洋臺灣專輯】	浮生	29	14
解昆樺	【邁向海洋臺灣專輯】	寄住大海	29	15
鍾順文	【邁向海洋臺灣專輯】	南臺灣海事六則	29	16
蘇紹連	【邁向海洋臺灣專輯】	走進汪啓疆的創作房間	29	19
黃玠源	【邁向海洋臺灣專輯】	夏日海洋	29	26
蕭蕭	【邁向海洋臺灣專輯】	臺灣海洋詩的美學特質	29	27
羅青	跨世紀跨世代演出	《燃燒的酒廠》詩輯	29	45
羅浩原	跨世紀跨世代演出	《蔗尾蜂房》詩稿	29	52
李瑞騰	李瑞騰詩學	展出前的話	29	58
李瑞騰	李瑞騰詩學	有關詩杜與臺灣新詩發展的一些思考	29	59
李瑞騰	李瑞騰詩學	論溫健騮離港赴美以前的詩	29	66
李瑞騰	李瑞騰詩學	一冊詩集的愛與美	29	76
李瑞騰	李瑞騰詩學	一朵玫瑰的綻放——序《魔術師之手與花》	29	82
李瑞騰	李瑞騰詩學	立即的驚歎——序《驚艷》	29	86
姚風	跨世紀跨地區演出	姚風（澳門）	29	89
白靈	詩創作	白靈手蹟（封面裡頁）	29	
游喚	詩創作	回鄉偶書·故鄉來的災民	29	92

作者名	欄位名	篇名	期數	頁碼
杜十三	詩創作	安土地真言	29	93
杜十三	詩創作	汝有聽著地球崩落去兮聲無？	29	94
楊平	詩創作	荒島札記	29	95
朵思	詩創作	唯美景窗	29	96
顏艾琳	詩創作	條碼	29	97
羅羅	詩創作	羅羅詩作	29	98
王宗仁	詩創作	王宗仁詩八首	29	100
呂建春	詩創作	生活禪詩	29	103
木焱	詩創作	意外	29	104
蘇紹連	詩創作	蘇紹連變奏曲（封底裡頁）	29	
李元貞	現代詩學	臺灣現代女詩人作品中的語言實踐	29	106
向明	現代詩學	前文講評	29	141
何金蘭	現代詩學	女性自我意識：主體／幻象／鏡象／主體	29	144
向明	現代詩學	非溫柔的生命整理	29	162
簡政珍	臺灣詩人專論——簡政珍（上）	簡政珍詩展	29	165
李癸雲	臺灣詩人專論——簡政珍（上）	來回詩與現實之間——論簡政珍的詩語言	29	175
李瑞騰	迎向新世紀——「新世代詩人大展」	迎向新世紀——「新世代詩人大展」前言	30	10
羅葉	詩創作	政客／大男人主義／迷路／龍年／遠百愛買手冊讀後	30	12
李進文	詩創作	採訪一個詩人／土製未爆彈口述／浮世繪／十七歲	30	18
陳晨	詩創作	網路詩／以詩為禱／閱讀／駐祕魯大使館人質記事	30	22
蔡逸君	詩創作	有怪獸／POST／工人之歌／資本主義／夜色山林（之一）	30	26
許悔之	詩創作	不忍——詩致林義雄／大翅鯨的冬日旅程／齋飯／歡喜	30	32
須文蔚	詩創作	引導作文／迪化街／凌遲／一百隻犀牛負傷逃出迪化街	30	37
楊觀	詩創作	西瓜刀／刺青／玉片／對壘	30	41
方群	詩創作	逆光的旅行／與陶潛論歸園田居後得詩二首又一首／彷彿就是那樣地握著煙斗／政治犯	30	46
漢駱	詩創作	榮民之家的喪禮／煙火／童年	30	50

作者名	欄位名	篇名	期數	頁碼
林則良	詩創作	煙薰鮭魚／窗玻璃上的蛇／相隔幾天去白色的房子殺一次菌	30	53
唐捐	詩創作	此刻我不想寫詩／不在場證明	30	57
紀小樣	詩創作	筍之告白／出航／尋找古甕／公寓生活／香水瓶及其他	30	61
紫鵑	詩創作	孔雀草／無心／照片	30	65
劉季陵	詩創作	小詩四首／兇小孩	30	67
邵惠真	詩創作	飛／情關三疊／櫻花戀／迷	30	71
陳謙	詩創作	臥軌的人／我的父親是火車司機／戀歌集	30	74
顏艾琳	詩創作	乳房／口腔念珠／蜜思（Miss）佛陀／狩獵者身世	30	78
陳大為	詩創作	僵硬／野故事／我們都讀過英雄／觀滄海	30	82
劉叔慧	詩創作	寂靜以巨大的音量……／歎息樹／復活／書寫／春山行旅	30	88
李眉	詩創作	買燈／他像水一般／山將我夾殺	30	92
林群盛	詩創作	沉默／旅‧零光度／遭／在故事街傳說巷讀到的／貓雨	30	95
吳菀菱	專題＼詩創作	空間殘餘（II）／左右漆黑，一○○一演出新解／影子日記	30	99
王宗仁	詩創作	開會／夜讀詩／煙愁／收音機	30	103
黃玠源	詩創作	位子／母親是一隻迷鳥／釣客	30	105
李俊東	詩創作	單色影印機／河是一首湧動的史詩／孤獨詩人的單身音樂會／手風琴海岸	30	108
侯馨婷	詩創作	割／蝴蝶寫的批／午睡	30	113
王信	詩創作	魔山／魚惑／概念詩派宣言第一號／概念詩派宣言第二號／概念詩派宣言第三號／概念詩派宣言第四號	30	117
蔡明展	詩創作	烏鴉／木魚／蒲公英	30	119
陳耀宗	詩創作	廣陵散／夏末的十四行在冬天之前出來曬太陽／下午最後一片草坪／波西米亞人／夜曲／你走後我獨自聆聽不知名的鋼琴曲	30	121
丁威仁	詩創作	流動／非關男女（序）／非關男女（之四）／非關男女（之五）	30	125

作者名	欄位名	篇名	期數	頁碼
林岸	詩創作	給張開眼睛接吻的人／微風善記憶／醒了／還沒準備好	30	129
林麗秋	詩創作	祕密／與春天錯身／接友人書	30	133
李長青	詩創作	乾：了這一杯／目箍紅／夜間公車／清晰／夢境／友情／看不見的城市	30	136
陳孝慧	詩創作	我和卡在有你的時段裡的我／洞／植物戀愛	30	140
林思涵	詩創作	樓梯／給田間的姑娘／山深／彩衣	30	144
黃明峰	詩創作	落山風若到恆春／孤單兮人影——懷念阿嬤／黃昏兮亭仔跤／冬粉鴨／山恰風	30	148
木焱	詩創作	另一種結束／另一種城市／OcToBeR／短詩	30	151
楊潛	詩創作	包容／據點／漩渦中心／場所氣氛／對立時聲音	30	154
洪書勤	詩創作	如果在早晨／火光	30	157
楊宗翰	詩創作	物色／你與我的距離／設法失蹤／東海見聞／冬至／戴口罩的腹語學家／喻雨／彩票行／街垢／通感	30	162
津白	詩創作	原來／星期五／亂／養細胞／假釋	30	168
廖之韻	詩創作	名字／河流／玫瑰騎士／狂戀殺人鯨／世界太美我選擇死亡／神喻／星星	30	171
林怡翠	詩創作	託夢／追想安平／被日光抓傷的背	30	176
何雅雯	詩創作	途中／死亡／失竊的舒伯特	30	182
孫梓評	詩創作	M的森林／杯子狂想曲／在天使飛走的路口／如果敵人來了	30	185
江月英	詩創作	相框／丹比喜餅／衛生紙／隱形眼睛／曬衣繩上	30	190
翰翰	詩創作	世事／投靠／祕密移動	30	192
Ponder	詩創作	賦格曲／電話臺灣	30	195
鯨向海	詩創作	精神狀態／E-mail／多脂戀情／高中男生練習曲	30	198
許翼	詩創作	失聽記／蹉跎／給我一個吻／繭／楓／詩與垃圾桶	30	202

作者名	欄位名	篇名	期數	頁碼
吳東晟	詩創作	我看懂了我昨天的詩／蠟燭／幸好我還會寫詩／前方有流彈	30	205
邱稚亘	詩創作	賦別／在街心散步／獨藥／想念的另一種讀法	30	208
羅浩原	詩創作	悲傷／倚在溫熱雪白的胴體上／四大輓歌（四）／詩國的外交困境	30	211
林德俊	詩創作	我的夜市物語／青春期末殘簡／決鬥／雙子座的愛情	30	215
Lee	詩創作	我的小說並不／持續的記憶／夜談	30	219
楊佳嫻	詩創作	在厄言的腹地裡／或者不相愛／饗宴／切開存在的四種方法／舞蹈紀事	30	221
布靈奇	詩創作	自首／到掉的那一節／密室裡的暗中舞蹈	30	225
甘子建	詩創作	情慾二寫／公車司機	30	229
虹玥	詩創作	關於一顆橘子上面的地心引力／追星族／失色	30	232
白靈	現代詩學	詩穴畫洞看張國治——本期插畫家介紹	30	235
李瑞騰	「圖象詩大展」	前言	31	6
蘇紹連	「圖象詩大展」	形的印象系列（兩首）	31	封面裡封底裡
卓縈	「圖象詩大展」	毛毛蟲	31	7
紀小樣	「圖象詩大展」	鐘錶系列／雨傘故事	31	8
謝佳樺	「圖象詩大展」	幾何時間／空白約2：00——七行	31	14
鍾順文	「圖象詩大展」	印章／骰子	31	17
張國治	「圖象詩大展」	迴腸	31	21
劉正偉	「圖象詩大展」	春	31	21
李長青	「圖象詩大展」	三型	31	22
吳東晟	「圖象詩大展」	心的圖說／火災	31	24
王永成	「圖象詩大展」	回到童年	31	25
臺客	「圖象詩大展」	遊五峰旗瀑布	31	26
一七絃	「圖象詩大展」	幼葉的嚮往（臺語）	31	28
陳冠州	「圖象詩大展」	風箏	31	29
甘子建	「圖象詩大展」	關於詩	31	30

作者名	欄位名	篇名	期數	頁碼
陳秋雄	「圖象詩大展」	電線上的那一隻鳥	31	32
歐宏俊	「圖象詩大展」	情路	31	33
顏艾琳	「圖象詩大展」	關於我的愛、恨、情、愁	31	34
林峻楓	「圖象詩大展」	蒸籠／遊街的龍（童詩）	31	35
陸秀雯	「圖象詩大展」	旋	31	37
蕭蕭	「圖象詩大展」	臺灣風情	31	38
侯馨婷	「圖象詩大展」	圖像詩五首	31	41
木焱	「圖象詩大展」	在沒有神的世界，我們貢獻一種次序	31	44
石梅琳	「圖象詩大展」	睡意	31	45
吳鼎武·瓦歷斯	「圖象詩大展」	詩作三首	31	46
陳孝慧	「圖象詩大展」	邊境理論	31	49
許倍毓	「圖象詩大展」	線	31	50
陳思嫻	「圖象詩大展」	影子	31	52
梁詠瑋	「圖象詩大展」	鄉愁	31	53
白靈	「圖象詩大展」	拳與鉤	31	54
張怡琦	「圖象詩大展」	彩虹	31	55
紫鵑	「圖象詩大展」	唇吻	31	56
陳玉仙	「圖象詩大展」	我	31	57
林珈蓉	「圖象詩大展」	太陽／海鷗	31	58
黃旭宏	「圖象詩大展」	杯／眸	31	60
吳雨潔	「圖象詩大展」	棒棒糖	31	61
童惠菁	「圖象詩大展」	釣	31	62
陳佑民	「圖象詩大展」	我的圖像詩	31	63
紀盈溢	「圖象詩大展」	人蟻獸／腦·足·與球	31	64
李順興	「圖象詩大展」	超文本詩的互動操作與動態想像	31	66
米羅卡索	「圖象詩大展」	FLASH超文學答客問	31	69
陳建民	臺灣詩人專論——簡政珍篇（下）	五特色的境界詩：評簡政珍詩集《意象風景》	31	72
吳新發	臺灣詩人專論——簡政珍篇（下）	「定點浮動的期盼」：詩析簡政珍的《失樂園》	31	84
朔星（北大荒）	跨世紀跨地區演出	新婚日記一則·冬日之光·交響曲	31	94
皇泯（湖南）	跨世紀跨地區演出	乳白色的疲憊（組詩）	31	100
胡燕青（香港）	跨世紀跨地區演出	疲倦時·離開的感覺·起航的清晨	31	103

作者名	欄位名	篇名	期數	頁碼
月鶹	跨詩紀跨障礙演出	月鶹詩展	31	106
羅門	現代詩學	漫談中國詩與西方現代視覺藝術的關聯性	31	109
陳鵬翔	現代詩學	論吳岸的詩歌理論	31	119
楊宗翰	現代詩學	我對臺灣現代詩學的幾點期待	31	131
黃明峰	現代詩學	夢與現實之間	31	144
廖祥荏	現代詩學	船長的獨步	31	158
尹玲	詩創作	新作四首	31	163
魯蛟	詩創作	追趕十二行	31	166
游喚	詩創作	看花三朵	31	167
洪淑苓	詩創作	麻雀二題	31	168
方群	詩創作	我從不知道夜是如此的沉重漫長	31	169
葉紅	詩創作	葉紅二片	31	170
鯨向海	詩創作	精神狀態	31	173
津白	詩創作	流行病學新悟	31	174
大蒙	詩創作	小詩二首	31	175
張詩	詩創作	已卯年立秋日誌	31	176
楊平	詩創作	夜之浮水印	31	177
葉狼	詩創作	詩二首	31	179
陳去非	詩創作	去飛四詩	31	180
楊佳嫻	詩創作	蜃樓	31	185
曾期星	詩創作	小詩二則	31	186
黃千芳	詩創作	當熱情尚未消退以前	31	187
蕭蕭	【世紀詩選】小輯	【世紀詩選】編輯弁言	31	188
李瑞騰	【世紀詩選】小輯	【張默‧世紀詩選】序	31	190
杜十三	【世紀詩選】小輯	白靈詩作的時間性、空間性與人間性	31	198
向明	詩話話詩	向明詩話	31	207
樵夫	詩話話詩	用另一隻眼睛讀白靈的〈天機〉	31	214
謝輝煌	詩話話詩	張默的詩「爛」嗎？	31	217
林政華指導	新詩教室	兒童歌謠／兒童詩歌（十七家）	31	221
李瑞騰		前言	32	6
鄭慧如	新世代詩人詩作論述專題	隱藏與揭露──論臺灣新詩在文化認同中的世代屬性	32	7
李瑞騰	新世代詩人詩作論述專題	臺灣新世代詩人及其詩觀	32	38
顏瑞芳	新世代詩人詩作論述專題	臺灣新世代詩人的批判精神	32	45

作者名	欄位名	篇名	期數	頁碼
林于弘	新世代詩人詩作論述專題	桂冠加冕——X世代詩人的書寫策略	32	52
須文蔚	新世代詩人詩作論述專題	新世代詩人的活動場域——從商業傳播市場轉向公共傳播環境的變貌	32	68
洪淑苓	新世代詩人詩作論述專題	桂冠與青蘋果——青年詩人及其作品的面向	32	79
一信	新世代詩人詩作論述專題	屬於三個時代的詩人——讀大蒙的詩有感	32	84
姚風（澳門）	跨世紀跨地區演出	家園／手套／火與灰燼／廣場	32	90
張凌波（山東）	跨世紀跨地區演出	愛人／舊石器／積雪	32	92
莫欣津（廣西）	跨世紀跨地區演出	牛・扶犁的詩人	32	94
劉自立（北京）	跨世紀跨地區演出	假面	32	95
王一桃（香港）	跨世紀跨地區演出	禪面的反諷／大砲臺城堡	32	97
丁旭輝	現代詩學	臺灣現代圖象詩的價值	32	98
非馬	詩創作	非馬小詩三首	32	封面裡頁
暹鈍	詩創作	亢龍	32	37
曾期星	詩創作	午后	32	44
第五季	詩創作	補鞋匠	32	51
傅予	詩創作	螢火蟲	32	67
行雲	詩創作	寂寞的女人	32	78
呂建春	詩創作	進化的現場	32	83
游喚	詩創作	軟體——給妳七行	32	89
謝志偉	詩創作	尼采在蘇州	32	107
大荒	詩創作	海鷗與我打冰球	32	108
白靈	詩創作	小詩二首	32	109
向明	詩創作	無聊檔案	32	110
鍾順文	詩創作	坐花看花	32	112
吳士宏	詩創作	記臺北藝術運動的一場戶外表演	32	113
蕭嘉玲	詩創作	記憶是雨的弦音	32	114
王宗仁	詩創作	失戀生態	32	114
楊佳嫻	詩創作	秋的射程	32	115

作者名	欄位名	篇名	期數	頁碼
葉狼	詩創作	端午節登山奇遇	32	115
楊潛	詩創作	所有的故事終須與敘述錯開	32	116
洪書勤	詩創作	交通	32	117
丁威仁	詩創作	橘色粽子／灰色粽子	32	118
劉益州	詩創作	多洛莉絲・若我離開了	32	119
鯨向海	詩創作	絕不是與妻訣別書	32	120
葉紅	詩創作	你能聞聞我嗎／變奏的香頌	32	121
張國治	詩創作	魚族悲歌	32	122
林德俊	詩創作	某個夏日裡的某種到達	32	125
陳孝慧	詩創作	一九九九,設計師之戀愛策略	32	126
潘寧馨	詩創作	存在	32	128
白家華	詩創作	頌歌四首	32	129
商禽	詩創作	三段論法的天空	32	封面底頁
向明	詩話話詩	哪個蟲兒敢作聲	32	132
吳當	詩話話詩	熱情的生命,細緻的情思	32	134
沈奇	詩話話詩	向明之「明」	32	138
蕭蕭	臺灣詩人專論——向陽篇(上)	向陽的詩,蘊蓄臺灣的良知	32	141
李瑞騰	希臘行——第20屆世界詩人大會紀實	前言	33	7
龔華	希臘行——第20屆世界詩人大會紀實	地中海陽光下的詩情	33	8
陳素英	希臘行——第20屆世界詩人大會紀實	愛與詩(中英對照)	33	21
宋哲生	希臘行——第20屆世界詩人大會紀實	愛琴海詩旅	33	31
徐世澤	希臘行——第20屆世界詩人大會紀實	遊希臘、土耳其詩	33	34
陳素英	希臘行——第20屆世界詩人大會紀實	希臘行	33	37
綠蒂	希臘行——第20屆世界詩人大會紀實	亞里斯多德廣場晨思	33	42
楊啓宗	希臘行——第20屆世界詩人大會紀實	一個希臘人告訴我	33	44
楊平	希臘行——第20屆世界詩人大會紀實	雅典印象	33	46
龔華	希臘行——第20屆世界詩人大會紀實	亞里斯多德廣場	33	50

作者名	欄位名	篇名	期數	頁碼
趙娣嫻	希臘行——第20屆世界詩人大會紀實	詩人與海	33	53
蕭蕭	希臘行——第20屆世界詩人大會紀實	希臘行	33	56
綠蒂	希臘行——第20屆世界詩人大會紀實	詩人與詩的聚會	33	58
周慶華	新世代詩人詩作論述（續）	臺灣新世代詩人的語言癖好	33	61
鄭慧如	新世代詩人詩作論述（續）	我讀葉紅《瀕臨崩潰的字眼感覺有風》	33	76
吳東晟	詩創作	觀星四行	33	60
方群	詩創作	中秋賞月不見聊書所懷寄	33	88
解昆樺	詩創作	冷靜 熱情	33	107
曾期星	詩創作	杯之間	33	117
若驊	詩創作	我沒有看見橙色的花	33	153
蘇紹連	詩創作	翻書	33	89
向明	詩創作	有詩二首	33	90
游喚	詩創作	給妳七行	33	90
白靈	詩創作	詩二首	33	91
尹玲	詩創作	如何上網虛擬	33	92
魯蛟	詩創作	山中傳奇	33	94
洪淑苓	詩創作	嬰之頌	33	95
陳大為	詩創作	埋怨	33	96
阿芒	詩創作	病癒中的憂鬱症患者	33	98
劉德玲	詩創作	追想	33	99
陳怡瑾	詩創作	許多該說而未說的話	33	100
鯨向海	詩創作	候鳥	33	101
歐陽柏燕	詩創作	澆花	33	101
呂建春	詩創作	冬夜手記	33	102
邱緒苓	詩創作	時間際會	33	104
王宗仁	詩創作	手機情結	33	104
陳瑞山	詩創作	蓮音	33	105
許翼	詩創作	睡眠不足小心變笨	33	106
潘傳佳	詩創作	偶發	33	封面裡頁
陳介甫	詩創作	地震	33	封面裡頁
丁旭輝	現代詩學	詹冰圖象詩研究	33	108

作者名	欄位名	篇名	期數	頁碼
吳育欣	發現21	鬥牛士	35	84
孫博風	發現21	拈花一笑	35	84
丁旭輝	現代詩學	臺灣類圖像詩的圖像技巧：狀態暗示	35	86
楊宗翰	現代詩學	現代詩人方莘——兼論他在臺灣文學史上定位的問題	35	97
邱緒苓	詩創作	人物素描（一）	35	52
邱緒苓	詩創作	人物素描（二）	35	70
馮異	詩創作	假面舞會	35	85
傅予	詩創作	生命停格在休止符上	35	118
傅磊、尹玲合譯	詩創作	尹玲詩法譯	35	119
向明	詩創作	反斗城	35	124
郗昀彥	詩創作	當太陽、月亮不再升起時	35	124
辛牧	詩創作	近作兩首	35	125
汪啟疆	詩創作	素描簿	35	126
呂建春	詩創作	抉擇	35	127
孟樊	詩創作	車過祈連山	35	128
楊潛	詩創作	雙標題	35	129
蘇青	詩創作	每一朵花都需要一件棉被	35	130
劉益州	詩創作	未至	35	131
陳去非	詩創作	聽蟬	35	132
蘇紹連	詩創作	小詩三首	35	133
白靈	詩創作	慰安婦新解（外一首）	35	134
曾期星	詩創作	描摹幸福	35	135
曾期星	詩創作	致游喚師七行	35	145
孫維民	詩話話詩	詩的難與易	35	136
沈奇	詩話話詩	詩話三題	35	139
陳去非	詩話話詩	網路詩與網路詩人	35	141
柯慶明	臺灣詩人專論——陳義芝篇（上）	根之茂者其實遂——論陳義芝的詩	35	146
	他山之石（2001臺北國際詩歌節）	詩城元年・亞太之光	36	6
	他山之石（2001臺北國際詩歌節）	2001臺北國際詩歌節活動節目表	36	9
Ramakanta作，黃宗慧譯	他山之石（2001臺北國際詩歌節）	行乞者（外國詩人作品）	36	12

作者名	欄位名	篇名	期數	頁碼
Naowarat Pongpaiboon 作，陳黎、張芬齡譯	他山之石（2001臺北國際詩歌節）	白松鼠（外國詩人作品）	36	15
李瑞騰	他山之石（論臺灣詩壇）	〈他山之石〉（論臺灣詩壇）前言	36	18
章亞昕	他山之石（論臺灣詩壇）	1979~1999：臺灣詩壇發展的新態勢	36	19
劉強	他山之石（論臺灣詩壇）	談非馬詩中的重入輕出藝術	36	31
陶保璽	他山之石（論臺灣詩壇）	撫觸詩人大荒燃燒的靈魂	36	48
楊雨河	詩創作	景觀	36	封面裡頁
鯨向海	詩創作	飛翔氏的密語之一	36	17
鯨向海	詩創作	飛翔氏的密與之二	36	73
隱地	詩創作	詩三首	36	74
白靈	詩創作	潯暑過蒲松齡舊居	36	75
蘇紹連	詩創作	小詩五首	36	76
孫家駿	詩創作	迪吹千山	36	77
游喚	詩創作	FLASH…給妳七行	36	82
王祥麟	詩創作	小詩三首	36	82
向明	詩創作	悲猥篇	36	83
傅予	詩創作	吻	36	83
蕭蕭	詩創作	生命是一場互文的景致	36	84
廖之韻	詩創作	之韻四詩	36	88
王宗仁	詩創作	醫事兩則	36	92
嚴忠政	詩創作	衣架	36	93
解昆樺	詩創作	公園左邊的青蛙	36	94
鯨向海	詩創作	飛翔氏的密語之三	36	95
鯨向海	詩創作	飛翔氏的密與之四	36	112
鯨向海	詩創作	飛翔氏的密與之五	36	130
鯨向海	詩創作	飛翔氏的密與之六	36	141
丁旭輝	現代詩學	一字橫排的視覺暗示	36	96
丁威仁	現代詩學	紙媒體空間的劇場思維與型塑	36	107
麥穗	發現20‧發現21	被漸凍了的林紹梅	36	113
李長青	發現20‧發現21	李長青詩展	36	117
羅浩原	發現20‧發現21	羅浩原詩展	36	120
呂建春	詩話話詩	意象間距的探討	36	131

作者名	欄位名	篇名	期數	頁碼
張士甫	詩話話詩	詩與生活	36	134
張默	詩話話詩	隱顯自適捕捉時間的姿影	36	138
洪淑苓	臺灣詩人專論——陳義芝篇（下）	遊戲開始了	36	142
瘂弦	特稿	鉤稽沉珠·闢舊闡新	36	166
向明	特稿	《漂木》的啓示	36	170
向明	特稿	等你深情的翻閱	36	173
瘂弦	特稿	以詩為情·以情為詩	36	176
龔華	特稿	《花戀》詩選	36	182
陳文發攝影	臺灣詩人專論——林亨泰篇	臺灣詩哲林亨泰	37	5
陳凌	臺灣詩人專論——林亨泰篇	詩史之眸	37	6
真理大學	臺灣詩人專論——林亨泰篇	林亨泰文學會議議程表	37	8
趙天儀	臺灣詩人專論——林亨泰篇	論林亨泰的詩與詩論	37	9
三木大直	臺灣詩人專論——林亨泰篇	林亨泰中文詩的語言問題	37	17
郭楓	臺灣詩人專論——林亨泰篇	感覺靈光的詩美投影	37	31
蕭蕭	臺灣詩人專論——林亨泰篇	臺灣現實主義詩作的美學特質	37	45
孟佑寧	臺灣詩人專論——林亨泰篇	林亨泰詩語風格「異常句」「走樣結構」之分析	37	65
李瑞騰	他山之石（論中國詩壇）	他山之石（論中國詩壇）前言	37	83
邵淑朋	他山之石（論中國詩壇）	論詩歌語言的包容性及審美寬容	37	84
陳仲義	他山之石（論中國詩壇）	評「學院寫作」與「口語寫作」	37	92
賓恩海	他山之石（論中國詩壇）	「吾生愛痛哭之朦朧」：李金髮愛情詩之研究	37	100
張桃洲	他山之石（論中國詩壇）	《十四行集》之後：中國現代主義詩的兩條線索	37	112
沈奇	他山之石（論中國詩壇）	在困惑裡雕刻時光	37	120
白靈	詩創作	眾人停止在此	37	封面裡
向明	詩創作	蒙古草原	37	封底裡
方群	詩創作	漬物之一	37	82
方群	詩創作	漬物之二	37	129
方群	詩創作	漬物之三	37	147
方群	詩創作	無題之一	37	64
方群	詩創作	無題之二	37	99
方群	詩創作	無題之三	37	128
尹玲	詩創作	只是為了能再看你	37	130

作者名	欄位名	篇名	期數	頁碼
尹玲	詩創作	在四月鳳凰似的火焰木下	37	131
蘭兮	詩創作	蘭若——給尹玲	37	132
白靈	詩創作	五行詩四首	37	134
非馬	詩創作	隕星——悼墜樓的詩人昌耀／長恨歌	37	135
魯蛟	詩創作	回歸	37	136
甘子建	詩創作	新石器時代	37	137
王惠愛	詩創作	光環	37	138
鍾順文	詩創作	死亡遊戲	37	138
劉益州	詩創作	巫師的樂章	37	139
曾尚蔚	詩創作	箏	37	140
落蒂	詩創作	黑色的奇萊	37	141
葉狼	詩創作	輕風舞月	37	142
許奎文	詩創作	虐童	37	143
許雅俐	詩創作	性愛二曲	37	144
歐陽柏燕	詩創作	四季詠嘆調	37	145
劉菲	劉菲先生紀念專輯	古體新詩的社會性	37	148
劉菲	劉菲先生紀念專輯	劉菲詩八首	37	150
麥穗	劉菲先生紀念專輯	懷念詩壇遊俠劉菲	37	155
謝輝煌	劉菲先生紀念專輯	沈在碧潭深處的詩魂	37	158
潘麗珠	朗誦詩·詩朗誦（專輯）	〈朗誦詩詩朗誦〉專輯 前言	38	5
潘麗珠	朗誦詩詩朗誦（專輯）	現代詩的聲情教學	38	6
龍祥輝	朗誦詩·詩朗誦（專輯）	一首關於「九二一」的朗誦詩——〈煉域〉	38	21
彭菊英	朗誦詩·詩朗誦（專輯）	〈問答〉一詩的朗誦分析	38	37
向明	朗誦詩·詩朗誦（專輯）	小論朗誦詩兩首	38	46
潘麗珠	朗誦詩·詩朗誦（專輯）	三首適合朗誦的現代詩	38	51
落蒂	詩話話詩	詩壇的老師傅	38	57
李長青	詩創作	落葉（15）	38	封面裡頁
李長青	詩創作	落葉（16）	38	封面底頁
向明	詩創作	節氣詩三首	38	62
汪啟疆	詩創作	二〇〇一秋和冬的認識	38	63
陳克華	詩創作	陳克華詩展	38	65
蘇紹連	詩創作	春夜喜雨	38	68
龔華	詩創作	龔華詩二首	38	69

作者名	欄位名	篇名	期數	頁碼
鯨向海	詩創作	風雨這一日	38	70
達瑞	詩創作	獵人口述	38	71
李皇誼	詩創作	凝望	38	72
水母	詩創作	類修辭	38	73
羅浩原	詩創作	萬石深居詩選	38	74
孫家駿	詩創作	古都行	38	79
王宗仁	詩創作	散文詩三則	38	83
紀小樣	詩創作	散文詩二則	38	85
非馬	詩創作	飛馬英詩自譯	38	86
游喚	詩創作	散文詩草	38	摺頁
翁文嫻	詩創作	嵐獸‧帝水	38	摺頁
紫鵑	詩創作	生命‧戀愛‧病痛‧死亡	38	56, 61, 123, 128
應鳳凰	現代詩學	臺灣五〇年詩壇與現代詩運動（上）	38	92
解昆樺	現代詩學	從象徵修辭擴散到類疊修辭	38	110
林亨泰	發現20‧發現21	從我的第一本詩集說起	38	124
丁旭輝	現代詩學	輔英詩展	38	133
王灝	臺灣詩人專論──岩上篇	從激流到更換的年代	38	140
丁威仁	臺灣詩人專論──岩上篇	初論岩上詩裡「燃燒」類意象傳達的生命思維	38	145
紀小樣	六人詩作展（專輯）	紀小樣十首	39	5
鯨向海	六人詩作展（專輯）	鯨向海十首	39	11
王宗仁	六人詩作展（專輯）	王宗仁十首	39	17
李長青	六人詩作展（專輯）	李長青十首	39	21
紫鵑	六人詩作展（專輯）	紫鵑十首	39	29
羅浩原	六人詩作展（專輯）	羅浩原十首	39	34
蘇紹連	網路詩壇	與超文本經驗鏈結	39	39
陳去非	網路詩壇	網路詩與網路詩人	39	45
蔗尾蜂房	網路詩壇	BBS詩版間的互動關係	39	49
應鳳凰	現代詩學	臺灣五〇年代詩壇與現代詩運動	39	58
林德俊	現代詩學	二〇〇一情詩選出版觀察	39	71
江天	現代詩學	關於生態環境詩	39	83
陳仲義	現代詩學	大陸先鋒詩歌四種寫作向度	39	97

作者名	欄位名	篇名	期數	頁碼
向明	詩創作	H against V	39	封面裡頁
龔華	詩創作	小詩五首	39	38, 57, 107, 123, 143
汪啓疆	詩創作	島嶼的哲學聯想	39	108
邱平	詩創作	二月的行腳	39	110
楊平	詩創作	霧之夜	39	111
方群	詩創作	人體三帖	39	112
陳柏伶	詩創作	舞臺劇——林懷民的《水月》觀後感	39	113
費啓宇	詩創作	頹廢的壽	39	114
達瑞	詩創作	平衡	39	115
劉哲廷	詩創作	沈潛的危機	39	116
曾尚尉	詩創作	霧社·古風	39	117
葉狼	詩創作	蛇與蛙	39	118
鍾順文	詩創作	雨問	39	119
歐陽柏燕	詩創作	隨想九則	39	120
Ada Aharoni	詩創作	你所知道的媽媽們	39	121
莫云	詩創作	水舞	39	122
白靈	詩創作	用腳寫詩的人	39	封面裡頁
麥穗	發現20·發現21	懷念開拓《詩園地》的西丁	39	124
游喚指導	發現20·發現21	長階詩展	39	128
非馬	詩話話詩	大魚釣小魚	39	139
向明	詩話話詩	詩刊評鑑·回歸學術	39	141
陳康芬	臺灣詩人專論——岩上篇（下）	臺灣現代鄉土的詩眼與詩心	39	144
丁旭輝	臺灣詩人專論——岩上篇（下）	論《岩上八行詩》的內在結構	39	153
向陽	創刊十週年紀念特輯	詩學季刊十年有成	40	6
李魁學	創刊十週年紀念特輯	是誰傳下這詩人的行業？	40	9
李元貞	創刊十週年紀念特輯	詩刊助產士的夢想	40	12
陳千武	創刊十週年紀念特輯	詩為什麼存在	40	16
陳芳明	創刊十週年紀念特輯	我與現代詩的分合	40	23
阮美慧	創刊十週年紀念特輯	從現代到本土——我的臺灣詩學之旅	40	30

作者名	欄位名	篇名	期數	頁碼
向明	創刊十週年紀念特輯	詩人也要靠行嗎？	40	37
白靈	創刊十週年紀念特輯	詩刊時代的結束	40	40
張默	詩創作	殘酷的凌遲	40	47
孟樊	詩創作	在蒙馬特讀夏宇	40	49
謝馨	詩創作	同里奇遇	40	50
方群	詩創作	某教授	40	51
林德俊	詩創作	牆的練習	40	52
吳東晟	詩創作	小詩	40	53
魯蛟	詩創作	哆嗦	40	54
向明	詩創作	悲傷十四行	40	55
白家華	詩創作	草部十二劃	40	55
尹玲	詩創作	詩	40	56
游喚	詩創作	對偶	40	58
李弦	現代詩學	抗議詩學與政治學：笠詩社的集團性	40	59
丁旭輝	現代詩學	王丹《我在寒冷中獨行》初論	40	66
羅浩原	現代詩學	詩與謎語	40	82
蕭蕭	現代詩學	酒在現代詩中的文化意義	40	94
鄭慧如	現代詩學	隱喻的身體觀——以一九七〇年代臺灣新詩作品為例	40	110
鍾鼎文	TAIWAN POETRY SERIES	人體素描	40	136
彭邦楨	TAIWAN POETRY SERIES	月之故鄉	40	143
周夢蝶	TAIWAN POETRY SERIES	擺渡船上	40	145
向明	TAIWAN POETRY SERIES	懷念媽媽	40	147
文曉村	TAIWAN POETRY SERIES	牛	40	149
管管	TAIWAN POETRY SERIES	缸	40	151
大荒	TAIWAN POETRY SERIES	康橋踏雪	40	153
張默	TAIWAN POETRY SERIES	白髮吟	40	154
丁文智	TAIWAN POETRY SERIES	聰明的魚	40	161
宋穎豪	TAIWAN POETRY SERIES	下午之歌	40	161
瘂弦	TAIWAN POETRY SERIES	上校	40	163
碧果	TAIWAN POETRY SERIES	我們是被孵育著的一個卵	40	167
非馬	TAIWAN POETRY SERIES	故事與蒲公英	40	171
岩上	TAIWAN POETRY SERIES	啊！海	40	173
林煥彰	TAIWAN POETRY SERIES	窗	40	175
尹玲	TAIWAN POETRY SERIES	鏡中之花	40	179
沙穗	TAIWAN POETRY SERIES	菱角	40	183

作者名	欄位名	篇名	期數	頁碼
龔華	TAIWAN POETRY SERIES	魚尾紋	40	185
簡政珍	TAIWAN POETRY SERIES	紙上風雲	40	197
白靈	TAIWAN POETRY SERIES	不如歌	40	189
鍾順文	TAIWAN POETRY SERIES	天書	40	191
詹澈	TAIWAN POETRY SERIES	頭髮舞	40	193
游喚	TAIWAN POETRY SERIES	文學秋天遠	40	195
張國治	TAIWAN POETRY SERIES	冬日小徑	40	197
洪淑苓	TAIWAN POETRY SERIES	醉	40	199

《臺灣詩學學刊》編目（1-30期）

作者名	欄位名	篇名	期數	頁碼
本刊	編輯手記		1	6
王珂	「詩與畫」專輯評論	論中外詩歌的形異現象及形異詩的三大起源	1	9
楊雅惠	「詩與畫」專輯評論	詩畫互動的異境——從王白淵、水蔭萍詩看日治時期臺灣新詩美學與文化象徵的拓展	1	27
商瑜容	「詩與畫」專輯評論	米羅・卡索網路詩作的美感效應	1	85
丁旭輝	「詩與畫」專輯評論	試論陳千武詩作的圖象技巧	1	113
岩上	「詩與畫」專輯評論	淺論詩與畫的語言交集與分歧	1	131
羅青	「詩與畫」專輯評論	詩中有畫・畫中詩	1	141
陳克華	「詩與畫」專輯詩作	清楓	1	150
白靈	「詩與畫」專輯詩作	女人（外一首）	1	154
碧果	「詩與畫」專輯詩作	椅子	1	155
周夢蝶	「詩與畫」專輯詩作	聽月圖	1	156
向明	「詩與畫」專輯詩作	晝與夜	1	157
路寒袖	「詩與畫」專輯詩作	遊戲	1	158
紀小樣	「詩與畫」專輯詩作	畫題四首	1	159
黃敬欽	「詩與畫」專輯詩作	祭品（外五首）	1	163
李長青	「詩與畫」專輯詩作	鄉愁——觀周淑貞畫作〈雲游〉	1	170
翁文嫻	「詩與畫」專輯詩作	高原（外一首）	1	171
馬夏／作、尹玲／譯	「詩與畫」專輯詩作	夜之分	1	173
張梅芳	現代詩學	注定要放浪形骸底／白色軀幹——評駱以軍詩集《棄的故事》	1	177
葉櫓	現代詩學	論《漂木》	1	201
白靈	現代詩學	一九八九以後	1	221
洪淑苓	詩話話詩	新詩的下午茶——向明《窺詩手記》評介	1	234
解昆樺	詩人專訪	早期創世紀軍旅詩人創作心理與發展（之一）——專訪辛鬱	1	238

作者名	欄位名	篇名	期數	頁碼
蘇紹連	詩創作	蜉蝣祭典	1	245
黃明峰	詩創作	祕密	1	247
沙德	詩創作	也是溫柔	1	248
周夢蝶	詩創作	時間做不做夢	1	249
徐培晃	詩創作	也許下個讀者會更了解我	1	250
唐捐	詩創作	致異形	1	252
方群	詩創作	世說新語	1	253
余欣娟	詩創作	圖書館是一具偌大的棺材	1	255
林怡翠	詩創作	水族	1	256
徐國能	詩創作	如果故鄉有戰爭	1	257
李長青	詩創作	傷口	1	262
林德俊	詩創作	左右為難	1	263
林婉瑜	詩創作	唯一的夏天	1	264
林麗秋	詩創作	迷路	1	265
陳慶元	詩創作	異風遠方的來信	1	267
張瓊方	詩創作	廚房	1	269
曾琮琇	詩創作	標本	1	270
達瑞	詩創作	午睡之內（外二首）	1	271
汪啓疆	詩創作	在我們島上	1	274
渡也	詩創作	我爬進我的體內	1	277
尹玲	詩創作	我的夏天（外一首）	1	278
向明	詩創作	隱喻	1	281
單單雙雙魚	2002年秋季「臺灣詩學」網路投稿精華詩作	想念‧十記	1	284
卡帕	2002年秋季「臺灣詩學」網路投稿精華詩作	如果不必走	1	287
卡帕	2002年秋季「臺灣詩學」網路投稿精華詩作	日昇之歌	1	289
石頭	2002年秋季「臺灣詩學」網路投稿精華詩作	秋天的空氣	1	290
葉蜉	2002年秋季「臺灣詩學」網路投稿精華詩作	沿著你的身軀漫步	1	291
Kreps	2002年秋季「臺灣詩學」網路投稿精華詩作	深山入，行與回──記20021012「烘爐地山」	1	295
廖經元	2002年秋季「臺灣詩學」網路投稿精華詩作	樓下的聲音	1	298
洛泉	2002年秋季「臺灣詩學」網路投稿精華詩作	自畫像	1	298

作者名	欄位名	篇名	期數	頁碼
阿鈍	2002年秋季「臺灣詩學」網路投稿精華詩作	同喜鵲散步的下午	1	299
維敏	2002年冬季「臺灣詩學」網路投稿精華詩作	編舞	1	301
羊毛衫	2002年冬季「臺灣詩學」網路投稿精華詩作	那個有貓和燕子的轉角	1	302
廖經元	2002年冬季「臺灣詩學」網路投稿精華詩作	冥婚	1	304
廖經元	2002年冬季「臺灣詩學」網路投稿精華詩作	角落勿語	1	305
王浩翔	2002年冬季「臺灣詩學」網路投稿精華詩作	光的曾經	1	307
三得	2002年冬季「臺灣詩學」網路投稿精華詩作	自然科課後筆記	1	308
紅格子	2002年冬季「臺灣詩學」網路投稿精華詩作	這個冬天有點冷	1	310
牡人	2002年冬季「臺灣詩學」網路投稿精華詩作	看不透水的結晶	1	311
廖之韻	2002年冬季「臺灣詩學」網路投稿精華詩作	死亡	1	312
印卡	2002年冬季「臺灣詩學」網路投稿精華詩作	咒‧山祭五	1	313
紫鵑	2002年冬季「臺灣詩學」網路投稿精華詩作	印象小詩六則	1	316
薛舟	2002年冬季「臺灣詩學」網路投稿精華詩作	雪的幻想曲	1	318
艾雲	2002年冬季「臺灣詩學」網路投稿精華詩作	櫥窗	1	320
李癸雲	2002年秋季「臺灣詩學」網站詩創作總評	跟著感覺走——心讀網路詩選	1	323
唐捐	2002年冬季「臺灣詩學」網站詩創作總評	賊乎人之子，異哉網上詩	1	328
李癸雲	「詩與意象」專題	論「公無渡河」在現代詩中的原型意義	2	9
商瑜容	「詩與意象」專題	商禽詩作的意象表現	2	41
向明	「詩與意象」專題	論詩中的意象	2	61
何雅雯	現代詩學	小論林泠：抒情與現代	2	75
劉正忠	現代詩學	主知‧超現實‧現代派運動：臺灣1956-1969	2	127

作者名	欄位名	篇名	期數	頁碼
李嘉華	現代詩學	試論黃梁歌詩中的動能	2	153
何金蘭	現代詩學	繼承傳統，面向未來——二十世紀六〇、七〇年代南越華文文學發展概況及其未來冀望	2	179
徐培晃	詩話話詩	羅浩原《蔗尾蜂房詩稿》及其他	2	198
kama	詩話話詩	陳水扁時期頹廢青年詩人之定義	2	204
米羅‧卡索	詩話話詩	「臺灣詩學」之新世代網路詩社群	2	206
廖之韻	詩創作‧2003年春季精華詩作及總評	遺書	2	212
歐陽柏燕	詩創作‧2003年春季精華	心繡	2	214
歐陽柏燕	詩創作‧2003年春季精華	晒衣	2	215
紫鵑	詩創作‧2003年春季精華	我眼廉沾染你色彩的睫	2	216
羊毛衫	詩創作‧2003年春季精華	我想起，半夜的星星會唱歌	2	220
廖經元	詩創作‧2003年春季精華	四種質地的亞當	2	222
吳恙	詩創作‧2003年春季精華	在這些敏感的時刻	2	225
三得	詩創作‧2003年春季精華	種子詩	2	226
卡帕	詩創作‧2003年春季精華	醞釀春天	2	228
紫鵑	詩創作‧2003年春季精華	印象小詩八則	2	232
鄭慧如	詩創作‧2003年春季精華	短暫的抒情——二〇〇三年春季「臺灣詩學‧詩作投稿區」讀後	2	235
王浩翔	詩創作‧2003年夏季精華詩作及總評	炒飯	2	241
Van Gough	詩創作‧2003年夏季精華詩作及總評	遺書這般書寫	2	242
牡人	詩創作‧2003年夏季精華詩作及總評	相思林	2	243
羊毛衫	詩創作‧2003年夏季精華詩作及總評	我可不可以為你讀一首這樣的詩	2	244
廖經元	詩創作‧2003年夏季精華詩作及總評	等候多時	2	246
奚硯	詩創作‧2003年夏季精華詩作及總評	花蓮天祥觀魚躍龍門之景	2	247
蕭蕭	詩創作‧2003年夏季精華詩作及總評	口罩，哪一種人生？	2	248
達瑞	詩創作‧2003年夏季精華詩作及總評	餿水之歌	2	249
歐陽柏燕	詩創作‧2003年夏季精華詩作及總評	中年十行	2	250

作者名	欄位名	篇名	期數	頁碼
達瑞	詩創作・2003年夏季精華詩作及總評	我在看電車，0215	2	251
劉哲廷	詩創作・2003年夏季精華詩作及總評	生命・兩則	2	252
廖經元	詩創作・2003年夏季精華詩作及總評	水仙的凝望——致拉丹拉蕾連體姐妹	2	253
劉哲廷	詩創作・2003年夏季精華詩作及總評	速寫距離・兩則	2	255
三得	詩創作・2003年夏季精華詩作及總評	若我張開雙臂	2	256
游喚	詩創作・2003年夏季精華詩作及總評	給妳，請動——地震詩札有序	2	257
朵思	詩創作・2003年夏季精華詩作及總評	叩問	2	258
朵思	詩創作・2003年夏季精華詩作及總評	我病著一種可以治癒的病	2	259
洪淑苓	詩創作・2003年夏季精華詩作及總評	女聲尖叫	2	260
方群	詩創作・2003年夏季精華詩作及總評	ㄕㄚ的四聲演進史	2	261
阿鈍	詩創作・2003年夏季精華詩作及總評	黃金龜	2	262
溫少杰	詩創作・2003年夏季精華詩作及總評	無言的童話	2	263
溫少杰	詩創作・2003年夏季精華詩作及總評	小說家	2	264
丁旭輝	詩創作・2003年夏季精華詩作及總評	向一座霧中的城堡前進——二〇〇三年夏季《臺灣詩學》網站詩創作總評	2	265
向明	2003年春季主題詩：「戰火與家園」精選及總評	走過大屠殺現場	2	270
羅浩原	2003年春季主題詩：「戰火與家園」精選及總評	在佛羅里達征服伊拉克	2	271
JMTMD	2003年春季主題詩：「戰火與家園」精選及總評	給上帝的留言	2	272
楊澤龍	2003年春季主題詩：「戰火與家園」精選及總評	這一切都是為了	2	274
紅格子	2003年春季主題詩：「戰火與家園」精選及總評	戰地素描	2	276

作者名	欄位名	篇名	期數	頁碼
阿鈍	2003年春季主題詩：「戰火與家園」精選及總評	我射了，你爽了沒	2	277
三得	2003年春季主題詩：「戰火與家園」精選及總評	我怎麼不感動	2	280
歐陽柏燕	2003年春季主題詩：「戰火與家園」精選及總評	一個對弈的夜晚	2	282
王浩翔	2003年春季主題詩：「戰火與家園」精選及總評	劫城	2	283
林德俊	2003年春季主題詩：「戰火與家園」精選及總評	戰爭收據	2	284
丁旭輝	2003年春季主題詩：「戰火與家園」精選及總評	戰爭下的沉思——「戰火與家園」主題詩讀後	2	286
石溪(Scoot Ezell)作，李順興譯	外詩中譯	海洋冥想：譯詩四首	2	293
游喚	詩法院	經典詩賞析：〈老布農〉（外一首）	2	298
鄭慧如	新詩史料	近十五年臺灣各大專院校學報中的新詩評論	2	308
鄭慧如		編後語	2	314
陳柏伶	「詩與音樂」專輯	雜音、走音或耳鳴——淺論夏宇詩中的聲音	3	9
陳素英	「詩與音樂」專輯	詩與樂	3	41
黃維樑	「詩與音樂」專輯	文學的音樂性	3	49
鯨向海	「詩與音樂」專輯	我彈響自己	3	55
遲鈍	「詩與音樂」專輯	有聲無聲	3	63
路寒袖講・徐培晃整理	「詩與音樂」專輯	詩與歌的區隔與重疊	3	79
余風	「詩與音樂」專輯	「詩與音樂」座談會實錄	3	85
徐培晃	現代詩學	完美聆聽者：試論羅智成詩中的夢、記憶與漫遊特質	3	107
張嘉惠	現代詩學	論夏宇詩中的修辭策略及女性書寫	3	153
方耀乾	現代詩學	為父老立像，為土地照妖：論向陽的臺語詩	3	189
黃維樑	現代詩學	二十世紀中國新詩已建立了傳統？	3	219

作者名	欄位名	篇名	期數	頁碼
洪硯	詩創作・2003年夏季主題詩：「父親」精華詩作	【親】	3	230
卓姵吟	詩創作・2003年夏季主題詩：「父親」精華詩作	爸（ㄅㄚˋ）	3	231
羅浩原	詩創作・2003年夏季主題詩：「父親」精華詩作	一些不太方便的懷念（案頭R&B）	3	232
羅浩原	詩創作・2003年夏季主題詩：「父親」精華詩作	你背著我每天做著刀光劍影的事（案頭R&B）	3	233
羅浩原	詩創作・2003年夏季主題詩：「父親」精華詩作	計時器又喀喳喀喳響了起來（案頭R&B）	3	234
阿旺	詩創作・2003年夏季主題詩：「父親」精華詩作	獵鳥記	3	235
廖經元	詩創作・2003年夏季主題詩：「父親」精華詩作	長壽煙	3	236
阿旺	詩創作・2003年夏季主題詩：「父親」精華詩作	夢中渴醒	3	237
呂建春	詩創作・2003年夏季主題詩：「父親」精華詩作	月思	3	238
達瑞	詩創作・2003年夏季主題詩：「父親」精華詩作	父王頌	3	239
Fayer	詩創作・2003年夏季主題詩：「父親」精華詩作	我。我是	3	240
劉哲廷	詩創作・2003年秋季「臺灣詩學・詩作投稿區」精華詩作及總評	卍	3	241
羅浩原	詩創作・2003年秋季「臺灣詩學・詩作投稿區」精華詩作及總評	一九九七年我考上了詩人的執照（案頭R&B）	3	242
黃羊川	詩創作・2003年秋季「臺灣詩學・詩作投稿區」精華詩作及總評	鏡子三首	3	243
廖經元	詩創作・2003年秋季「臺灣詩學・詩作投稿區」精華詩作及總評	若梳	3	244
劉哲廷	詩創作・2003年秋季「臺灣詩學・詩作投稿區」精華詩作及總評	顏色・外一	3	245
林廣	詩創作・2003年秋季「臺灣詩學・詩作投稿區」精華詩作及總評	午後散步在社區的巷弄	3	246

作者名	欄位名	篇名	期數	頁碼
王浩翔	詩創作‧2003年秋季「臺灣詩學‧詩作投稿區」精華詩作及總評	繼續失蹤	3	248
廖之韻	詩創作‧2003年秋季「臺灣詩學‧詩作投稿區」精華詩作及總評	你喜歡我的情詩嗎	3	249
渡也	詩創作‧2003年秋季「臺灣詩學‧詩作投稿區」精華詩作及總評	民藝系列：藥罐	3	250
果果	詩創作‧2003年秋季「臺灣詩學‧詩作投稿區」精華詩作及總評	公寓	3	251
黃羊川	詩創作‧2003年秋季「臺灣詩學‧詩作投稿區」精華詩作及總評	裸男	3	252
趙路得	詩創作‧2003年秋季「臺灣詩學‧詩作投稿區」精華詩作及總評	搬家四組曲	3	254
白靈	詩創作‧2003年秋季「臺灣詩學‧詩作投稿區」精華詩作及總評	穿入與逃逸——2003年秋季網路詩精華決選作品綜評	3	256
蘇善	詩創作‧2003年冬季「臺灣詩學‧詩作投稿區」精華詩作及總評	映	3	264
哲明	詩創作‧2003年冬季「臺灣詩學‧詩作投稿區」精華詩作及總評	閱讀	3	265
李彥震	詩創作‧2003年冬季「臺灣詩學‧詩作投稿區」精華詩作及總評	我在窗子裏	3	266
負離子	詩創作‧2003年冬季「臺灣詩學‧詩作投稿區」精華詩作及總評	燈絲	3	267
卡帕	詩創作‧2003年冬季「臺灣詩學‧詩作投稿區」精華詩作及總評	迷津	3	268
林廣	詩創作‧2003年冬季「臺灣詩學‧詩作投稿區」精華詩作及總評	如果叛逆從中年開始	3	269

作者名	欄位名	篇名	期數	頁碼
李瑞騰	詩話話詩	現實的深度和廣度如何計算——《王勇詩選》（1983-1996）序	4	199
黃明峰	詩話話詩	解開時間的繩結：尋找回憶，尋找瑪格莉——我讀《瑪格莉回憶錄》	4	207
遲鈍	詩話話詩	二二八之夜的安魂曲	4	217
艾波兒	詩作投稿區精選・2004年春季網路詩選	天堂無線下載	4	227
黑俠	詩作投稿區精選・2004年春季網路詩選	心事	4	229
歐陽柏燕	詩作投稿區精選・2004年春季網路詩選	迷宮	4	230
負離子	詩作投稿區精選・2004年春季網路詩選	最近，忙著	4	231
劉哲廷	詩作投稿區精選・2004年春季網路詩選	關於我們的重複理念	4	232
達瑞	詩作投稿區精選・2004年春季網路詩選	逼近	4	233
綠豆	詩作投稿區精選・2004年春季網路詩選	節日	4	234
呂建春	詩作投稿區精選・2004年春季網路詩選	詩的完成	4	235
廖經元	詩作投稿區精選・2004年春季網路詩選	感染	4	237
陳建男	詩作投稿區精選・2004年春季網路詩選	真實	4	239
謝明成	詩作投稿區精選・2004年春季網路詩選	渡過——白紙製造的過程	4	240
地平線	詩作投稿區精選・2004年春季網路詩選	pornography(3)	4	242
三得	詩作投稿區精選・2004年春季網路詩選	人面蜘蛛	4	244
范家駿	詩作投稿區精選・2004年春季網路詩選	老兵	4	246
阿鈍	詩作投稿區精選・2004年夏季網路詩選	想背誦一首自己的詩	4	247
范家駿	詩作投稿區精選・2004年夏季網路詩選	寄居蟹的告白	4	249
極光	詩作投稿區精選・2004年夏季網路詩選	即興幻想曲	4	250

作者名	欄位名	篇名	期數	頁碼
范家駿	詩作投稿區精選·2004年夏季網路詩選	括弧	4	252
達瑞	詩作投稿區精選·2004年夏季網路詩選	山彎	4	253
劉哲廷	詩作投稿區精選·2004年夏季網路詩選	我是焦慮的	4	254
廖經元	詩作投稿區精選·2004年夏季網路詩選	晨遇周夢蝶	4	256
離畢華	詩作投稿區精選·2004年夏季網路詩選	黑色玫瑰的香氣	4	257
謝明成	詩作投稿區精選·2004年夏季網路詩選	詩人五帖	4	258
王浩翔	主題詩精選·2003年冬季主題「政治詩」精選	塚——詩繼228事件半世紀後	4	263
哲明	主題詩精選·2003年冬季主題「政治詩」精選	老店新開	4	264
丁童	主題詩精選·2003年冬季主題「政治詩」精選	太公望	4	265
黑俠	主題詩精選·2003年冬季主題「政治詩」精選	審判日	4	266
鈴	主題詩精選·2003年冬季主題「政治詩」精選	所謂名何	4	267
劉哲廷	主題詩精選·2003年冬季主題「政治詩」精選	歷史	4	270
羅浩原	主題詩精選·2003年冬季主題「政治詩」精選	我一次次割掉自己	4	271
莫傑	主題詩精選·2003年冬季主題「政治詩」精選	為了	4	272
卓姵吟	主題詩精選·2003年冬季主題「政治詩」精選	聖誕節	4	273
牡人	主題詩精選·2003年冬季主題「政治詩」精選	隨意鳥叫	4	274
高湯	主題詩精選·2003年冬季主題「政治詩」精選	我的一貫道	4	275
王宗仁	主題詩精選·2003年冬季主題「政治詩」精選	枯萎	4	276
綠豆	主題詩精選·2003年冬季主題「政治詩」精選	臺灣人的悲哀	4	277
負離子	主題詩精選·2003年冬季主題「政治詩」精選	今天	4	278

作者名	欄位名	篇名	期數	頁碼
印卡	主題詩精選・2003年冬季主題「政治詩」精選	在鴿子不談政治	4	279
劉哲廷	主題詩精選・2004年春季主題「政治詩」精選	政客的一貫路線	4	281
王宗仁	主題詩精選・2004年春季主題「政治詩」精選	潮濕	4	282
果果	主題詩精選・2004年春季主題「政治詩」精選	偽裝	4	283
董克勤	主題詩精選・2004年春季主題「政治詩」精選	第一	4	284
哲明	主題詩精選・2004年春季主題「政治詩」精選	選票	4	285
廖經元	主題詩精選・2004年春季主題「政治詩」精選	暴走族	4	286
某界	主題詩精選・2004年春季主題「政治詩」精選	與永恆對坐	4	287
向明	主題詩精選・2004年春季主題「政治詩」精選	不要	4	288
綠豆	主題詩精選・2004年春季主題「政治詩」精選	烏賊	4	289
三十斤	主題詩精選・2004年春季主題「政治詩」精選	流程	4	290
阿鈍	主題詩精選・2004年春季主題「政治詩」精選	這棵樹沒有碑文	4	292
藍水手	主題詩精選・2004年春季主題「政治詩」精選	不的行為主義──島嶼練習曲2004	4	293
向明	主題詩精選・2004年春季主題「政治詩」精選	政治沾上詩	4	294
向明	詩作邀稿區	生態靜觀	4	299
蔡振念	詩作邀稿區	無調性練習曲──聽妻兒合奏鋼琴大提琴	4	307
鄭慧如		編後語	4	309
孟樊	「詩與史」專輯	承襲期臺灣新詩史（上）	5	7
楊宗翰	「詩與史」專輯	鍛接期臺灣新詩史	5	37
蔣美華	「詩與史」專輯	新世紀臺灣長詩美學的航向	5	107
余欣娟	「詩與史」專輯	不僅僅是鄉愁──女詩人的「流亡」與「落地生根」	5	147
陳仲義	「詩與史」專輯	撰寫新詩史的「多難」問題──兼及撰寫的「個人眼光」	5	183

作者名	欄位名	篇名	期數	頁碼
白靈	現代詩學	在西瓜與石頭之間——論詹澈詩的泉源與躍昇	7	117
陳政彥	現代詩學	「席慕蓉現象論爭」析論	7	133
鄭振偉	現代詩學	孤獨和聞一多的詩歌創作	7	153
方環海、沈玲	現代詩學	依賴心理與鄭愁予詩歌的孤獨感研究	7	197
阮美慧	書評	《陳鴻森詩存》評介	7	241
向明	詩話話詩	艾略特〈普魯夫洛克戀歌〉中譯之商榷	7	249
鄭慧如		編後語	7	257
簡政珍	「詩學何為」專輯	現實與比喻——臺灣當代詩的意象空間	8	7
解昆樺	「詩學何為」專輯	戰後臺灣詩刊學之文本閱讀方法論——以《創世紀》、《笠》與七〇代新興詩刊為例	8	43
陳大為	「詩學何為」專輯	臺灣都市詩理論的建構及演化	8	87
陳瀅州	「詩學何為」專輯	從詩史發展觀察八〇年代初期政治詩學	8	121
夏婉雲	「詩學何為」專輯	當下、空間情境化與童詩寫作	8	153
蔡振念	「詩學何為」專輯	詩學與詩作之間——我的經驗	8	175
黃文鉅	「現代詩學」專輯	魔鬼化或逆崇高——唐捐身體詩再探	8	191
王麗雯	「現代詩學」專輯	論陳鴻森詩的反殖民書寫	8	233
陳政彥	「現代詩學」專輯	顏元叔新批評研究於七〇年代發生之詮釋衝突：以「颱風季論戰」為觀察核心	8	261
簡政珍	書評	詩的時間歷程——評李有成詩集《時間》	8	285
孫維民	讀者回應	瘂弦〈復活節〉的宗教意識	8	291
鄭慧如		編後語	8	297
白靈	「詩與現實」專輯	介入與抽離——從簡政珍的詩看中生代詩人的說與不說	9	5
鄭慧如	「詩與現實」專輯	現實與想像——以簡政珍為主，兼論臺灣中生代詩人之作	9	29
曾琮琇	「詩與現實」專輯	戲耍與顛覆——論八〇代以降臺灣現代詩的形式遊戲	9	57
王珂	現代詩學	論新詩的詩形建設	9	87
陳仲義	現代詩學	詩說與詩寫互為辯證——簡政珍詩歌論	9	123

作者名	欄位名	篇名	期數	頁碼
向衛國	現代詩學	「意境」的現代轉型	9	141
李桂媚	現代詩學	瘂弦詩作的色彩美學	9	157
李翠瑛	現代詩學	鄉愁與解愁——解讀臺灣女詩人席慕蓉詩中的歷史圖像	9	187
溫羽貝	現代詩學	表裡內外之失衡：測量鄭愁予詩歌的孤獨感	9	221
史言	現代詩學	沮喪與孤獨的色彩空間：聞一多、鄭愁予詩歌「黑」、「白」特質下的孤獨感研究	9	249
鄭慧如		編後語	9	297
張期達	「詩與語言」專輯	不相稱的美學——以洛夫、簡政珍、陳克華詩為例	10	7
陳沛淇	「詩與語言」專輯	從「本文的内部規律」論賴和新詩的現實性	10	53
吳鑒益	「詩與語言」專輯	現代詩的具象化——以簡政珍詩為例	10	77
王正良	「詩與語言」專輯	論古添洪及時行樂詩的二（三）元模式	10	153
張怡寧	「詩與語言」專輯	從男人的乳頭到燒焦的乳頭：論江文瑜詩作中的文字多義性與圖像符號意象性	10	183
黃文鉅	「詩與語言」專輯	箱女在劫：宿命與地理的黑洞——零雨詩的歷史寓言、空間考古	10	217
向明	「臺灣詩學季刊雜誌社」同仁論文小展	超現實不如超習慣	10	271
何金蘭	「臺灣詩學季刊雜誌社」同仁論文小展	宿命網罟？解構顛覆？——試析尹玲書寫	10	279
蕭蕭	「臺灣詩學季刊雜誌社」同仁論文小展	曹開：挺直臺灣的新詩脊梁——曹開數學詩的哲學思考與史學批判	10	305
李瑞騰	「臺灣詩學季刊雜誌社」同仁論文小展	臺灣戰後出生第四代詩人略論	10	337
白靈	「臺灣詩學季刊雜誌社」同仁論文小展	遮蔽與承載——洛夫詩中的哭和笑	10	351
解昆樺	「臺灣詩學季刊雜誌社」同仁論文小展	七〇年代鄉土文學論戰後臺灣左翼／勞工現代詩——七〇年代末李昌憲《加工區詩抄》、陌上塵「黑手詩抄」初探	10	393
簡政珍	詩話話詩	「文學批評」與「文學思評」	10	419

《吹鼓吹詩論壇》編目（1-30期）

作者名	欄位名	篇名	期數	頁碼
本社		發刊詞	1	1
瘋狐狸	論壇與部落格的時代	網路時空論———一個簡單的觀察	1	6
呂美親	論壇與部落格的時代	詩以外的電音傳腦、純文學的急速挑戰：「部落格」生態局隅觀察	1	12
劉哲廷	論壇與部落格的時代	用Blog寫一首詩	1	20
	論壇與部落格的時代	臺灣網路詩人部落格聯盟	1	23
向陽	詩家詩集	亂序	1	24
鄭慧如	詩家詩集	他的綻放不靠節氣——《草木有情》讀後	1	28
尹玲	詩家詩篇	等候	1	32
尹玲	詩家詩篇	Café de le Paisc	1	33
向明	詩家詩篇	藏詩一束	1	34
蕭蕭	詩家詩篇	後更年期的白色憂傷10首	1	36
游喚	詩家詩篇	東山七行	1	38
游喚	詩家詩篇	青葙	1	38
白靈	詩家詩篇	碉堡的螺旋槳	1	39
蘇紹連	詩家詩篇	無關切‧格瓦拉	1	4
唐捐	詩家詩篇	南海血書	1	41
李癸雲	詩家詩篇	女流——給母親和女兒	1	43
簡政珍	詩家詩篇	愛犬——給達達	1	46
林文義	詩家詩篇	政治評論員	1	47
林文義	詩家詩篇	沉思九——	1	48
紀小樣	詩家詩篇	魚異誌	1	49
紀小樣	詩家詩篇	鼠異誌	1	49
嚴忠政	詩家詩篇	風	1	50
白靈	詩家專論	陳義芝詩中的身體、纏繞、與互動	1	51
白靈及網友等	數位詩舞臺	吉他	1	61

作者名	欄位名	篇名	期數	頁碼
白靈及網友等	數位詩舞臺	月亮與露珠的關係	1	62
米羅・卡索及網友等	數位詩舞臺	跨界小廣告	1	63
陳徵蔚	數位詩舞臺	徘徊在新與舊的邊界：從兩首電腦詩習作分析	1	65
丁旭輝	詩篇賞析	商禽〈火雞〉解析	1	69
文曉村	詩篇賞析	拇指山下品麻辣	1	72
向明	詩篇賞析	讀劉虹的詩	1	75
高湯	詩篇賞析	悲愴的美感	1	79
古嘉	詩型介紹	看見最美的畫面──極致精簡的一行詩	1	82
古嘉輯	詩型介紹	一行詩十首	1	85
莫方	影像與文學	新視覺系：臺灣數位影像與網路文學創作新潮	1	86
fuhoren	影像與文學	圖文創作：人間玩具	1	94
黃明德	影像與文學	影像詩：雞的告別式	1	95
黃明德	影像與文學	影像詩：我的寂靜之路──生命	1	97
6b筆	影像與文學	讀fuhoren的圖文詩〈諸事未竟的黃昏〉	1	99
王宗仁	2004秋冬季網路詩選	黑與白	1	101
余玉琦	2004秋冬季網路詩選	完美的國家	1	102
達瑞	2004秋冬季網路詩選	對話	1	103
劉哲廷	2004秋冬季網路詩選	雨林	1	104
莫傑	2004秋冬季網路詩選	暗示	1	104
王宗仁	2004秋冬季網路詩選	輕易	1	105
押子	2004秋冬季網路詩選	鄉愁的代碼	1	106
哲明	2004秋冬季網路詩選	為時間送行	1	107
達瑞	2004秋冬季網路詩選	讀者	1	108
廖經元	2004秋冬季網路詩選	獄之內外	1	109
劉哲廷	2004秋冬季網路詩選	房間	1	110
王宗仁	2004秋冬季網路詩選	陰謀	1	111
廖經元	2004秋冬季網路詩選	真品	1	112
呂建春	2004秋冬季網路詩選	山鬼	1	113
范家駿	2004秋冬季網路詩選	文盲	1	115
負離子	2004秋冬季網路詩選	生還者	1	116
哲明	2004秋冬季網路詩選	下午	1	117

作者名	欄位名	篇名	期數	頁碼
芬檸	2005春季網路詩選	同居	1	118
阿默默	2005春季網路詩選	肥皂句	1	119
廖經元	2005春季網路詩選	致弟惡行書	1	120
Van Gough	2005春季網路詩選	音列無伴奏	1	121
哲明	2005春季網路詩選	山中奇人	1	122
王宗仁	2005春季網路詩選	等待	1	122
leo	2005春季網路詩選	貝殼	1	123
廖亮羽	2005春季網路詩選	望春光	1	124
謝明成	2005春季網路詩選	提及父親	1	124
阿默默	2005春季網路詩選	冬日之內	1	126
達瑞	2005春季網路詩選	一段寂寞異常的旅程	1	127
然靈	2005春季網路詩選	烏龜和烏鴉	1	129
阿鈍	2005春季網路詩選	鹿過	1	130
芬檸	2005春季網路詩選	當我聽聞我已婚甚久	1	131
蘇善	2005春季網路詩選	案頭書	1	132
劉哲廷	2005春季網路詩選	詩致我破碎的詩	1	133
印卡	2005春季網路詩選	時間的時間	1	134
綠豆.G.	2005春季網路詩選	八卦	1	135
范家駿	2005春季網路詩選	童心看政治：香蕉你個芭樂	1	136
丁威仁	2005春季網路詩選	抒情七首	1	136
阿默默	2005春季網路詩選	A到Z，青春之內	1	137
曹尼	2005春季網路詩選	魅陽艦	1	139
一靈	2005春季網路詩選	失信	1	140
追逐者	2005春季網路詩選	秋蟹	1	141
嚴忠政	文學獎話題	文學獎關我甚麼事	1	142
紀小樣	文學獎話題	走向文學的康莊大盜	1	146
米羅‧卡索	新生代詩人榜	遇見然靈的散文詩	1	149
s002104	新生代詩人榜	詩與程式設計	1	153
廖經元	新生代詩人榜	凝神	1	155
蘇紹連		編後記：語言決定空間	1	159
劉哲廷	同志詩專輯	基因	2	1
陳克華	同志詩專輯	諭	2	7
鯨向海	同志詩專輯	〔評論〕他將有壯美的形貌	2	9
鯨向海	同志詩專輯	父親的幽靈	2	21
fuhoren	同志詩專輯	鯨	2	25

作者名	欄位名	篇名	期數	頁碼
劉哲廷	同志詩專輯	祭品	2	25
劉哲廷	同志詩專輯	邂逅	2	26
劉哲廷	同志詩專輯	媚行	2	27
劉哲廷	同志詩專輯	情書	2	27
劉哲廷	同志詩專輯	某些寂寞的揣摩	2	28
廖經元	同志詩專輯	屬於我們的豐饒之海	2	30
廖經元	同志詩專輯	【復刻】狂草	2	32
phos	同志詩專輯	即使一滴雨落下	2	34
黃羊川	同志詩專輯	住在博物館	2	35
衣谷文	同志詩專輯	惡地	2	38
巫時	同志詩專輯	雕像	2	38
莊仁傑	同志詩專輯	祝福	2	39
達瑞	同志詩專輯	河流	2	40
Van Gough	同志詩專輯	牆——記1001遊行	2	40
羅毓嘉	同志詩專輯	我的Y染色體	2	41
范家駿	同志詩專輯	夾層的戀人	2	43
段楓	同志詩專輯	借身	2	44
王浩翔	同志詩專輯	蝴蝶君	2	45
王浩翔	同志詩專輯	水族	2	46
王浩翔	同志詩專輯	你的陽具與我相愛	2	47
廖經元	同志詩專輯	〔詩札〕紫羅蘭	2	48
王浩翔	同志詩專輯	〔評論〕尋找光的方向	2	54
唐捐	詩家詩篇	老人暴力團：致學弟	2	60
李癸雲	詩家詩篇	女之獨舞	2	63
蘇紹連	詩家詩篇	茉莉妹妹	2	65
辛牧	詩家詩篇	天盡了	2	66
蕭蕭	詩家詩篇	石頭小子	2	67
白靈	詩家詩篇	南庄的霧	2	69
向明	詩家詩篇	藏詩一束	2	70
尹玲	詩家詩篇	尹玲作品四首	2	72
渡也	詩家詩篇	愛的燒紅豆餅	2	75
胡錦媛	詩家詩篇	不在場證明	2	75
陳克華	詩家詩篇	陳克華作品兩首	2	76
紀小樣	詩家詩篇	我的浮屠	2	77
黃明德	詩家詩篇	長夜	2	78
莫方	詩家詩篇	光影遊戲	2	79

作者名	欄位名	篇名	期數	頁碼
丁旭輝	詩家評論	瘂弦〈坤伶〉解析	2	80
陳義芝	詩家評論	1950年代林亨泰的前衛試探	2	84
陳思嫻	「騷動七世」專題	阿姜	2	93
林婉瑜	「騷動七世」專題	離散	2	94
王聰威	「騷動七世」專題	如果不能再見	2	95
李進文	「騷動七世」專題	閱讀一塊六寸寬一尺長的木頭	2	96
陳謙	「騷動七世」專題	憂鬱的飛行	2	98
李長青	「騷動七世」專題	就在街角那一具無聲的電話前	2	99
丁成	「騷動七世」專題	秋歌	2	100
黃明德	「騷動七世」專題	七世之後	2	101
範靜嘩	「騷動七世」專題	阿利亞德涅的心城風景	2	102
嚴忠政	「騷動七世」專題	再致亡夫	2	103
許榮哲	「騷動七世」專題	關於愛與蚯蚓的一些實驗	2	104
嚴忠政	「騷動七世」專題	【評論】羽翼下的人間	2	105
押子	2005年度論壇詩選	古厝在走過的腳印裡延長成詩	2	108
Van Gough	2005年度論壇詩選	詩的藝術	2	109
想像	2005年度論壇詩選	禁錮	2	111
天秤藍	2005年度論壇詩選	夢中晚餐	2	112
fuhoren	2005年度論壇詩選	童年往事	2	113
劉哲廷	2005年度論壇詩選	郵票	2	113
陳思嫻	2005年度論壇詩選	戰爭	2	114
葉子鳥	2005年度論壇詩選	扭蛋	2	114
古嘉	2005年度論壇詩選	蓮與玫瑰的對話	2	116
負離子	2005年度論壇詩選	年華	2	117
Van Gough	2005年度論壇詩選	魔菇	2	118
廖大期	2005年度論壇詩選	伊來小雨馬歇	2	119
蘇善	2005年度論壇詩選	惡水之上	2	120
負離子	2005年度論壇詩選	瞬間	2	120
哲明	2005年度論壇詩選	圖書館記	2	121
何蔚翔	2005年度論壇詩選	捉迷藏	2	122
汪一人	2005年度論壇詩選	垃圾場	2	122
廖佩婷	2005年度論壇詩選	斗室	2	123
想像	2005年度論壇詩選	習題	2	124
阿鈍	2005年度論壇詩選	蟻世界	2	125
綠豆	2005年度論壇詩選	蠱	2	126

作者名	欄位名	篇名	期數	頁碼
人魚上岸	2005年度論壇詩選	你如何折斷浪漫思維	2	127
呂建春	2005年度論壇詩選	祖母	2	128
冰夕	2005年度論壇詩選	如果談及，誰先走的問題	2	130
夏木	2005年度論壇詩選	吞下寂寞的戀人啊	2	131
蘇善	2005年度論壇詩選	失眠	2	132
馮瑀珊	2005年度論壇詩選	【給波阿斯】Boaz二號協奏曲	2	133
廖亮羽	國民詩專輯	國民詩：拓展新詩閱讀人口	2	134
丁威仁	國民詩專輯	火星情歌	2	136
魔鬼聖者	國民詩專輯	東山鴨頭店老闆	2	136
莫問狂	國民詩專輯	高中生在早上七點的失落感	2	137
崎雲	國民詩專輯	老畜生電影院	2	138
Koala.Y	國民詩專輯	朝聖	2	140
范家駿	國民詩專輯	尋妻啟事	2	141
廖亮羽	國民詩專輯	對不起，父親	2	142
曹尼	國民詩專輯	妖狐	2	143
林明正	國民詩專輯	爸爸的最後禮物	2	144
代橘	國民詩專輯	林志玲	2	145
黃關哲	國民詩專輯	反骨	2	146
	國民詩專輯	國民詩展訊息	2	153
陳思嫻	新生代詩人榜	我的文學朋友	2	147
哲明	新生代詩人榜	尋找自己的生活哲學	2	151
白靈	教學園地	【評介】放肆有理	2	154
曹登豪	教學園地	湖	2	155
梁迺榮	教學園地	八里閒情	2	155
許春風	教學園地	汝講汝欲唱一首歌	2	156
劉其唐	教學園地	芹壁村	2	156
龍青	教學園地	荷	2	156
李佳靜	教學園地	秋季十四行	2	157
林玉芬	教學園地	古灶	2	157
林翠蘭	教學園地	春之海芋	2	157
張燦文	教學園地	見證	2	157
蔣思憶	教學園地	魅	2	157
	其他	贊助《吹鼓吹詩論壇》名單徵信	2	150
向明	其他	詩相聲	2	158
米羅·卡索	其他	編後記：領土浮出	2	159

作者名	欄位名	篇名	期數	頁碼
汪啓疆	「詩的應用」專輯	【用詩來輔導監所服刑者】鐵鑑內的心跳	3	6
鯨向海	「詩的應用」專輯	【用詩來治療疾病】詩歌送給醫學的禮物	3	10
黃恩宇	「詩的應用」專輯	【用詩和建築發生關係】詩與建築在牆上的赤裸接觸	3	15
古嘉	「詩的應用」專輯	【用詩陪伴旅程】詩中有真味，常伴旅程中	3	19
林金郎	「詩的應用」專輯	【用詩來看命理】詩的抽象意境與命理的朦朧指涉	3	24
瘋狐狸	「詩的應用」專輯	【用詩在戲劇裡】今晚，你想看我們演出哪一首詩？	3	28
呂美親	「詩的應用」專輯	【用詩發聲為歌】有聲的年代，繼續「唱」自己的詩	3	33
達瑞	「詩的應用」專輯	【詩的應用之可能01】一座被詩到達的城市	3	1
向明	「詩的應用」專輯	【詩的應用之可能02】詩的妙用	3	37
王浩翔	「詩的應用」專輯	【詩的應用之可能03】帶詩去野餐	3	39
蘇善	「詩的應用」專輯	【詩的應用之可能04】家務詩‧家務事	3	40
蘇善	「詩的應用」專輯	【詩的應用之可能05】問情鉛‧問情籤‧問情牽	3	41
蘇善	「詩的應用」專輯	【詩的應用之可能06】開機——手機問候語	3	41
蘇善	「詩的應用」專輯	【詩的應用之可能07】在劇院門口的SNG	3	42
蘇善	「詩的應用」專輯	【詩的應用之可能08】撕欲	3	42
紅格子	「詩的應用」專輯	【詩的應用之可能09】如果所有詩人的都是有錢人	3	43
紅格子	「詩的應用」專輯	【詩的應用之可能10】保養詩篇徵保養品優良廠商	3	44
紅格子	「詩的應用」專輯	【詩的應用之可能11】飲食詩記徵美食商	3	45
良	「詩的應用」專輯	【詩的應用之可能12】把詩穿在身上	3	46
Toto	「詩的應用」專輯	【詩的應用之可能13】啞房□租	3	47
霖晟	「詩的應用」專輯	【詩的應用之可能14】異想天開詩面膜	3	48

作者名	欄位名	篇名	期數	頁碼
呂美親	詩家詩篇	我遇見你，在一九八〇：給C	3	84
鴻鴻	詩家詩篇	革命情操	3	112
鄭愁予	「詩詠信宜特輯」	天馬山輯（四首）	3	85
蕭蕭	「詩詠信宜特輯」	廣東天馬山・走進八角林	3	89
紫鵑	「詩詠信宜特輯」	天馬山苗寨美人	3	90
白靈	「詩詠信宜特輯」	兩廣石・鎮隆古城	3	91
史言	「詩詠信宜特輯」	石頭的漂流・夜觀鯉景灣海景	3	93
溫羽貝	「詩詠信宜特輯」	西江貴妃泉・大仁山夢遊天馬山・佛祖潭	3	93
羅慧	「詩詠信宜特輯」	碧玉床	3	95
阮文傑	「詩詠信宜特輯」	將時間的裂縫縫起・三月，我沿河而上	3	96
池新可	「詩詠信宜特輯」	燈籠鳥・向南	3	98
張華連	「詩詠信宜特輯」	日月	3	98
李大錦	「詩詠信宜特輯」	尋找詩歌的身影	3	99
黎明	「詩詠信宜特輯」	摘月亮・無題	3	99
綠柳楓	「詩詠信宜特輯」	佛祖潭・春天送你一首詩	3	100
李彥少	「詩詠信宜特輯」	貓頭鷹	3	100
李劍清	「詩詠信宜特輯」	故鄉的霧	3	101
龍強	「詩詠信宜特輯」	蒹葭	3	101
劉文心	「詩詠信宜特輯」	荒涼山岡上的墓穴	3	102
綠柳楓	「詩詠信宜特輯」	摘一朵陽光，戴在身上	3	102
梁清	「詩詠信宜特輯」	離開	3	102
陸豔豔	「詩詠信宜特輯」	假日的一個下午，等到五點.陶瓷的吶喊	3	103
李瑋煒	「詩詠信宜特輯」	相信自己	3	105
李婉裕	「詩詠信宜特輯」	一朵蓮	3	105
鄭慧如	詩家論評	表演性格之外──我讀廖偉棠《苦天使》	3	106
鴻鴻	詩家論評	詩是一種對抗生活的方式──詩集《土製炸彈》後序	3	110
代橘	論壇詩選	〈繁殖〉0175・0185	3	113
蠹也	論壇詩選	鎖與鑰	3	114
呂建春	論壇詩選	同學會的交代	3	119
黃羊川	論壇詩選	拋物線	3	120
一靈	論壇詩選	雨中頓見	3	121
一靈	論壇詩選	邊緣感覺	3	122

作者名	欄位名	篇名	期數	頁碼
翁盟堯	論壇詩選	電視之家	3	123
天秤藍	論壇詩選	手法拙劣的掙扎	3	124
蘇善	論壇詩選	夢遊	3	125
呂建春	論壇詩選	聽見了這個國家的語言	3	126
ballade	論壇詩選	給戀人的詩	3	126
Van Gough	論壇詩選	漂 之 10	3	128
負離子	論壇詩選	人，八點四十五分	3	129
紅格子	論壇詩選	詠數228	3	130
負離子	論壇詩選	女孩和她的單車	3	131
紫鵑	論壇詩選	潘玉良	3	132
黃羊川	論壇詩選	垃圾車——致過期的承諾	3	133
廖建華	論壇詩選	春日讀你	3	134
天秤藍	論壇詩選	不值得討論的故事情節	3	134
天涯倦客	論壇詩選	做飯	3	135
紀小樣	「我是這樣長大的」徵詩小輯	成長的拼圖（評）	3	136
鴻鴻	「我是這樣長大的」徵詩小輯	美麗的青春	3	137
boyer	「我是這樣長大的」徵詩小輯	移動的貨車	3	137
高湯	「我是這樣長大的」徵詩小輯	鄉村紀實	3	137
陳思嫻	「我是這樣長大的」徵詩小輯	婆	3	138
李長青	「我是這樣長大的」徵詩小輯	左翼的天空	3	139
吳東晟	「我是這樣長大的」徵詩小輯	母校的操場	3	139
嚴忠政	「我是這樣長大的」徵詩小輯	誰進來，誰出去	3	140
押子	「我是這樣長大的」徵詩小輯	童年的仲夏夜	3	141
呂建春	「我是這樣長大的」徵詩小輯	童話放逐的世界	3	142
羅毓嘉	「我是這樣長大的」徵詩小輯	衣櫃	3	142
蘇善	「我是這樣長大的」徵詩小輯	藏東西	3	143
然靈	「我是這樣長大的」徵詩小輯	哥哥	3	144
負離子	新世代詩人榜	我將透過不斷的實驗	3	145
許赫	新世代詩人榜	鬼出遊，身體在網路寫詩	3	148
輕衣、崎雲、楚盼、廖建華、巫時、孤宿、可火	「北斗七星」組詩計畫		3	151
曹尼	「詩人團體部落格」	歪仔歪社介紹	3	155

作者名	欄位名	篇名	期數	頁碼
阿流	「詩人團體部落格」	玩詩合作社介紹	3	158
敻虹	「贈答詩」專輯	贈答——致詩人	4	1
陳義芝	「贈答詩」專輯	給後來的李清照	4	6
陳思嫻	「贈答詩」專輯	今晚借宿旦增旺青嗎？——致西藏詩人旦增旺青	4	8
林煥彰	「贈答詩」專輯	柿紅——致南韓現代詩人崔勝範教授	4	10
顏艾琳	「贈答詩」專輯	吃時間——致育虹女史	4	10
硯香	「贈答詩」專輯	舌是火——致贈詩人蘇紹連	4	12
汪啓疆	「贈答詩」專輯	冬日——給紹連	4	13
陳寧貴	「贈答詩」專輯	詩想起——致黃勁連	4	14
古嘉	「贈答詩」專輯	討亞利安星球生物之檄文——致方群老師1	4	15
古嘉	「贈答詩」專輯	後山風景——贈徐慶東老師	4	16
蘇紹連	「贈答詩」專輯	忽必烈遠征軍——致紀小樣	4	17
阿鈍	「贈答詩」專輯	醍醐之後——答婉瑜得詩	4	18
林婉瑜	「贈答詩」專輯	致莎士比亞們	4	19
鯨向海	「贈答詩」專輯	訪「有河book」前夕——致隱匿，686夫人的夢	4	20
penpen	「贈答詩」專輯	松園別館的愛詩蚊人——致陳黎	4	21
何蔚翔	「贈答詩」專輯	文字乩童春夜衝浪梅谷——致陳黎	4	22
王浩翔	「贈答詩」專輯	在你的國境之內——詩致周夢蝶	4	23
王浩翔	「贈答詩」專輯	寧靜之海——詩致鄭愁予	4	24
黃羊川	「贈答詩」專輯	第四人稱——致零雨及夏宇	4	26
Koala.Y	「贈答詩」專輯	詩，我回來了——致洪書勤	4	27
一靈	「贈答詩」專輯	盜墓人與守墓人交換名片——記20051214見許赫	4	28
安格爾	「贈答詩」專輯	是你告訴我——敬致楊牧	4	29
李林	「贈答詩」專輯	信諾——詩贈潘瑄	4	30
押子	「贈答詩」專輯	共振——致漂木作者洛夫	4	31
欣生	「贈答詩」專輯	我的靈魂——致瘂弦老師	4	32
莊仁傑	「贈答詩」專輯	睡、醒與夢與黎明及其以外——聽寫商禽	4	33
曹尼	「贈答詩」專輯	〈春〉第一段第一行——致詩人黃智溶	4	34
黃明德	「贈答詩」專輯	宜蘭，及其遠方——詩贈曹尼	4	35
陳怡瑾	「贈答詩」專輯	向雁致敬——致白萩	4	36

作者名	欄位名	篇名	期數	頁碼
謝明成	「贈答詩」專輯	對白——致我們的情人（給哲明）	4	37
負離子	「贈答詩」專輯	螞蟻——致謝明成	4	38
蘇善	「贈答詩」專輯	造窯——致負離子及辛旗兩位詩友	4	39
雪硯	「贈答詩」專輯	無法改變的姿勢——懷念林燿德	4	40
李長青	「贈答詩」專輯	神祕的致意——給孫維民	4	41
馮瑀珊	「贈答詩」專輯	Femme folle——詩致詩人馮瑀珊	4	42
陳建男	「贈答詩」專輯	棋局——致楊寒	4	43
陳克華	「贈答詩」專輯	我原想天使一般愛著你——給哲廷與他的所愛	4	44
啓靈	「贈答詩」專輯	吸吮暗潮紅的雪——致雪狼	4	46
莫渝	「贈答詩」專輯	古城秋陽——訪古城尋葉笛	4	47
段楓	「贈答詩」專輯	無人島——致詩的靈感	4	48
曾琮琇	「贈答詩」專輯	為詩人塑遊戲之像——詩的戲作與戲答	4	49
陳育虹	詩家詩篇	雁子（有寄）	4	54
白靈	詩家詩篇	芒花四首	4	55
向明	詩家詩篇	有我‧三才篇	4	56
徐望雲	詩家詩篇	時光之悟	4	58
李癸雲	詩家詩篇	感覺	4	59
解昆樺	詩家詩篇	天生旅人	4	60
向陽	詩家詩篇	〈詠古高雄〉三首	4	62
方明	詩家詩篇	津口	4	64
離畢華	詩家詩篇	家事	4	65
孫梓評	詩家詩篇	我去街上發名片	4	66
鯨向海	詩家詩篇	用若有所失的溫泉語氣	4	68
蘇紹連	詩家詩篇	朋黨	4	69
尹玲	詩家詩篇	〈進入你〉等二首	4	70
林泠譯	詩家翻譯	索藍‧安切夫斯基詩抄	4	72
尹玲譯	詩家翻譯	清晨寫成之書	4	75
陳南妤譯	詩家翻譯	三河小曲（羅卡詩作）	4	76
陳育虹譯	詩家翻譯	新翰普夏大理石	4	78
謝明成	論壇詩選	〈分行詩〉無題1	4	79
謝明成	論壇詩選	〈分行詩〉無題III	4	80
謝明成	論壇詩選	〈分行詩〉無題IV	4	82

作者名	欄位名	篇名	期數	頁碼
冰夕	論壇詩選	〈分行詩〉家計簿——詩致五月	4	84
達瑞	論壇詩選	〈分行詩〉拭鏡	4	85
押子	論壇詩選	〈分行詩〉鏡之二	4	85
將進	論壇詩選	〈分行詩〉路人甲出沒注意	4	86
綠豆	論壇詩選	〈分行詩〉不美麗的島〔終結版〕	4	88
juliues	論壇詩選	〈分行詩〉島嶼	4	89
負離子	論壇詩選	〈分行詩〉「消化」系列作品之一	4	90
負離子	論壇詩選	〈分行詩〉「消化」系列作品之四	4	91
timeup	論壇詩選	〈分行詩〉旅行	4	92
廖建華	論壇詩選	〈社會詩〉買菜	4	92
墨明	論壇詩選	〈分行詩〉隔離	4	94
thorn	論壇詩選	〈分行詩〉詩皀句	4	95
雪硯	論壇詩選	〈分行詩〉鱷魚祭	4	96
蘇善	論壇詩選	〈分行詩〉畫押	4	97
葉子鳥	論壇詩選	〈圖象詩〉夜鷺	4	98
葉子鳥	論壇詩選	〈分行詩〉口腔	4	99
黃羊川	論壇詩選	〈分行詩〉垃圾桶	4	100
達瑞	論壇詩選	〈分行詩〉模糊	4	101
古嘉	論壇詩選	〈俳句小詩〉給你的——系列組詩	4	102
ce	論壇詩選	〈分行詩〉日本人和植物	4	103
啓靈	論壇詩選	〈俳句小詩〉歲月	4	103
許赫	論壇詩選	〈分行詩〉天氣恭貢咧002	4	104
負離子	論壇詩選	〈散文詩〉辯解	4	105
Van Gough	論壇詩選	〈分行詩〉男人的進化論	4	106
押子	論壇詩選	〈分行詩〉重量	4	107
翎翎	論壇詩選	〈圖象詩〉你是我生命中的獨數	4	108
羊毛衫	論壇詩選	〈散文詩〉物與悟	4	109
塔羅白羊	論壇詩選	〈分行詩〉晾衣	4	109
山貓	論壇詩選	〈分行詩〉收音機——給L	4	110
黑俠	論壇詩選	〈分行詩〉貓	4	112
木霝	論壇詩選	〈分行詩〉晨讀	4	113
葉士賢	「島嶼山海經——神話篇」特輯	關於島嶼山海經	4	114

作者名	欄位名	篇名	期數	頁碼
莊仁傑	「島嶼山海經——神話篇」特輯	神話	4	120
冰夕	「島嶼山海經——神話篇」特輯	冰河	4	121
ballade	「島嶼山海經——神話篇」特輯	鬼話等三首	4	122
廖建華	「島嶼山海經——神話篇」特輯	吾土	4	124
千朔	「島嶼山海經——神話篇」特輯	原生等三首	4	125
Koala.Y	「島嶼山海經——神話篇」特輯	當記憶一覺醒來的時候等七首	4	127
林泰偉	「島嶼山海經——神話篇」特輯	寫作者許赫的詮釋人類學方法	4	134
呂美親	「新世代詩人榜」	The Road Not Taken：在母語的詩路上	4	140
葉士賢、圓周角、hle052、向雲、1973等人	論壇話題選	詩是什麼？	4	144
天涯倦客、Koala.Y、墨明、黎謐、波戈拉、楚盼、馬戲團青年、詠墨、良	「少年詩園‧大學詩園」	主力詩群	4	149
廖建華、木鴰、狂言、于泮、陳若詰	「少年詩園‧大學詩園」	明日之星	4	153
天涯倦客	「少年詩園‧大學詩園」	成為藝術家的過程	4	155
	其他	詩人向明八秩壽誕作品研討會	4	156
	其他	《吹鼓吹詩論壇》徵求詩的專題企劃	4	156
	其他	《論壇五號》「地方詩」徵稿	4	157
	其他	贊助《吹鼓吹詩論壇》名單徵信	4	158
	其他	「臺灣詩學十五週年紀念評論獎及詩創作獎」辦法	4	159
隱地	詩家詩篇	凡人	5	1
向明	詩家詩篇	UPON THE TABLE／詩零碎	5	6
白靈	詩家詩篇	女人與玻璃的幾種關係（七帖）	5	9

作者名	欄位名	篇名	期數	頁碼
唐捐	詩家詩篇	致學弟：人之異於禽獸者變奏曲	5	12
陳育虹	詩家詩篇	地圖	5	15
簡政珍	詩家詩篇	新作四首	5	16
蘇紹連	詩家詩篇	阿曼尼	5	18
方明	詩家詩篇	遊行	5	21
硯香	詩家詩篇	在木羅・卡索之間	5	22
李癸雲	詩家詩篇	孕事	5	23
解昆樺	詩家詩篇	小詩三首	5	24
蔡振念	詩家詩篇	蟋蟀	5	25
尹玲	詩家詩篇	近作二首	5	26
徐卓英	詩家詩篇	愧說是詩	5	28
藍兮	詩家詩篇	咬著淚讀歷史	5	29
楊小濱	詩家詩篇	一條暈船的魚	5	30
鯨向海	詩家詩篇	曠男	5	31
徐望雲	詩家詩篇	鄉愁	5	32
嚴忠政	詩家詩篇	黑色奇萊	5	33
雪硯	詩家詩篇	霧一樣飄散的特洛伊木馬程式宣言	5	34
離畢華	詩家詩篇	冬天的要件	5	36
黃明德	詩家詩篇	白內障	5	37
林德俊	詩家詩篇	沒來過的舞蹈教室等三首	5	38
舒暢作品	詩家詩篇	焚詩祭路	5	39
蕭蕭	詩家詩評	二元對立與多方和諧的悖論美學	5	42
楊傳珍	詩家詩評	戰爭紋身的白髮公主──走近尹玲	5	47
范靜媛	詩家詩評	雙〈井〉繾綣──看向明的詩與人	5	52
哲明	詩家詩評	讀加斯東・巴舍拉《空間詩學》	5	56
尹玲譯	詩家譯詩	對詩極度厭惡──祈禱	5	60
陳南妤譯	詩家譯詩	吉他（羅卡著）	5	62
米羅・卡索	惡童詩專輯	惡童詩解	5	65
向明	惡童詩專輯	牆上的黑手印／上帝戰士	5	66
紀小樣	惡童詩專輯	棍子	5	68
魅咪	惡童詩專輯	傑作	5	69
鯨向海	惡童詩專輯	大雄	5	70
然靈	惡童詩專輯	美術課	5	71

作者名	欄位名	篇名	期數	頁碼
李長青	惡童詩專輯	星期二天氣晴我離開你	5	72
蘇善	惡童詩專輯	扮小鬼	5	73
紀小樣	惡童詩專輯	姊姊的遺照	5	74
丁成	惡童詩專輯	棄嬰／孩子	5	75
foever168	惡童詩專輯	如果／小ㄅ的檔案	5	77
魅咪	惡童詩專輯	不要笑	5	79
負離子	惡童詩專輯	同伴	5	80
王浩翔	惡童詩專輯	惡寒	5	80
魅咪	惡童詩專輯	照樣造句／禮物	5	81
圻圻兒	惡童詩專輯	從小學起／向日葵	5	83
黎諡	惡童詩專輯	炒著蘿蔔的躲避球	5	85
Silas	惡童詩專輯	小乞丐／剪	5	86
Koala.Y	惡童詩專輯	颱／交通安全	5	87
魅咪	惡童詩專輯	紋身貼紙	5	88
蘇善	惡童詩專輯	第三把鑰匙的故事	5	89
蝴蝶貓	惡童詩專輯	一顆、兩顆、三顆糖	5	91
莊仁傑	惡童詩專輯	瘀青	5	92
墨明	惡童詩專輯	抱緊我，媽媽	5	93
冰夕	惡童詩專輯	清明	5	94
林金郎	惡童詩專輯	媽媽	5	95
葉子鳥	惡童詩專輯	葉子鳥	5	96
黃羊川	惡童詩專輯	恐怖母親節	5	97
押子	惡童詩專輯	獎品	5	97
侯玨	惡童詩專輯	一支煙的熄滅	5	98
果果	惡童詩專輯	惡現象	5	99
Leo	惡童詩專輯	靠夭	5	100
海揚	惡童詩專輯	賣水果的小女孩	5	101
山瞳	惡童詩專輯	no1.～no.100號的鬼	5	102
長篙	惡童詩專輯	童話	5	103
Silas	惡童詩專輯	奔跑	5	103
漂之雨	惡童詩專輯	我是塊木頭	5	104
段楓	惡童詩專輯	我們藏祕密	5	104
Koala.Y	惡童詩專輯	你七歲的奇幻大冒險	5	105
蝴蝶貓	惡童詩專輯	躲貓貓	5	108
小玉	惡童詩專輯	媽媽沒結婚	5	109
6B筆	惡童詩專輯	惡童詩惡世界	5	110

作者名	欄位名	篇名	期數	頁碼
三得	2007年論壇詩選	〈分行詩〉致青春（2007/2/9）	5	112
liawst	2007年論壇詩選	〈戲論〉貝殼花．這樣好看（2007/1/21）	5	113
謝明成	2007年論壇詩選	〈分行詩〉子夜（2007/04/20）	5	113
達瑞	2007年論壇詩選	〈分行詩〉東京←→臺北（2007/2/25）	5	114
紅格子	2007年論壇詩選	〈分行詩〉上妝（2007/1/3）	5	115
葉子鳥	2007年論壇詩選	〈分行詩〉姿態（2007/03/06）	5	116
莊仁傑	2007年論壇詩選	〈分行詩〉揭諦（2007/04/09）	5	116
劉金雄	2007年論壇詩選	〈分行詩〉枕頭（2007/03/31）	5	117
然靈	2007年論壇詩選	〈散文詩〉傘（2007/3/7）	5	117
冰夕	2007年論壇詩選	〈分行詩〉青瓷（2007/04/22）	5	118
負離子	2007年論壇詩選	〈分行詩〉日語練習（2007/04/22）	5	118
馮斳	2007年論壇詩選	〈分行詩〉他們是一對夫婦（2007/05/12）	5	119
天秤藍	2007年論壇詩選	〈分行詩〉時間的存摺（2007/05/14）	5	120
蘇善	2007年論壇詩選	〈分行詩〉醬菜（2007/03/04）	5	120
Van Gough	2007年論壇詩選	〈分行詩〉下半場的夢（2007/5/19）	5	121
曾元耀	2007年論壇詩選	〈分行詩〉東河的賽夏女人（2007/05/12）	5	122
oneline	2007年論壇詩選	〈分行詩〉嫁詩（記號詩學）（2007/05/18）	5	123
翛然	2007年論壇詩選	〈散文詩〉翹課（2007/1/6）	5	124
泋潵	2007年論壇詩選	〈分行詩〉立體書（2007/5/25）	5	124
曹尼	2007年論壇詩選	〈分行詩〉歐阿立先生（2007/5/26）	5	125
曹尼	2007年論壇詩選	〈分行詩〉枯壽大師（20070611）	5	125
寒木	2007年論壇詩選	〈分行詩〉石像（2007/06/12）	5	126
紅山	2007年論壇詩選	〈分行詩〉嵇康打鐵（2007/06/15）	5	127
吳東晟	2007年論壇詩選	〈分行詩〉遊戲（2007/5/4）	5	128
山貓	2007年論壇詩選	〈分行詩〉關於傷心的一些（2007/6/26）	5	128
王浩翔	2007年論壇詩選	〈分行詩〉躲著（2007/1/3）	5	129

作者名	欄位名	篇名	期數	頁碼
綠豆	2007年論壇詩選	〈分行詩〉全身溼答的D大調（2007/04/19）	5	130
希瑪	2007年論壇詩選	〈分行詩〉微積分vs.重積分（2007/03/06）	5	130
陳若詰	2007年論壇詩選	〈分行詩〉孩子（2007/03/26）	5	131
fuhoren	2007年論壇詩選	〈分行詩〉逝（2007/04/05）	5	131
押子	2007年論壇詩選	〈分行詩〉地雷（2007/04/05）	5	132
蘇家立	2007年論壇詩選	〈俳句小詩〉夏影兩首（2007/04/15）	5	132
杜開	2007年論壇詩選	〈分行詩〉亞當先生——No89（2007/05/24）		133
戀海	2007年論壇詩選	〈分行詩〉我的眼睛變成一湖春水（2007/03/06）	5	133
冰夕	新世代詩人榜	逢遇詩的心靈拼圖	5	134
雪硯	新世代詩人榜	評冰夕詩作	5	138
羅毓嘉	「大學詩園」主力詩人	卡其少年	5	140
墨明	「大學詩園」主力詩人	面海	5	142
木霝	「少年詩園」明日之星	夢中病房	5	144
予槍	「少年詩園」明日之星	從她的睫毛開始	5	146
史前閃電	論壇話題	論回復（網路寫手必讀）	5	148
雪硯	論壇話題	寫詩，是一件很美的事	5	151
羅婉真	其他	捻亮一盞燈——向明研討會紀實	5	155
	其他	贊助吹鼓吹詩論壇名單徵信	5	158
	其他	臺灣詩學十五週年紀念評論獎及詩創作獎辦法	5	159
蕭蕭	詩家詩篇	草葉書	6	6
向陽	詩家詩篇	禁	6	9
尹玲	詩家詩篇	鎖麟囊	6	10
尹玲	詩家詩篇	四郎探母	6	11
朵思	詩家詩篇	黃燈	6	12
向明	詩家詩篇	陰暗一下	6	13
向明	詩家詩篇	野心	6	14
紀小樣	詩家詩篇	站在花鐘面前	6	15
唐捐	詩家詩篇	致學弟：狼與我們無壓的青春	6	17
黃玠源	詩家詩篇	青春・雨日・記憶	6	19
解昆樺	詩家詩篇	短俳	6	21
白靈	詩家詩篇	仲夏夜讀	6	22

作者名	欄位名	篇名	期數	頁碼
白靈	詩家詩篇	光之停頓	6	23
蘇紹連	詩家詩篇	今日六帖	6	24
方明	詩家詩篇	中年心情	6	28
徐望雲	詩家詩篇	無意義的饒舌歌	6	29
江文瑜	詩家詩篇	〈玫瑰的心經〉系列：與西藏高僧在夢裡	6	30
蔡振念	詩家詩篇	寂	6	31
孟樊	詩家詩篇	逆毛撫摸——戲擬夏宇	6	32
甘子建	臺灣詩學十五週年慶小集	【詩創作獎1】〈精神病院第404號房〉等五首	6	33
謝明成	臺灣詩學十五週年慶小集	【詩創作獎2】〈物體ⅩⅠ〉等五首	6	34
陳牧宏	臺灣詩學十五週年慶小集	【詩創作獎3】〈大眾藝術〉等五首	6	35
向明	臺灣詩學十五週年慶小集	序文【15週年詩叢1】有詩為證	6	49
尹玲	臺灣詩學十五週年慶小集	序文【15週年詩叢2】髮析	6	50
蕭蕭	臺灣詩學十五週年慶小集	序文【15週年詩叢3】好在總有一片月光鋪展背景	6	52
蘇紹連	臺灣詩學十五週年慶小集	序文【15週年詩叢4】散文詩的新身分證	6	53
白靈	臺灣詩學十五週年慶小集	序文【15週年詩叢5】邊界之歌	6	55
李瑞騰	臺灣詩學十五週年慶小集	序文【15週年詩叢6】新版序	6	56
李癸雲	臺灣詩學十五週年慶小集	序文【15週年詩叢7】這十八年	6	58
然靈	地方詩專輯	導言：土地知多少？	6	59
高湯	地方詩專輯	這是咱的所在	6	61
然靈	地方詩專輯	八斗子	6	63
然靈	地方詩專輯	和平島	6	64
然靈	地方詩專輯	那那	6	65
李林	地方詩專輯	馬里勿	6	66
李林	地方詩專輯	哈瑪星	6	67
羊毛衫	地方詩專輯	豐原	6	68
達瑞	地方詩專輯	九份·平溪	6	69
木霝	地方詩專輯	關嶺四疊	6	70
王浩翔	地方詩專輯	春城——寫給花蓮	6	71
紅格子	地方詩專輯	在蘭陽	6	72
曹尼	地方詩專輯	蘭陽素描：三星即景	6	73
海揚	地方詩專輯	霧裡，遠望臺北一零一	6	74

作者名	欄位名	篇名	期數	頁碼
莊仁傑	地方詩專輯	海鄉臨岸	6	75
弗瑞	地方詩專輯	漁婦——菊島	6	76
岩上	地方詩專輯	日月潭之美	6	77
陳寧貴	地方詩專輯	關渡	6	78
曾元耀	地方詩專輯	打狗英國領事館	6	79
曾元耀	地方詩專輯	鼓波洋樓	6	80
黃裕文	地方詩專輯	左營印象	6	81
靁也	地方詩專輯	承天禪寺	6	82
林金郎	地方詩專輯	水手——記臺中港	6	83
黃明德	地方詩專輯	大肚山札記	6	84
希瑪	地方詩專輯	南投九份二山原爆點	6	85
希瑪	地方詩專輯	淡水河	6	85
羅毓嘉	地方詩專輯	租賃街——臺大溫州街	6	86
廖建華	地方詩專輯	蘭潭	6	87
想上岸的魚	地方詩專輯	春在林家花園之左	6	88
劉金雄	地方詩專輯	觀霧五號神木	6	88
何蔚翔	地方詩專輯	風城聞震	6	89
何蔚翔	地方詩專輯	臺灣老街速寫	6	89
綠豆	地方詩專輯	漁塭暮色——劉厝庄	6	90
綠豆	地方詩專輯	舊地童玩——苦瓜寮溪	6	91
帆竹	地方詩專輯	八里療傷	6	92
windmillsky	地方詩專輯	城裡的月光	6	93
紀少陵	地方詩專輯	埔里盆地鍊金術	6	94
傅詩予	地方詩專輯	陽明山	6	95
劉俊余	地方詩專輯	港都——基隆港給C	6	96
黃羊川	地方詩專輯	土牛界	6	97
果果	地方詩專輯	Tavilla村	6	98
戀海	地方詩專輯	旗山孔子廟	6	99
leo	地方詩專輯	近況，迴瀾	6	100
呂建春	地方詩專輯	與阿里山的有限會晤	6	101
oneline	2007論壇詩選（下）	〈分行詩〉亂（2007/11/22）	6	102
趙路得	2007論壇詩選（下）	〈分行詩〉切塊（2007/12/23）	6	104
古嘉	2007論壇詩選（下）	〈俳句小詩〉不散（2007/10/26）	6	105
葉子鳥	2007論壇詩選（下）	〈分行詩〉月飲（2007/12/02）	6	105

作者名	欄位名	篇名	期數	頁碼
羊毛衫	2007論壇詩選（下）	〈圖象詩〉Re：一種注目：沒有所謂被注目的觀點書寫	6	106
長篙	2007論壇詩選（下）	〈分行詩〉【春】（外二首）（2007/09/03）	6	107
哲明	2007論壇詩選（下）	〈分行詩〉時光命題〔四則〕（2007/07/28）	6	108
負離子	2007論壇詩選（下）	〈分行詩〉甜的素描（2007/10/27）	6	108
淑潋	2007論壇詩選（下）	〈分行詩〉她是夕陽下一尾蘆荻，搖曳著蒼白而空洞的金黃	6	110
莊仁傑	2007論壇詩選（下）	〈分行詩〉原諒（2007/7/25）	6	111
廖經元	2007論壇詩選（下）	〈分行詩〉成年人（2007/09/04）	6	112
達瑞	2007論壇詩選（下）	〈分行詩〉林雅婷（2007/09/12）	6	113
蒼狗	2007論壇詩選（下）	〈情詩〉洗衣（2007/9/7）	6	114
劉金雄	2007論壇詩選（下）	〈分行詩〉指紋（2007/09/09）	6	114
liawst	2007論壇詩選（下）	〈戲論〉我想我沒有（2007/9/15）	6	115
疊地	2007論壇詩選（下）	〈分行詩〉慢跑（2007/10/28）	6	115
顏良宇	2007論壇詩選（下）	〈隱題詩〉小星星變奏曲（2007/8/28）	6	116
龐固	2007論壇詩選（下）	〈分行詩〉此人（2007/07/02）	6	118
婚禮書	2007論壇詩選（下）	〈大學詩園〉羅毓嘉（2007/12/17）	6	119
二月	2007論壇詩選（下）	〈分行詩〉繼續文（2007/11/3）	6	121
kama	2007論壇詩選（下）	〈我們隱匿的馬戲班〉妳的身體像湛藍的天空…（2007/11/6）	6	122
雪硯	論壇論評選	理論與實際	6	124
oneline	論壇論評選	歲末閒談詩語言	6	126
羅婉真	論壇論評選	月光下的螢火——評羅任玲詩集《逆光飛行》	6	130
海揚	論壇論評選	夏宇最新詩集《粉紅色噪音》讀後心得	6	134
羅浩原	論壇論評選	當一位東亞青年用英文寫詩	6	139
初惠誠	論壇話題選	愛，為害之始，我們釣起了什麼？	6	145
流風	論壇話題選	從食人魚談起「網路惡質現象觀察」	6	147
杜杜譯	論壇翻譯詩選	罪孽，造在格拉納達	6	149

作者名	欄位名	篇名	期數	頁碼
白靈	金瓜石詩展	前言	6	154
Min／吳保根／許春風／陳韋帆／龍青／劉其唐／李阿甜／李佳靜／林玉芬／林美枝／林翠蘭／柯惠美／崔若璇／張燦文／曹登豪／梁迺榮／黃月香／蔣思憶／蕭淑芬	金瓜石詩展	作品十九首	6	155
	其他	贊助吹鼓吹詩論壇名單徵信	6	159
雪硯	論壇發聲	論壇紙本的時間意識與美學指涉	7	1
鄭慧如	詩戰場	閱讀文學地標，消費臺灣地景	7	6
夐虹	詩家詩篇	瓦倫西亞──給南妤	7	11
蘇白宇	詩家詩篇	整河	7	12
汪啓疆	詩家詩篇	小世界	7	13
向明	詩家詩篇	詩三首：如何是好‧我沒有辦法‧弱點	7	16
蕭蕭	詩家詩篇	草葉隨意書	7	18
方明	詩家詩篇	盟會	7	21
白靈	詩家詩篇	〔化學詩二首〕本生燈‧石油	7	22
孟樊	詩家詩篇	□□臺灣──戲擬向陽	7	24
硯香	詩家詩篇	探戈Tango（注）啓示錄	7	26
陳克華	詩家詩篇	午夜自動書寫現象──關於詩三首	7	28
徐國能	詩家詩篇	2007秋末，行經信義區	7	31
江文瑜	詩家詩篇	〈玫瑰の心經〉系列二首	7	32
史歔文	詩家詩篇	約旦狂人在臨賽	7	34
蘇紹連	詩家詩篇	獸形宅男自拍寫真集	7	37
雪硯	詩家詩篇	淫時淫月，手機流浪記事	7	40

作者名	欄位名	篇名	期數	頁碼
林德俊	詩家詩篇	應該說的祕密	7	42
蔡振念	詩家詩篇	美濃陶瓶	7	43
然靈	詩家詩篇	好天	7	44
李長青	詩家詩篇	星期四天氣未明我離開你	7	45
陳思嫻	詩家詩篇	迷藏	7	46
李成恩	詩家詩篇	薔薇之戀	7	47
北塔	詩家詩篇	下半夜（組詩選刊）	7	48
李癸雲	預言詩專輯	世界末日與冷酷異境	7	51
蘇紹連	預言詩專輯	2048年島嶼小孩遷徙記	7	52
蘇紹連	預言詩專輯	2049臺北101大樓傾斜事件	7	53
蘇紹連	預言詩專輯	2050年某某詩人遺體出土	7	54
陳育虹	預言詩專輯	漢語	7	55
喬林	預言詩專輯	預見時間	7	56
簡政珍	預言詩專輯	三十年後妳在哪裡？	7	57
向明	預言詩專輯	不久	7	58
魯竹	預言詩專輯	隱喻的情報	7	58
陳黎	預言詩專輯	秒	7	59
陳義芝	預言詩專輯	蚊子世紀	7	60
尹玲	預言詩專輯	從2008知2018	7	62
尹玲	預言詩專輯	自那一秒起	7	63
尹玲	預言詩專輯	造句教學法（教學預言）	7	64
鯨向海	預言詩專輯	消失的通緝犯——預言一本絕版詩集	7	65
鯨向海	預言詩專輯	滅種記	7	66
李進文	預言詩專輯	上班族真理——多年以後	7	68
嚴忠政	預言詩專輯	狙擊手在看我，2049年11月	7	71
嚴忠政	預言詩專輯	斷句後的壁虎，2049年12月	7	72
天涯倦客	預言詩專輯	那日預知夢見S的奇異空白時光	7	73
林央敏	預言詩專輯	紅星照耀滿地紅	7	74
陳牧宏	預言詩專輯	福爾摩沙方舟上	7	76
李林	預言詩專輯	2080年的詩壇	7	77
林群盛	預言詩專輯	跟我去奧山	7	78
莊仁傑	預言詩專輯	晚年	7	79
蔡富灃	預言詩專輯	黃金天地的金色年代	7	80
果果	預言詩專輯	抵擋	7	81
紫鵑	預言詩專輯	回到未來——致錯亂	7	82
莫傑	預言詩專輯	2020狂想曲	7	84

作者名	欄位名	篇名	期數	頁碼
吳東晟	預言詩專輯	當我八十一歲時	7	85
廖經元	預言詩專輯	感應	7	86
紅格子	預言詩專輯	那一天	7	87
然靈	預言詩專輯	2059：漂島	7	88
冰夕	預言詩專輯	欲言詩	7	89
達瑞	預言詩專輯	途中	7	90
米秧	預言詩專輯	樂園之死	7	91
古嘉	預言詩專輯	六十甲子籤——八行組詩	7	92
負離子	預言詩專輯	灰燼	7	93
海揚	預言詩專輯	網路無國界	7	94
王浩翔	預言詩專輯	關於真實，或是虛構的部分	7	96
傅詩予	預言詩專輯	二月三十日	7	97
黃羊川	預言詩專輯	二十一世紀：（創）新世紀	7	98
羅毓嘉	預言詩專輯	回頭看見舊時代優雅地來襲	7	100
Ballade	預言詩專輯	大水浪漫曲	7	102
潋灩	預言詩專輯	先寫日記	7	103
木靁	預言詩專輯	世界還是你能想像的樣子	7	104
天秤藍	預言詩專輯	百年孤寂	7	105
硯香	預言詩專輯	世界末日是賊來的夜晚（論述）	7	106
羊毛衫	論壇年度詩選	〈散文詩〉讀美軍日記	7	113
羊毛衫	論壇年度詩選	〈組詩〉最後（X）	7	114
蒼狗	論壇年度詩選	〈小詩〉愛河	7	116
曾元耀	論壇年度詩選	〈分行詩〉然後	7	117
綠豆	論壇年度詩選	〈分行詩〉肯德基上面的鼠光	7	118
莊仁傑	論壇年度詩選	〈分行詩〉王子半人半馬	7	119
初惠誠	論壇年度詩選	〈組詩〉寂寞反潮及其他	7	120
傻小孩	論壇年度詩選	〈小詩〉鐘面	7	122
冰夕	論壇年度詩選	〈分行詩〉一個名叫櫻桃的女子	7	123
博弈	論壇年度詩選	〈分行詩〉成大醫院	7	125
劉金雄	論壇年度詩選	〈分行詩〉簡單	7	127
陳牧宏	論壇年度詩選	〈分行詩〉然而。	7	128
秋水竹林	論壇年度詩選	〈分行詩〉清明	7	129
羅荼	論壇年度詩選	〈分行詩〉雨聲街	7	130
天秤藍	論壇年度詩選	〈分行詩〉M型反轉之W現身	7	131
長篙	論壇年度詩選	〈分行詩〉蓮蓬	7	132
負離子	論壇年度詩選	〈分行詩〉他不住地顫抖	7	133

作者名	欄位名	篇名	期數	頁碼
謝明成	論壇年度詩選	〈分行詩〉植物II—致果蠅	7	134
葉子鳥	吹鼓吹詩論壇詩人榜	詩的靈動	7	135
葉子鳥	吹鼓吹詩論壇詩人榜	未命名	7	139
葉子鳥	吹鼓吹詩論壇詩人榜	觀藍元宏 沉默之處	7	140
葉子鳥	吹鼓吹詩論壇詩人榜	藍色百葉窗	7	140
尹玲	詩歌譯介	越南歌謠中譯三首	7	142
楊宗翰	臺灣觀點	期待千島詩國再現：一個臺灣人眼中的菲律濱華文詩	7	143
簡政珍	詩家述懷	現實是詩藝的試金石	7	148
雪硯	詩家述懷	誰在蟄伏，誰在自言自語	7	152
	其他	贊助名單	7	158
	其他	論壇八號專題徵稿辦法	7	159
雪硯	論壇發聲	詩人！你的真實身分是語言。	8	1
陳牧宏	獵詩集團專題	專輯前言．詩撿拾	8	6
康原	獵詩集團專題．項目一、詩寫詩集	詩哲的面腔（《林亨泰詩集》）	8	9
李癸雲	獵詩集團專題．項目一、詩寫詩集	我們一起用腳思想（商禽《用腳思想》詩集）	8	11
蘇紹連	獵詩集團專題．項目一、詩寫詩集	尋岸一生（洛夫《無岸之河》詩集）	8	12
雪硯	獵詩集團專題．項目一、詩寫詩集	深淵啓示錄（《瘂弦詩集》）	8	14
李長青	獵詩集團專題．項目一、詩寫詩集	那是多麼臺灣（謝建平《臺灣國》詩集）	8	16
鋈光	獵詩集團專題．項目一、詩寫詩集	離島（向陽《十行集》詩集）	8	17
非馬	獵詩集團專題．項目一、詩寫詩集	秋窗（非馬《AUTUMN WINDOW》詩集）	8	18
紫鵑	獵詩集團專題．項目一、詩寫詩集	半島與半島之間（余光中《與永恆拔河》詩集）	8	19
吳東晟	獵詩集團專題．項目一、詩寫詩集	石室之死亡（洛夫《石室之死亡》詩集）	8	20
余玉琦	獵詩集團專題．項目一、詩寫詩集	我燃燒的臉頰（水蔭萍《燃燒的臉頰》詩集）	8	21
押子	獵詩集團專題．項目一、詩寫詩集	喚醒（覃子豪《畫廊》詩集）	8	23
葉子鳥	獵詩集團專題．項目一、詩寫詩集	夢中π想（羅智成《夢中書房》詩集）	8	24

作者名	欄位名	篇名	期數	頁碼
莊仁傑	獵詩集團專題・項目一、詩寫詩集	顧城（《回家：顧城精選》詩集）	8	25
初惠誠	獵詩集團專題・項目一、詩寫詩集	瓶的隨想（楊牧《瓶中稿》詩集）	8	26
劉哲廷	獵詩集團專題・項目一、詩寫詩集	大霧（蘇紹連《大霧》詩集）	8	28
一靈	獵詩集團專題・項目一、詩寫詩集	蹺課看病（鯨向海《精神病院》、《通緝犯》詩集）	8	29
陳允元	獵詩集團專題・項目一、詩寫詩集	辛亥路以東（羅智成《傾斜之書》詩集）	8	31
阿廖	獵詩集團專題・項目一、詩寫詩集	隨風而行（阿巴斯《隨風而行》詩集）	8	32
冰夕	獵詩集團專題・項目一、詩寫詩集	歲末（洛夫《石室之死亡》詩集）	8	33
大蒙	獵詩集團專題・項目一、詩寫詩集	情牽（大蒙《無端集》詩集）	8	35
段楓	獵詩集團專題・項目一、詩寫詩集	塵緣（席慕蓉《無怨的青春》詩集）	8	36
曾元耀	獵詩集團專題・項目一、詩寫詩集	生命回聲的白髮（許水富《孤傷可樂》詩集）	8	37
黃羊川	獵詩集團專題・項目一、詩寫詩集	曲解莫內：牆或者房間（商禽《夢或者黎明及其他》詩集）	8	38
黃羊川	獵詩集團專題・項目一、詩寫詩集	寂寞的遊戲（陳克華《我撿到一顆頭顱》詩集）	8	39
何亭慧	獵詩集團專題・項目一、詩寫詩集	晨間列車（聶魯達《在我們心中的西班牙》詩集）	8	40
非馬	獵詩集團專題・項目一、詩寫詩集	微雕世界（《微雕世界》詩集）	8	41
印卡	獵詩集團專題・項目一、詩寫詩集	關於陸地與海水（《Uber das Land und das Wasser》W. G. Sebald）	8	42
非馬	獵詩集團專題・項目一、詩寫詩集	在風城（非馬《在風城》詩集）	8	43
魯竹	獵詩集團專題・項目一、詩寫詩集	沒線的風箏（吳望堯《巴雷》詩集）	8	44
許軍	獵詩集團專題・項目一、詩寫詩集	一塊夢中的石頭（臺客《與石有約》詩集）	8	45
陳思嫻	獵詩集團專題・項目一、詩寫詩集	迷路（倉央嘉措《第六世達賴喇嘛情詩》詩集）	8	46

作者名	欄位名	篇名	期數	頁碼
雪硯	獵詩集團專題·項目二、詩集隱題	《時光命題》（楊牧詩集）·《寂寞的人坐著看花》（鄭愁予詩集）·《十三朵白菊花》（周夢蝶詩集）·《隱形或者變形》（蘇紹連詩集）	8	47
莊仁傑	獵詩集團專題·項目二、詩集隱題	《精神病院》（鯨向海詩集）	8	48
果果	獵詩集團專題·項目二、詩集隱題	《苦惱與自由的平均律》（陳黎詩集）	8	48
蘇紹連	獵詩集團專題·項目二、詩集隱題	《地水火風》（向明詩集）·《髮或背叛之河》（尹玲詩集）·《後更年期的白色憂傷》（蕭蕭詩集）·《愛與死的間隙》（白靈詩集）·《在中央》（李瑞騰詩集）·《女流》（李癸雲詩集）·	8	49
葉子鳥	獵詩集團專題·項目二、詩集隱題	《紅得發紫》（臺灣現代女性詩選·李元貞編）	8	51
魅咪	獵詩集團專題·項目二、詩集隱題	《漂木》（洛夫詩集）·《黑鍵拍岸》（嚴忠政詩集）·	8	51
徐雁影	獵詩集團專題·項目二、詩集隱題	《胚情》（徐雁影詩集）	8	51
冰夕	獵詩集團專題·項目二、詩集隱題	《因為風的緣故》（洛夫詩集）·《陽光顆粒》（向明詩集）·《寂寞的人坐著看花》（鄭愁予詩集）·《擲地無聲書》（羅智成詩集）·《親密書》（陳黎詩集）·《午夜歌手》（北島詩集）·《在植物與幽靈之間》（林泠詩集）	8	52
白亞	獵詩集團專題·項目二、詩集隱題	《敻虹詩集》（敻虹詩集）	8	54
劉金雄	獵詩集團專題·項目二、詩集隱題	《形而上的遊戲》（洛夫詩集）	8	54
蘇善	獵詩集團專題·項目二、詩集隱題	《一枝煎匙》（宋澤萊詩集）·《春天的花蕊》（路寒袖詩集）·《江湖》（李長青詩集）·《白睡蓮》（莫渝編譯）·《太陽·蝴蝶·花》（詹冰詩集）·《巡山》（劉克襄詩集）·《童話遊行》（蘇紹連詩集）·《小宇宙》（陳黎詩集）·	8	54

作者名	欄位名	篇名	期數	頁碼
林佩珊	獵詩集團專題·項目二、詩集隱題	《雪原奔火》（馮青詩集）·《從池塘出發》（朵思詩集）·《她方》（顏艾琳詩集）·《紙上風雲》（簡政珍詩集）	8	56
初惠誠	獵詩集團專題·項目二、詩集隱題	《魔歌》（洛夫詩集）·《還魂草》（周夢蝶詩集）·《腹語術》（夏宇詩集）·	8	57
陳允元	獵詩集團專題·項目二、詩集隱題	《畫冊》（羅智成詩集）·《棄的故事》（駱以軍詩集）	8	58
陳怡瑾	獵詩集團專題·項目二、詩集隱題	《完整的寓言》（楊牧詩集）·《索隱》（陳育虹詩集）·《天河的水聲》（馮青詩集）·《涉事》（楊牧詩集）·《黑雨將至》（廖偉棠詩集）·	8	59
penpen	獵詩集團專題·項目二、詩集隱題	《詩領域》（古嘉詩集）·《草葉集》（華特。惠特曼詩集）·《無血的大戮》（唐捐詩集）·《枝微末節》（莫傑詩集）	8	60
冬臨	獵詩集團專題·項目二、詩集隱題	《旅遊寫真》（孟樊詩集）·《我的父親是火車司機》（路寒袖詩集）	8	61
捲毛	獵詩集團專題·項目二、詩集隱題	《七里香》（席慕蓉詩集）	8	62
顏良宇	獵詩集團專題·項目二、詩集隱題	《漂鳥集》（泰戈爾詩集）	8	62
木霝	獵詩集團專題·項目二、詩集隱題	《光之書》（羅智成詩集）·《貓對鏡》（陳黎詩集）	8	62
吹嗩吶	獵詩集團專題·項目二、詩集隱題	《冷香》（胡品清詩集）·《肉身》（許悔之詩集）·《驚馳》（葉維廉詩集）	8	62
楚生	獵詩集團專題·項目二、詩集隱題	《梅新詩選》（梅新詩集）·《你的聲音充滿時間》（楊佳嫻詩集）·	8	63
許軍	獵詩集團專題·項目二、詩集隱題	《十三朵白菊花》（周夢蝶詩集）	8	64
鳴泉	獵詩集團專題·項目二、詩集隱題	《變》（詹冰詩集）	8	64
川中明月	獵詩集團專題·項目二、詩集隱題	《藍色的羽毛》（余光中詩集）	8	64
押子	獵詩集團專題·項目二、詩集隱題	《夢或者黎明及其他》（商禽詩集）	8	64

作者名	欄位名	篇名	期數	頁碼
千朔	獵詩集團專題・項目二、詩集隱題	《虛構的海》（林達陽詩集）・《旅人詩集》（旅人詩集）・《寫下一篇詩之後》（日本・山本哲也詩選）・	8	65
nochleiser	獵詩集團專題・項目二、詩集隱題	《愛蜜莉狄金生詩選》（愛蜜莉狄金生，木馬文化）・	8	66
緯克弗・艾倫	獵詩集團專題・項目二、詩集隱題	《面對》（陳雋弘詩集）・《海誓》（凌性傑詩集）	8	66
單凡	獵詩集團專題・項目二、詩集隱題	《巴黎的憂鬱》（波特萊爾詩集・胡品清譯）	8	67
涂沛宗	獵詩集團專題・項目二、詩集隱題	《除了野薑花沒人在家》（李進文詩集）・《大好時光》（邱稚亘詩集）・《盡是魅影的城國》（陳大為詩集）	8	67
skypie	獵詩集團專題・項目二、詩集隱題	《與蛇的排練》（林則良詩集）・《荒蕪之臉》（管管詩集）	8	68
段楓	獵詩集團專題・項目二、詩集隱題	《欠砍頭詩》（陳克華詩集）	8	69
崎雲	獵詩集團專題・項目二、詩集隱題	《介殼蟲》（楊牧詩集）・《草木有情》（蘇紹連詩集）	8	69
利文祺	獵詩集團專題・項目二、詩集隱題	《到現在為止的夢境》（謝三進詩集）	8	69
蔡佳玲	獵詩集團專題・項目二、詩集隱題	《流浪築牆》（鹿苹詩集）	8	70
茜書	獵詩集團專題・項目二、詩集隱題	《腦袋開花》（管管詩集）・《青鳳蘭波》（杜潘芳格詩集）	8	70
夐虹	詩家詩篇	吟哦那風——詩的萌芽	8	71
蕭蕭	詩家詩篇	宏村三異	8	72
蘇白宇	詩家詩篇	詩作二首：廢宅・矩人	8	74
白靈	詩家詩篇	化學詩兩首：玻璃杯・酒精燈	8	76
向明	詩家詩篇	詩作二首：堅持黑暗是正常・盡頭	8	78
唐捐	詩家詩篇	前出賽：我狠（愛）棒！	8	80
江文瑜	詩家詩篇	〈佛陀在貓瞳裡種下玫瑰〉系列二首	8	83
蔡振念	詩家詩篇	擁抱的髑髏——卑南遺址	8	85
方明	詩家詩篇	夜，有一點傷	8	86
汪啟疆	詩家詩篇	成長・回應・童話	8	87
蘇紹連	詩家詩篇	孤王	8	89

作者名	欄位名	篇名	期數	頁碼
孟樊	詩家詩篇	詩人——戲擬林亨泰	8	90
王宗仁	詩家詩篇	湯匙	8	90
鯨向海	詩家詩篇	詩作二首：你總會有情人的‧誘僧	8	91
伍季	詩家詩篇	佛洛伊德學派註記	8	93
然靈	詩家詩篇	散文詩二首：雪海‧日記	8	94
紀小樣	詩家詩篇	夜色，在此轉彎	8	95
簡政珍	詩家詩篇	詩作二首：二○○九年之春‧飛行的時候	8	97
嚴忠政	詩家詩篇	江湖退稿	8	98
周粲	詩家詩篇	小詩進行曲	8	99
尹玲	詩家詩篇	詩作二首：門面‧我的名字叫Leila	8	101
硯香	詩家詩篇	他們沒有酒了 女人！與我何干？	8	103
解昆樺	詩家詩篇	二都賦：臺北高雄2005	8	107
李瑞騰	詩家論評	張默編詩略述——以小詩為例	8	118
向明	詩家論評	「亂」而詩記之	8	125
向明	詩家論評	「霧」在詩人手中多面出沒	8	130
章亞昕	詩家論評	體驗決定感悟——論尹玲的詩歌創作	8	133
鄭慧如	詩家論評	純淨的探尋——評曾琮琇《臺灣當代遊戲詩論》	8	139
鯨向海	詩家論評	重組樂園（詩集《大雄》序文）	8	143
呂建春	2008年論壇詩選（下）	〈俳句小詩〉下雨天〈2008/07/01〉	8	147
雨虹	2008年論壇詩選（下）	〈圖象詩〉蟲說：蠕動需要動力（2008/07/22）	8	148
魅咪	2008年論壇詩選（下）	〈俳句小詩〉決定這樣愛你（2008/07/31）	8	148
青水洛泉	2008年論壇詩選（下）	〈馬戲班〉配偶欄（2008/8/4）	8	149
俞芷	2008年論壇詩選（下）	〈分行詩〉微微（2008/08/14）	8	150
莫測	2008年論壇詩選（下）	〈分行詩〉21個度母流著同一種淚（2008/09/11）	8	151
雲抱	2008年論壇詩選（下）	〈分行詩〉多元素幻覺（組詩）（2008/09/23）	8	152
孤江寒月	2008年論壇詩選（下）	〈俳句‧小詩〉遇秋。偶知雨（2008/10/09）	8	153

作者名	欄位名	篇名	期數	頁碼
北京地圖	2008年論壇詩選（下）	〈東方詩學〉刺家族——ABCD（2008/09/18）	8	154
綠豆	2008年論壇詩選（下）	〈分行詩〉永恆之春。國境之南（2008/10/27）	8	155
將進	2008年論壇詩選（下）	〈隱題詩〉我的你的他的隱題的方法（2008/10/23）	8	156
猖猖	2008年論壇詩選（下）	〈散文詩〉獨居（2008/11/29）	8	156
藍丘	2008年論壇詩選（下）	〈分行詩〉不知道（2008/10/24）	8	157
鎏光	2008年論壇詩選（下）	〈分行詩〉觀星（2008/11/04）	8	158
我是蓉花	2008年論壇詩選（下）	〈分行詩〉蝙蝠（2008/11/17）	8	159
淺雲攸	2008年論壇詩選（下）	〈分行詩〉月光——致爺爺（2008/11/15）	8	160
希瑪	2008年論壇詩選（下）	〈分行詩〉三種骨頭的發聲練習（2008/11/15）	8	162
博弈	2008年論壇詩選（下）	〈分行詩〉狗仔使為有色無情，導演（2008/12/15）	8	164
雪硯	2008年論壇詩選（下）	閱讀時代；以及詩的力量（綜評）	8	166
劉金雄	論壇詩人榜	於生活中自在寫詩	8	169
劉金雄	論壇詩人榜	日記	8	172
劉金雄	論壇詩人榜	一截鉛筆	8	172
劉金雄	論壇詩人榜	清道夫（附賞評）	8	173
苗林	論壇少年詩園·明日之星	不歇的行進	8	176
苗林	論壇少年詩園·明日之星	夜間九點的餐廳	8	178
苗林	論壇少年詩園·明日之星	日夜的界線與瀕臨死亡的城	8	180
尹玲	詩歌譯介	法國中譯詩二首：關於瑪麗之逝·盧森堡公園小徑	8	181
陳南妤	詩歌譯介	停滯——憶皮耶·赫維地（Octavio Paz著）	8	182
本刊	其他	「臺灣詩學季刊網路電子書」	8	129
許赫	其他	城堡的不同隔間：有個祕密通道——樂善好詩與林德俊詩的游擊	8	184
本刊	其他	贊助「吹鼓吹詩論壇網站」芳名	8	190
本刊	其他	第一屆「大學院校詩學研究獎學金」簡章	8	191
夐虹	卷頭詩	生平簡介	9	1
蘇紹連	勵志詩	專輯前言：讓心中的太陽再度升起	9	7

作者名	欄位名	篇名	期數	頁碼
隱地	勵志詩	遺忘與備忘——老人勵志書	9	10
方群	勵志詩	如何勵志與勵志如何	9	11
徐望雲	勵志詩	苦行	9	11
朵思	勵志詩	石頭	9	12
馬列福	勵志詩	失業時刻	9	12
簡政珍	勵志詩	假如	9	13
李東霖	勵志詩	邊陲	9	13
李進文	勵志詩	準備好／一起上班一起唱，預備……／好好生活	9	14
向明	勵志詩	詩人／對等／自畫像	9	17
辛牧	勵志詩	問說四則	9	18
蘇紹連	勵志詩	漂流之光／恐懼來臨的時候／暗夜／我跟不上你	9	19
黑眼睛	勵志詩	當你相信時	9	20
紀小樣	勵志詩	我們的教養——給以為自己已經長大了的兒子	9	21
楊慧思	勵志詩	驕傲的翅膀	9	22
南北	勵志詩	清貧內部的花朵	9	22
秀實	勵志詩	理想賦	9	23
葉子鳥	勵志詩	冷春	9	24
莫渝	勵志詩	迎風前進	9	25
離畢華	勵志詩	刀痕	9	25
哲明	勵志詩	宿命／簡單抒情	9	26
許軍	勵志詩	燕子	9	27
陳寧貴	勵志詩	大樹之歌	9	27
負離子	勵志詩	麵團	9	28
Kafka	勵志詩	拾級	9	28
劉金雄	勵志詩	禪坐／鐘聲	9	29
莊仁傑	勵志詩	月影（給夜盲症）	9	30
押子	勵志詩	豆子不發芽	9	30
蒼狗	勵志詩	站／消息／慶典——獻予王者們	9	31
蘇善	勵志詩	入定／拾級	9	32
冰夕	勵志詩	相信	9	32
黃羊川	勵志詩	詩人素寫	9	33
崎雲	勵志詩	暗室	9	33
陳允元	勵志詩	巨木的群落	9	34
徐國志	勵志詩	紙飛機	9	34

作者名	欄位名	篇名	期數	頁碼
阿米	勵志詩	寫給不完整	9	35
魯竹	勵志詩	父	9	35
紀少陵	勵志詩	幸福的神話	9	36
紫鵑	勵志詩	光合作用／轉彎處	9	37
漂之雨	勵志詩	長夜之光	9	38
千朔	勵志詩	聽	9	38
傅詩予	勵志詩	牽牛花的黃昏	9	39
清歡	勵志詩	月季	9	39
馬也	勵志詩	落英／沙中金	9	40
穆桂榮	勵志詩	飛／悟	9	40
玩偶	勵志詩	灰／暗疾	9	41
趙雅君	勵志詩	空箱子／空椅子	9	42
吳治由	勵志詩	黑白照	9	42
果果	勵志詩	原來我需要山	9	43
李長空	勵志詩	鐵	9	43
鎏光	勵志詩	TROI NANG TOT · UOC MO ——給阿釵	9	44
魯蛟	勵志詩	低吟二首	9	46
鍾雲如	勵志詩	寫詩	9	46
鳴泉	勵志詩	開鎖	9	47
留澈	勵志詩	與尼采	9	47
非馬	勵志詩	生命的羞澀與驚艷	9	48
廖偉棠	詩家詩篇	寄雲幻主人／聽得吳詠梅《歎五更》	9	54
夏菁	詩家詩篇	一對烏溜溜的眼睛	9	56
白靈	詩家詩篇	化學詩兩首：石蕊試紙／3S試紙	9	57
李癸雲	詩家詩篇	前世今生	9	59
蘇白宇	詩家詩篇	夜半雨聲到眠床／一片月光	9	60
林煥彰	詩家詩篇	請你告訴我（外三首）	9	61
陳育虹	詩家詩篇	小鎮	9	63
向明	詩家詩篇	龍虎二首	9	64
秀實	詩家詩篇	夢遇KK	9	65
蘇紹連	詩家詩篇	幽居	9	65
陳克華	詩家詩篇	鴿子歌	9	66
唐損	詩家詩篇	致學弟：么	9	68
尹玲	詩家詩篇	追尋從未存在的童年	9	70

作者名	欄位名	篇名	期數	頁碼
方明	詩家詩篇	魅影年代	9	71
蘇紹連	詩家詩篇	豆腐乳	9	72
鯨向海	詩家詩篇	同學會／不朽	9	73
江文瑜	詩家詩篇	關於海角天涯：「或者」的吟唱練習	9	74
嚴忠政	詩家詩篇	瓶之存在	9	75
陳牧宏	詩家詩篇	星期天的公園——在安地瓜的廣場上	9	76
楊小濱	詩家詩篇	後鞋襲主義	9	77
蔡振念	詩家詩篇	仲夏記夢	9	78
伍季	詩家詩篇	尼采研究報告：穿山甲	9	79
莫方	詩家詩篇	影像詩（放相片及詩）	9	80
郭楓	論家評詩	隱喻的詩和現實批判	9	82
向明	論家評詩	從〈刺蝟歌〉想起	9	88
鄭慧如	論家評詩	富裕的書寫	9	91
蕭蕭	論家評詩	私領域的詩領域：序蘇紹連詩集《私立小詩院》	9	94
陳建民	論家評詩	詩小說、長詩、短詩：評簡政珍詩集《放逐與口水的年代》	9	97
雪硯	論家評詩	誰在蟄伏	9	103
林金郎	論家評詩	擬仿、拆解與遊戲——剖析林德俊三首詩的跨界企圖	9	105
汪啓疆	詩家巨作	臺灣海峽	9	110
解昆樺	詩家巨作	二都賦：臺北高雄2005（重刊）	9	119
王國勇	詩家巨作	交響樂	9	131
曾元耀	論壇詩人榜	在醫學與文學之間擺盪	9	140
曾元耀	論壇詩人榜	解剖學	9	143
曾元耀	論壇詩人榜	燒碳的年代	9	144
曾元耀	論壇詩人榜	部落格二三事	9	145
曾元耀	論壇詩人榜	然後（附賞評）	9	146
Fuhoren	論壇2009年度詩選（上）	〈影像圖文〉感冒症狀（2009/1/16）	9	148
劉金雄	論壇2009年度詩選（上）	〈俳句・小詩〉鏡子與相框（2009/1/15）	9	149
劉金雄	論壇2009年度詩選（上）	〈分行詩〉圖書館藏書（2009/1/15）	9	150
負離子	論壇2009年度詩選（上）	〈分行詩〉什麼（2009/1/19）	9	151

作者名	欄位名	篇名	期數	頁碼
負離子	論壇2009年度詩選（上）	〈俳句・小詩〉關於睡眠的小詩系列4首（2009/4/01）	9	152
莊仁傑	論壇2009年度詩選（上）	〈分行詩〉布丁（2009/5/7）	9	153
莊仁傑	論壇2009年度詩選（上）	〈分行詩〉廚房（2009/2/8）	9	154
葉子鳥	論壇2009年度詩選（上）	〈俳句・小詩〉格物致知四首（2009/03）	9	155
蒼狗	論壇2009年度詩選（上）	〈分行詩〉不雅的風景（2009/4/25）	9	157
希瑪	論壇2009年度詩選（上）	〈分行詩〉搬[ ]（2009/6/3）	9	159
Catball	論壇2009年度詩選（上）	〈分行詩〉你難過得像個橘子（2009/6/12）	9	160
黃羊川	論壇2009年度詩選（上）	〈分行詩〉帳單（2009/1/12）	9	162
冰夕	論壇2009年度詩選（上）	〈分行詩〉悼，豎起中指的忐忑兄！（2009/6/5）	9	163
子在川上曰	論壇2009年度詩選（上）	〈俳句・小詩〉星期天上午九點鐘（2009/03/31）	9	165
玩偶	論壇2009年度詩選（上）	〈俳句・小詩〉安魂曲（2009/2/19）	9	166
李長空	論壇2009年度詩選（上）	〈社會詩〉沒有陽光的都市（2009/3/30）	9	167
阿米	論壇2009年度詩選（上）	〈小詩・組詩〉聯合國在空中播放（2009/6/8）	9	168
藍丘	論壇2009年度詩選（上）	〈分行詩〉遇見（2009/5/30）	9	170
綠豆	論壇2009年度詩選（上）	〈俳句・小詩〉牙膏（2009/4/5）	9	171
翎翎	論壇2009年度詩選（上）	〈國民詩〉給思念撥通電話（2009/3/30）	9	172
魏昇祇	論壇2009年度詩選（上）	〈分行詩〉身體髮膚（2009/4/14）	9	173
博弈	論壇2009年度詩選（上）	〈圖象詩〉裸女（2009/2/15）	9	175
黑眼睛	論壇2009年度詩選（上）	〈分行詩〉煮婦四十（2009/5/24）	9	177
傻小孩	論壇2009年度詩選（上）	〈分行詩〉要生命，屬於晚歸（2009/5/26）	9	178
西蒙	論壇2009年度詩選（上）	〈分行詩〉自畫像（2009/5/14）	9	179
二月	論壇2009年度詩選（上）	〈分行詩〉倒戈（2009/6/21）	9	180
李東霖	大學詩園——主力詩人	寫在失眠的夜晚/清晨	9	182
三二	大學詩園——主力詩人	寵物二	9	183
陳若詰	大學詩園——主力詩人	病痛有感	9	184

作者名	欄位名	篇名	期數	頁碼
穗含月	少年詩園——明日之星	雨中治療	9	185
浣熊	少年詩園——明日之星	潰散／房裡	9	186
藍瞳	少年詩園——明日之星	鐘了／聽雨	9	188
白鴉	當代大陸女性詩小輯	自我塑造：大陸當代女性詩歌轉型觀察	9	190
繭衣	當代大陸女性詩小輯	詩選三首	9	195
夭夭	當代大陸女性詩小輯	詩選三首	9	197
沈利	當代大陸女性詩小輯	詩選三首	9	199
朱巧玲	當代大陸女性詩小輯	詩選三首	9	201
陳南妤	翻譯及其他	鴿子牠錯了（拉法耶・阿爾貝帝）	9	203
編輯部	翻譯及其他	【詩集隱題】兩首重刊	9	205
編輯部	翻譯及其他	「小輯企劃」徵稿方案	9	206
本社	翻譯及其他	贊助芳名	9	207
解昆樺	論壇發聲	折頁與手搖風琴——重疊於詩語言的重量與音量	10	1
方群	卷一：開心農場【詩家詩篇】	花蓮六帖／開心農場	10	7
白靈	卷一：開心農場【詩家詩篇】	試管	10	9
尹玲	卷一：開心農場【詩家詩篇】	如河蜿蜒纏綿如河	10	10
解昆樺	卷一：開心農場【詩家詩篇】	高樓望海	10	13
孟樊	卷一：開心農場【詩家詩篇】	白玉苦瓜——戲擬余光中	10	14
岩上	卷一：開心農場【詩家詩篇】	往下流的水	10	15
唐捐	卷一：開心農場【詩家詩篇】	終曲：退童	10	16
蕭蕭	卷一：開心農場【詩家詩篇】	小小禪詩集	10	19
江文瑜	卷一：開心農場【詩家詩篇】	聆聽我的佛陀說法	10	20
夐虹	卷一：開心農場【詩家詩篇】	何以釋愁懷——詩贈某女士	10	22
司童	卷一：開心農場【詩家詩篇】	橋那邊通向觀音橋	10	23
向明	卷一：開心農場【詩家詩篇】	漂流木／ON vs. OFF	10	24
詹澈	卷一：開心農場【詩家詩篇】	觀雲南印像及楊麗萍孔雀舞	10	26
汪啓疆	卷一：開心農場【詩家詩篇】	十首故事	10	30
秀實	卷一：開心農場【詩家詩篇】	城市組詩／荷塘月色	10	34
紀少陵	卷一：開心農場【詩家詩篇】	吐露香江	10	35
方明	卷一：開心農場【詩家詩篇】	詩人	10	36
曾廣健	卷一：開心農場【詩家詩篇】	詩作三首	10	37
陳國正	卷一：開心農場【詩家詩篇】	小詩五首	10	38
伍季	卷一：開心農場【詩家詩篇】	獨裁者與啞者的夏天	10	39
廖偉棠	卷一：開心農場【詩家詩篇】	夜霧馬車曲	10	40

作者名	欄位名	篇名	期數	頁碼
王宗仁	卷一：開心農場【詩家詩篇】	情報工作	10	41
蘇紹連	卷一：開心農場【詩家詩篇】	男制／斷詞的大廈	10	42
李長青	卷一：開心農場【詩家詩篇】	給孩子的詩四首	10	43
康原	卷一：開心農場【詩家詩篇】	玉山的愛	10	45
丁旭輝	卷二：詩學講臺【論家評詩】	《莊子》片語只言的發想創新	10	47
尹玲	卷二：詩學講臺【論家評詩】	進出之前、之後與之間——小評于瑞珍的〈進站‧出站〉	10	54
雪硯	卷二：詩學講臺【論家評詩】	「反抒情」的語言特質	10	57
向明	卷二：詩學講臺【論家評詩】	人間如何閒日月？	10	60
杜明晨	卷二：詩學講臺【論家評詩】	壁上播種：〈從達摩到慧能的邏輯學研究〉之研究	10	62
蘇紹連	卷二：詩學講臺【論家評詩】	「少年的詩課」十五則	10	67
黃羊川	卷三：小輯大展【市井小民】人物詩小輯	前言：要不要一個什麼人物	10	78
陳克華	卷三：小輯大展【市井小民】人物詩小輯	一個以三合一咖啡開始的一天	10	82
陳克華	卷三：小輯大展【市井小民】人物詩小輯	大人啊，求求你讓我繼續躺著幹……	10	82
印卡	卷三：小輯大展【市井小民】人物詩小輯	除此　生活是早收的果實	10	85
莊仁傑	卷三：小輯大展【市井小民】人物詩小輯	雨神	10	86
羅毓嘉	卷三：小輯大展【市井小民】人物詩小輯	背包旅行	10	87
李雲顥	卷三：小輯大展【市井小民】人物詩小輯	重回故里	10	88
阿梁眉	卷三：小輯大展【市井小民】人物詩小輯	裂開的大武山	10	89
林珈均	卷三：小輯大展【市井小民】人物詩小輯	試析論芭樂與芭蕉甜澀相較	10	90
何宜玲	卷三：小輯大展【市井小民】人物詩小輯	範本女工頭	10	91
陳牧宏	卷三：小輯大展【市井小民】人物詩小輯	必須的	10	92
喵球	卷三：小輯大展【市井小民】人物詩小輯	自營商／日日聖誕	10	93
漆宇勤	卷三：小輯大展【市井小民】人物詩小輯	工地上的男人抱起一隻小狗	10	96

作者名	欄位名	篇名	期數	頁碼
王羅蜜多	卷三：小輯大展【市井小民】人物詩小輯	禱鵑	10	97
蒼狗	卷三：小輯大展【市井小民】人物詩小輯	蚵農與狗／人魚	10	98
孫昭暉	卷三：小輯大展【市井小民】人物詩小輯	擦鞋女／空調廠	10	99
塗沛宗	卷三：小輯大展【市井小民】人物詩小輯	魚人——紀念那些潛水夫症勞工	10	100
穆桂榮	卷三：小輯大展【市井小民】人物詩小輯	打工的孩子	10	101
劉金雄	卷三：小輯大展【市井小民】人物詩小輯	麵攤老闆娘	10	102
呂建春	卷三：小輯大展【市井小民】人物詩小輯	一位支持臺獨的份子	10	105
許赫	卷三：小輯大展【市井小民】人物詩小輯	停車場栽培業的興起v2.01	10	106
秦海	卷三：小輯大展【市井小民】人物詩小輯	父親	10	107
沈奕軍	卷三：小輯大展【市井小民】人物詩小輯	螞蟻	10	108
apow	卷三：小輯大展【市井小民】人物詩小輯	清道婦	10	109
一靈	卷三：小輯大展【市井小民】人物詩小輯	無薪可燒的日子	10	110
馬東旭	卷三：小輯大展【市井小民】人物詩小輯	老女人	10	110
綠豆	卷三：小輯大展【市井小民】人物詩小輯	時鐘圓舞曲（輓歌）	10	111
雪硯	卷三：小輯大展【向歷史致敬】小輯	以詩向歷史致敬	10	113
寄？蟹	卷三：小輯大展【向歷史致敬】小輯	秋夜讀愛玲	10	114
初惠誠	卷三：小輯大展【向歷史致敬】小輯	林沖夜奔	10	117
馬東旭	卷三：小輯大展【向歷史致敬】小輯	遇見海子	10	118
清歡	卷三：小輯大展【向歷史致敬】小輯	李煜	10	118
成都錦瑟	卷三：小輯大展【向歷史致敬】小輯	向梵古致敬：〈大師〉	10	120

作者名	欄位名	篇名	期數	頁碼
莊仁傑	卷三：小輯大展【向歷史致敬】小輯	卡蜜兒薔薇	10	122
玩偶	卷三：小輯大展【向歷史致敬】小輯	哀歌	10	123
蒼狗	卷三：小輯大展【向歷史致敬】小輯	十	10	124
我是蓉花	卷三：小輯大展【向歷史致敬】小輯	節點	10	125
王宗仁	卷三：小輯大展【汪洋中的父親節】小輯	我們，與秘書長的父親節	10	128
負離子	卷三：小輯大展【汪洋中的父親節】小輯	不見	10	129
王羅蜜多	卷三：小輯大展【汪洋中的父親節】小輯	水知道	10	130
翎翎	卷三：小輯大展【汪洋中的父親節】小輯	很想為妳寫首詩，桃源	10	131
冰夕	卷三：小輯大展【汪洋中的父親節】小輯	汪洋中的一首父親節	10	132
fuhoren	卷三：小輯大展【汪洋中的父親節】小輯	童神	10	134
陳牧宏	卷四：個人秀場【長詩實驗】	或者變奏	10	135
藍丘	卷四：個人秀場【論壇詩人榜】	在藍丘地	10	143
藍丘	卷四：個人秀場【論壇詩人榜】	單戀／井／讀書筆記／便條留言	10	146
負離子	卷四：個人秀場【論壇詩人榜】	童話夢境：原生的創作能量──讀藍丘的詩	10	149
負離子	卷五：網路場域【2009年度論壇詩選（下）】	〈圖像詩〉變（與所有的不變）	10	152
子在川上曰	卷五：網路場域【2009年度論壇詩選（下）】	〈組詩〉吸煙的女子	10	153
朱雀公	卷五：網路場域【2009年度論壇詩選（下）】	〈分行詩〉極個別的清晨	10	154
櫺曦	卷五：網路場域【2009年度論壇詩選（下）】	〈小詩〉遺照／詩頌者	10	155
荒原六指	卷五：網路場域【2009年度論壇詩選（下）】	〈分行詩〉鴉	10	156
蘇善	卷五：網路場域【2009年度論壇詩選（下）】	〈分行詩〉Babel Island	10	157
喵球	卷五：網路場域【2009年度論壇詩選（下）】	〈分行詩〉詩的割耳膜症候群／記洛可哥風音樂盒式骨灰壇	10	158

作者名	欄位名	篇名	期數	頁碼
冰夕	卷五：網路場域【2009年度論壇詩選（下）】	〈分行詩〉袍	10	160
希瑪	卷五：網路場域【2009年度論壇詩選（下）】	〈分行詩〉雷鬼，雨人與達達的夏天	10	161
莊仁傑	卷五：網路場域【2009年度論壇詩選（下）】	〈分行詩〉條碼／饒剩暮夏	10	162
葉子鳥	卷五：網路場域【2009年度論壇詩選（下）】	〈分行詩〉第二性	10	164
猖猖	卷五：網路場域【2009年度論壇詩選（下）】	〈分行詩〉分。解	10	165
劉金雄	卷五：網路場域【2009年度論壇詩選（下）】	〈分行詩〉樂之器／病歷	10	166
博弈	卷五：網路場域【2009年度論壇詩選（下）】	〈分行詩〉點鬧	10	167
黃羊川	卷五：網路場域【2009年度論壇詩選（下）】	〈組詩〉太平盛世的祝禱	10	168
蒼狗	卷五：網路場域【2009年度論壇詩選（下）】	〈分行詩〉用湯匙把我刮回家	10	170
左岸	卷五：網路場域【2009年度論壇詩選（下）】	〈小詩〉中年定義／淚珠	10	171
鵰月	卷五：網路場域【2009年度論壇詩選（下）】	〈分行詩〉太遠	10	172
阿武	卷五：網路場域【2009年度論壇詩選（下）】	〈分行詩〉那個裸身的中年男子·36腰	10	173
黑眼睛	卷五：網路場域【2009年度論壇詩選（下）】	〈分行詩〉剪髮	10	174
阿米	卷五：網路場域【2009年度論壇詩選（下）】	〈分行詩〉墳墓生活	10	175
國耳	卷五：網路場域【大學詩園──主力詩人】	佛陀早晨／阿茲海默	10	176
莫雲	卷五：網路場域【大學詩園──主力詩人】	訓詁學	10	178
余小光	卷五：網路場域【大學詩園──主力詩人】	他們的感情	10	179
彩瞳	卷五：網路場域【大學詩園──主力詩人】	木生數行	10	180
圻圻兒	卷五：網路場域【大學詩園──主力詩人】	借宿	10	181
淵穆	卷五：網路場域【少年詩園──明日之星】	衛生棉	10	182

作者名	欄位名	篇名	期數	頁碼
穗含月	卷五：網路場域【少年詩園——明日之星】	Schem	10	183
鈦元素	卷五：網路場域【少年詩園——明日之星】	長信／跳樓	10	184
陳育虹	卷六：詩的譯與遇【翻譯及訪問】	凱洛安·達菲（Carol Ann Duffy）詩七首	10	187
尹玲	卷六：詩的譯與遇【翻譯及訪問】	法詩中譯二首：水仙吟／陣雨過後	10	193
然靈	卷六：詩的譯與遇【翻譯及訪問】	雨，下在雪中——訪女詩人蘇白宇	10	196
本刊	卷六：詩的譯與遇【搜索其他】	2009年的臺灣詩學	10	203
本刊	卷六：詩的譯與遇【搜索其他】	「第一屆臺灣詩學創作獎——散文詩獎」徵獎辦法	10	204
本刊	卷六：詩的譯與遇【搜索其他】	「臺灣詩學吹鼓吹詩人叢書」出版方案	10	205
本刊	卷六：詩的譯與遇【搜索其他】	《吹鼓吹詩論壇》近期徵稿項目	10	206
本刊	卷六：詩的譯與遇【搜索其他】	論壇網站贊助芳名	10	207
白靈	卷一：散文詩教主【悼念商禽】	散文詩教主——歪公商禽	11	8
王宗仁	卷一：散文詩教主【悼念商禽】	商禽印象：曾在躍場為自己哭泣的年輕出租轎車司機	11	9
王宗仁	卷一：散文詩教主【悼念商禽】	拼貼某個不再逃亡的主題——悼商禽	11	10
李長青	卷一：散文詩教主【悼念商禽】	遙遠的催眠——悼商禽	11	12
蘇紹連	卷一：散文詩教主【悼念商禽】	流著淚水的魚——悼商禽	11	14
蘇紹連	卷一：散文詩教主【悼念商禽】	注視現實的眼睛——讀商禽詩集	11	15
然靈	卷一：散文詩教主【悼念商禽】	請將頭手伸出窗外——悼商禽	11	16
丁旭輝	卷二：行動為詩【詩家論評】	從土地之愛到環保實踐：吳晟的詩行動與行動詩	11	20
向明	卷二：行動為詩【詩家論評】	五四詩人聞一多——讀他的新詩處女作「西岸」	11	25
6B筆	卷二：行動為詩【詩家論評】	我的朋友苦土水之詩的定義·十五則	11	27
黃羊川、蒼狗、喵球、莊仁傑、鈦元素、蘇善、王羅蜜多、	卷三：每日必讀【新聞日誌詩】		11	29

作者名	欄位名	篇名	期數	頁碼
李東霖、南鵲、羅拔、檽曦等多位作者。				
白靈	卷四：棲身之厝【詩家詩篇】	綠島圖象詩二首	11	58
鍾玲	卷四：棲身之厝【詩家詩篇】	武則天的生機／鶯鶯讀〈會真記〉有感	11	60
尹玲	卷四：棲身之厝【詩家詩篇】	分子廚藝／鳳凰花	11	64
夐虹	卷四：棲身之厝【詩家詩篇】	棲身之厝	11	67
方明	卷四：棲身之厝【詩家詩篇】	破陣子	11	68
解昆樺	卷四：棲身之厝【詩家詩篇】	微疼的時間	11	69
向明	卷四：棲身之厝【詩家詩篇】	朝花夕拾	11	70
李癸雲	卷四：棲身之厝【詩家詩篇】	一日	11	71
徐望雲	卷四：棲身之厝【詩家詩篇】	齊諧	11	72
唐捐	卷四：棲身之厝【詩家詩篇】	三臺電腦和鈍們的主人（效維民體）	11	74
汪啟疆	卷四：棲身之厝【詩家詩篇】	五行詩練習曲	11	76
孟樊	卷四：棲身之厝【詩家詩篇】	短詩二首	11	78
鯨向海	卷四：棲身之厝【詩家詩篇】	黑暗的格局	11	79
方群	卷四：棲身之厝【詩家詩篇】	馬祖連作・東引紀行六首／南竿聚落五詠	11	80
陳思嫻	卷四：棲身之厝【詩家詩篇】	騎鯨少年——向詩人陳克華致敬	11	82
許水富	卷四：棲身之厝【詩家詩篇】	轉世／愚忠	11	83
嚴忠政	卷四：棲身之厝【詩家詩篇】	沒有故事之後	11	84
王宗仁	卷四：棲身之厝【詩家詩篇】	風箏／愛情字典	11	85
紀小樣	卷四：棲身之厝【詩家詩篇】	大禹，一直沒有來	11	86
蘇紹連	卷四：棲身之厝【詩家詩篇】	人生只有一張桌面	11	88
黃浩嘉	卷五：張愛春明【小說詩特輯】	這段導讀將沒頭沒腦地開始	11	90
解昆樺	卷五：張愛春明【小說詩特輯】	敘事性與純粹性：簡釋現代詩與小說在文體複合所涉及的詩學史議題	11	94
鴻鴻	卷五：張愛春明【小說詩特輯】	船上圖書館	11	97
黃羊川	卷五：張愛春明【小說詩特輯】	世間路：中途	11	98
陳牧宏	卷五：張愛春明【小說詩特輯】	共謀者	11	100
阿米	卷五：張愛春明【小說詩特輯】	42號b座男子	11	101
菱角	卷五：張愛春明【小說詩特輯】	公寓大樓的性愛慾	11	102
冰夕	卷五：張愛春明【小說詩特輯】	曾經她唱越人歌——懷・夏木	11	103

作者名	欄位名	篇名	期數	頁碼
負離子	卷五：張愛春明【小說詩特輯】	facebook絮語	11	104
高萬紅	卷五：張愛春明【小說詩特輯】	一隻破碎的杯子及其他	11	106
博弈	卷五：張愛春明【小說詩特輯】	在寫好這首詩	11	108
初惠誠	卷五：張愛春明【小說詩特輯】	13樓的月光	11	110
藍丘	卷五：張愛春明【小說詩特輯】	美麗	11	111
莊仁傑	卷五：張愛春明【小說詩特輯】	詩人旁白	11	112
呂建春	卷五：張愛春明【小說詩特輯】	素蘭的下半生	11	114
煮雪的人	卷五：張愛春明【小說詩特輯】	融化的人	11	116
廖啓予	卷五：張愛春明【小說詩特輯】	敬答徐復觀老師	11	117
羅毓嘉	卷五：張愛春明【小說詩特輯】	恐怖時代	11	118
不離蕉	卷五：張愛春明【小說詩特輯】	小徑記憶	11	120
文於天	卷五：張愛春明【小說詩特輯】	m&M	11	121
許赫	卷五：張愛春明【小說詩特輯】	放臭屁	11	122
馬列福	卷五：張愛春明【小說詩特輯】	唐·吉訶德	11	123
喵球	卷五：張愛春明【小說詩特輯】	綠化	11	124
莊仁傑	卷六：超級偶像【論壇詩人榜】	你為何來看我的詩？	11	126
莊仁傑	卷六：超級偶像【論壇詩人榜】	一口詩／粉紅色	11	130
余小光	卷七：綻放臺北【大學少年詩園】	電子書／城市早晨	11	134
苗林	卷七：綻放臺北【大學少年詩園】	一體性	11	136
草圖	卷七：綻放臺北【大學少年詩園】	在信仰之外的	11	137
傻小孩	卷七：綻放臺北【大學少年詩園】	寵物種種／冰箱的光	11	138
劉治平	卷七：綻放臺北【大學少年詩園】	無論你是誰——給國中同學	11	140
童安	卷七：綻放臺北【大學少年詩園】	Love Revolution	11	141
鈦元素	卷七：綻放臺北【大學少年詩園】	慈母——致Y／綻放臺北	11	142
穗舍月	卷七：綻放臺北【大學少年詩園】	我的愛是樹葉的	11	144
冰夕	卷八：黑色劇場【論壇詩選】	〈分行詩〉三讀：趕羚羊	11	146
櫺曦	卷八：黑色劇場【論壇詩選】	〈分行詩〉谷歌	11	147
懸壺	卷八：黑色劇場【論壇詩選】	〈小詩〉蚊子／昨夜的東南亞	11	148
南鵲	卷八：黑色劇場【論壇詩選】	〈分行詩〉罪	11	149
秋水竹林	卷八：黑色劇場【論壇詩選】	〈分行詩〉空碗	11	149

作者名	欄位名	篇名	期數	頁碼
倚天飛夢	卷八：黑色劇場【論壇詩選】	〈分行詩〉只有／黃金狩	11	150
肖水	卷八：黑色劇場【論壇詩選】	〈小詩〉致李賀／鱒魚	11	151
劉金雄	卷八：黑色劇場【論壇詩選】	〈小詩〉瑜伽／似水	11	152
葉子鳥	卷八：黑色劇場【論壇詩選】	〈分行詩〉疏離練習	11	153
負離子	卷八：黑色劇場【論壇詩選】	〈分行詩〉放空，三昧	11	154
喵球	卷八：黑色劇場【論壇詩選】	〈分行詩〉慎瀆	11	155
蒼狗	卷八：黑色劇場【論壇詩選】	〈分行詩〉老翁垂釣祝我生日快樂	11	156
希瑪	卷八：黑色劇場【論壇詩選】	〈分行詩〉黑色劇場：殺仁棄詩	11	158
阿米	卷八：黑色劇場【論壇詩選】	〈分行詩〉療癒	11	159
馬東旭	卷八：黑色劇場【論壇詩選】	〈分行詩〉喝酒	11	159
猖狷	卷八：黑色劇場【論壇詩選】	〈分行詩〉白	11	160
陳牧宏	卷八：黑色劇場【論壇詩選】	〈分行詩〉【詩】現象學。	11	161
博弈	卷八：黑色劇場【論壇詩選】	〈分行詩〉大陸來的觀光客	11	162
黃羊川	卷八：黑色劇場【論壇詩選】	〈分行詩〉同行	11	163
文於天	卷八：黑色劇場【論壇詩選】	〈分行詩〉下灶里	11	164
蘇甯	卷八：黑色劇場【論壇詩選】	〈分行詩〉等待	11	165
綠豆	卷八：黑色劇場【論壇詩選】	〈小詩〉鉛筆和削鉛筆機	11	165
魏昇祇	卷八：黑色劇場【論壇詩選】	〈分行詩〉搗碎的靈魂12x10	11	166
藍丘	卷九：複誦青春【告別青春小輯】	在青春小鳥的背上	11	168
林彧	卷九：複誦青春【告別青春小輯】	七月降雪	11	170
然靈	卷九：複誦青春【告別青春小輯】	寫一首詩去看你	11	171
山貓安琪	卷九：複誦青春【告別青春小輯】	如何拾起	11	172
戴翊峰	卷九：複誦青春【告別青春小輯】	鏡前凌遲（組詩）	11	173
吳東晟	卷九：複誦青春【告別青春小輯】	高中時代	11	174
蘇善	卷九：複誦青春【告別青春小輯】	複誦青春	11	175
希瑪	卷九：複誦青春【告別青春小輯】	消失在蘋果核裡的青春	11	176
陸阿波	卷九：複誦青春【告別青春小輯】	給你的信紙	11	177

作者名	欄位名	篇名	期數	頁碼
朱小鹥	卷九：複誦青春【告別青春小輯】	素顏星球的自己	11	178
阿米	卷九：複誦青春【告別青春小輯】	爸爸打開一封信	11	179
清歡	卷九：複誦青春【告別青春小輯】	懂得	11	180
黃羊川	卷九：複誦青春【告別青春小輯】	給懷念青春年華的便利貼	11	181
thorn	卷九：複誦青春【告別青春小輯】	請看看我	11	182
余學林	卷九：複誦青春【告別青春小輯】	二十歲【香檳】【情詩】【我卻還活著】	11	184
猲猲	卷九：複誦青春【告別青春小輯】	是說青春嗎	11	185
殷小夢	卷九：複誦青春【告別青春小輯】	返校日	11	186
涂沛宗	卷九：複誦青春【告別青春小輯】	我的志願	11	187
黃琬瑄	卷十：詩海遊蹤【論壇訊息】	詩的互動裝置	11	188
吹鼓吹詩人叢書	卷十：詩海遊蹤【論壇訊息】	璀璨藍寶石般的三本女詩人詩集	11	190
	卷十：詩海遊蹤【論壇訊息】	贊助芳名	11	191
蘇善、橫曦、希瑪、黃羊川、王羅蜜多、莊仁傑、羅拔、喵球、蘇家立、千朔、魅咪、不離蕉、古閔吉、百良、綠豆、涂沛宗、哈哈星人、風之痕、luen1013、	卷一：論壇報：時事新聞日誌詩		12	7

作者名	欄位名	篇名	期數	頁碼
紫悅軒主人等。				
莊仁傑	卷二:百年阡陌:國家・詩專輯	「國家・詩」專輯編序	12	38
郭楓	卷二:百年阡陌:國家・詩專輯	國家是歷史發展的磐石	12	40
羅門	卷二:百年阡陌:國家・詩專輯	「詩眼」(poetic eyes)看國家	12	45
陳鴻逸	卷二:百年阡陌:國家・詩專輯	如何書寫「臺灣」?如何定位「島國」?	12	50
朵思	卷二:百年阡陌:國家・詩專輯	百年阡陌	12	56
尹玲	卷二:百年阡陌:國家・詩專輯	祖國是	12	58
簡政珍	卷二:百年阡陌:國家・詩專輯	百年誕辰	12	60
白靈	卷二:百年阡陌:國家・詩專輯	那個人	12	61
唐捐	卷二:百年阡陌:國家・詩專輯	我國	12	62
岩上	卷二:百年阡陌:國家・詩專輯	憂國	12	64
汪啓疆	卷二:百年阡陌:國家・詩專輯	『紹連,國家和人民您要我說什麼?』	12	67
蘇紹連	卷二:百年阡陌:國家・詩專輯	我的身體我的國家	12	70
徐望雲	卷二:百年阡陌:國家・詩專輯	艷電～兄為其易,弟為其難(汪精衛致蔣介石)	12	72
向明	卷二:百年阡陌:國家・詩專輯	蝦米世界	12	74
阿鈍	卷二:百年阡陌:國家・詩專輯	就i了/麻雀兵兵白頭翁	12	76
呂建春	卷二:百年阡陌:國家・詩專輯	介石	12	79
許水富	卷二:百年阡陌:國家・詩專輯	在國與國之間	12	80
非馬	卷二:百年阡陌:國家・詩專輯	火星計畫	12	82
陳克華	卷二:百年阡陌:國家・詩專輯	私處	12	83
黃羊川	卷二:百年阡陌:國家・詩專輯	抬彎、海俠與布里基	12	84
離畢華	卷二:百年阡陌:國家・詩專輯	我這一族	12	86
王羅蜜多	卷二:百年阡陌:國家・詩專輯	咨,爾多士啊	12	87
涂沛宗	卷二:百年阡陌:國家・詩專輯	三民主義	12	88
廖經元	卷二:百年阡陌:國家・詩專輯	我的腸胃很莒光	12	90
孟樊	卷二:百年阡陌:國家・詩專輯	國和家	12	92
辛牧	卷二:百年阡陌:國家・詩專輯	理想國	12	92
劉欣蕙	卷二:百年阡陌:國家・詩專輯	我們建立的唯美政府	12	93
深曲	卷二:百年阡陌:國家・詩專輯	本世紀	12	94
蠹也	卷二:百年阡陌:國家・詩專輯	國旗	12	94
大地農夫	卷二:百年阡陌:國家・詩專輯	國家	12	95
負離子	卷二:百年阡陌:國家・詩專輯	地緣政治	12	95
吳東晟	卷二:百年阡陌:國家・詩專輯	嗚拉拉	12	96

作者名	欄位名	篇名	期數	頁碼
阿米	卷二：百年阡陌：國家‧詩專輯	新旅行	12	98
蘇善	卷二：百年阡陌：國家‧詩專輯	The Wealth of Nations	12	99
劉金雄	卷二：百年阡陌：國家‧詩專輯	一邊一國	12	100
羅拔	卷二：百年阡陌：國家‧詩專輯	信徒	12	101
博弈	卷二：百年阡陌：國家‧詩專輯	記起一個國家	12	101
煮雪的人	卷二：百年阡陌：國家‧詩專輯	提著燈籠的吉爾多	12	102
黃浩嘉	卷二：百年阡陌：國家‧詩專輯	超合體機器人	12	104
燕莊生鐵	卷二：百年阡陌：國家‧詩專輯	一一放下	12	105
葉子鳥	卷二：百年阡陌：國家‧詩專輯	讀你	12	106
鶇鶇	卷二：百年阡陌：國家‧詩專輯	假意的呻吟	12	107
古塵	卷二：百年阡陌：國家‧詩專輯	臺灣製造	12	108
綠豆	卷二：百年阡陌：國家‧詩專輯	西裝	12	109
欣生	卷二：百年阡陌：國家‧詩專輯	寶島百年國慶	12	110
余小光	卷二：百年阡陌：國家‧詩專輯	我	12	112
俞昌雄	卷二：百年阡陌：國家‧詩專輯	國家	12	112
本社	卷三：散文詩獎小輯	第一屆臺灣詩學創作獎——散文詩獎得獎名單揭曉	12	116
本社	卷三：散文詩獎小輯	第一屆臺灣詩學創作獎——散文詩獎複審結果表	12	118
須文蔚	卷三：散文詩獎小輯	決審委員評語	12	120
林于弘	卷三：散文詩獎小輯	決審委員評語	12	121
陳巍仁	卷三：散文詩獎小輯	決審委員評語	12	122
鮮聖	卷三：散文詩獎小輯	得獎作品展〈紅窗花〉等三首	12	124
連展毅	卷三：散文詩獎小輯	得獎作品展〈夜孃〉等三首	12	126
蘇家立	卷三：散文詩獎小輯	得獎作品展〈鍵盤裡看不見的貓兒〉等三首	12	128
邱彥哲	卷三：散文詩獎小輯	得獎作品展〈你離開之1〉等三首	12	130
洛盞	卷三：散文詩獎小輯	得獎作品展〈末班車〉等三首	12	132
李癸雲	卷四：挖深織廣：詩家詩篇	七月之傷	12	136
蕭蕭	卷四：挖深織廣：詩家詩篇	任意二首	12	138
紀小樣	卷四：挖深織廣：詩家詩篇	活著／大事	12	140
方群	卷四：挖深織廣：詩家詩篇	戲贈七君子／榜外	12	142
孟樊	卷四：挖深織廣：詩家詩篇	我的陽具	12	144
蔡振念	卷四：挖深織廣：詩家詩篇	碧潭旅次	12	145
和權	卷四：挖深織廣：詩家詩篇	詩三首	12	146
方明	卷四：挖深織廣：詩家詩篇	然後	12	148

作者名	欄位名	篇名	期數	頁碼
陳牧宏	卷四：挖深織廣：詩家詩篇	不外漏	12	149
汪啓疆	卷四：挖深織廣：詩家詩篇	作品四首	12	150
葉子鳥	卷四：挖深織廣：詩家詩篇	父之銘／罟	12	152
莊仁傑	卷四：挖深織廣：詩家詩篇	蕨草／計時器	12	154
解昆樺	卷四：挖深織廣：詩家詩篇	冷雨平原	12	156
鯨向海	卷四：挖深織廣：詩家詩篇	在每個出口等待	12	157
劉哲廷	卷四：挖深織廣：詩家詩篇	斷章／失訊	12	158
簡政珍	卷四：挖深織廣：詩家詩篇	獨白	12	160
黃羊川	卷四：挖深織廣：詩家詩篇	書櫃	12	161
蘇紹連	卷四：挖深織廣：詩家詩篇	玫瑰三部曲	12	162
然靈	卷五：星光璀璨：個人秀場【轉山（然靈的詩與影像）】	屬於我們的轉山	12	166
然靈	卷五：星光璀璨：個人秀場【轉山（然靈的詩與影像）】	「轉山」詩作五首	12	168
希瑪	卷五：星光璀璨：個人秀場【論壇詩人榜】	小男孩與千年積木	12	172
希瑪	卷五：星光璀璨：個人秀場【論壇詩人榜】	個人詩展作品五首	12	174
丁千柔	卷五：星光璀璨：個人秀場【論壇詩人榜】	一個在科學泥土上耕植文學之花的詩者	12	177
薛人傑	卷六：2010論壇年度詩選	〈同志詩〉暑假勞作	12	180
懸壺	卷六：2010論壇年度詩選	〈分行詩〉古文	12	181
馬列福	卷六：2010論壇年度詩選	〈小詩〉夜歌	12	181
無哲	卷六：2010論壇年度詩選	〈分行詩〉靜止的雞籠／啃玉米的孩子	12	182
呂建春	卷六：2010論壇年度詩選	〈地方詩〉汐止故事	12	183
羅拔	卷六：2010論壇年度詩選	〈小詩〉菸	12	183
黃浩嘉	卷六：2010論壇年度詩選	〈分行詩〉快三十自述	12	184
阿佐田哲也	卷六：2010論壇年度詩選	〈分行詩〉卡納西	12	185
紫悅軒主人	卷六：2010論壇年度詩選	〈小詩〉唱盤	12	185
希瑪	卷六：2010論壇年度詩選	〈分行詩〉水管瑪莉的生活記事	12	186
徐林	卷六：2010論壇年度詩選	〈分行詩〉暗示	12	187
負離子	卷六：2010論壇年度詩選	〈圖象詩〉失格／給孩子	12	187
魏東建	卷六：2010論壇年度詩選	〈分行詩〉神跡種種	12	189
倚天飛夢	卷六：2010論壇年度詩選	〈分行詩〉無	12	189

作者名	欄位名	篇名	期數	頁碼
劉金雄	卷六：2010論壇年度詩選	〈分行詩〉深喉嚨／過客……之出差宿東莞酒店	12	190
草圖	卷六：2010論壇年度詩選	〈分行詩〉胡楊	12	192
翎翎	卷六：2010論壇年度詩選	〈小詩〉鎖與鑰	12	192
古塵	卷六：2010論壇年度詩選	〈分行詩〉習慣側睡	12	193
余小光	卷六：2010論壇年度詩選	〈小詩〉咖啡店	12	193
李雲顥	卷六：2010論壇年度詩選	〈分行詩〉大星風暴・大心風暴	12	194
無棘	卷六：2010論壇年度詩選	〈分行詩〉讀壁	12	195
墨林	卷六：2010論壇年度詩選	〈小詩〉釣魚島	12	195
櫺曦	卷六：2010論壇年度詩選	〈小詩〉而立的鴕鳥／無氣可樂／單戀／膚淺	12	196
王羅蜜多	卷六：2010論壇年度詩選	〈組詩〉拒學	12	198
侯馨婷	卷六：2010論壇年度詩選	〈分行詩〉海邊的檳榔攤	12	199
押子	卷六：2010論壇年度詩選	〈小詩〉抓癢	12	199
百良	卷六：2010論壇年度詩選	〈小詩〉沙發・束縛	12	200
藍丘	卷六：2010論壇年度詩選	〈分行詩〉牆／咳嗽／河流	12	200
神神	卷六：2010論壇年度詩選	〈同志詩〉慾罐頭	12	202
百良	卷六：2010論壇年度詩選	〈小詩〉插座	12	202
肖水	卷六：2010論壇年度詩選	〈分行詩〉從另外一個人理解我	12	203
冰夕	卷六：2010論壇年度詩選	〈分行詩〉蛭愛	12	204
博弈	卷六：2010論壇年度詩選	〈分行詩〉藥物吻	12	205
子在川上曰	卷六：2010論壇年度詩選	〈組詩〉劇情	12	206
阿米	卷六：2010論壇年度詩選	〈分行詩〉空白——淺談藝術治療	12	208
孫昭暉	卷六：2010論壇年度詩選	〈分行詩〉透過碎花的窗簾	12	208
白靈	卷七：剖情析采：詩家論評	五行究竟——《五行詩及其手稿》自序	12	212
何金蘭	卷七：剖情析采：詩家論評	發生論文學批評之奠立及其發展	12	216
李勇	卷七：剖情析采：詩家論評	尹玲詩歌的自傳特性與形成原因探析	12	222
向明	卷七：剖情析采：詩家論評	給小數點臺灣——懷念創「數學詩」的詩人曹開	12	229
非馬	卷七：剖情析采：詩家論評	哪裡的詩人？	12	232
雪硯	卷七：剖情析采：詩家論評	女性自覺與內化的後現代性／葉子鳥閱讀	12	234
鈦元素	卷八：詩壇後浪：少年大學詩園	洗臉・在你之後	12	238
蔡慶光	卷八：詩壇後浪：少年大學詩園	小詩數首	12	240

作者名	欄位名		篇名	期數	頁碼
百良	卷一：	【無意象詩派】	飲料瓶蓋／粉筆／發炎／彈簧／拼圖／不溶於水／掌紋／沙漏／杯子	13	66
李長青	卷一：	【無意象詩派】	時間	13	69
蔡富灃	卷一：	【無意象詩派】	存在／清醒的杯	13	70
岩上	卷一：	【無意象詩派】	距離／有無	13	71
葉子鳥	卷一：	【無意象詩派】	摺疊／△&□	13	73
非馬	卷一：	【無意象詩派】	無性繁殖戀歌	13	75
嚴忠政	卷一：	【無意象詩派】	在萬里桐漁港練習走音	13	76
阿鈍	卷一：	【無意象詩派】	無題	13	77
方群	卷一：	【無意象詩派】	造句練習	13	78
莫渝	卷一：	【無意象詩派】	僵	13	78
曾琮琇	卷一：	【無意象詩派】	生存法則	13	79
沈眠	卷一：	【無意象詩派】	困獸之鬥，但沒有猛獸	13	80
羅任玲	卷一：	【無意象詩派】	蟬衣	13	81
魏昇祇	卷一：	【無意象詩派】	拍照	13	82
魏東建	卷一：	【無意象詩派】	看到我 想到你	13	82
達瑞	卷一：	【無意象詩派】	成分	13	83
倚天飛夢	卷一：	【無意象詩派】	形容／預言	13	84
白亞	卷一：	【無意象詩派】	病毒／跟笨的人說話	13	85
古塵	卷一：	【無意象詩派】	睡夢中的兩三聲／妳應該擁有更多	13	86
天涯倦客	卷一：	【無意象詩派】	致1Q84	13	88
穗含月	卷一：	【無意象詩派】	標本	13	89
雨颯	卷一：	【無意象詩派】	階梯	13	89
常青	卷一：	【無意象詩派】	亂數	13	90
呂易穎	卷一：	【無意象詩派】	鑰匙／啞口	13	91
吉祥女巫	卷一：	【無意象詩派】	眼神	13	92
蕭然	卷一：	【無意象詩派】	餘韻	13	92
墨林	卷一：	【無意象詩派】	南沙不是沙／手錶／充氣	13	93
林林	卷一：	【無意象詩派】	時間——約定	13	93
羅拔	卷一：	【無意象詩派】	除濕機／蘆薈	13	94
傻小孩	卷一：	【無意象詩派】	漸層	13	94
王碚	卷一：	【無意象詩派】	無與倫比的脫序／具/抽象	13	95
魯竹	卷一：	【無意象詩派】	渡／手機情	13	96
高羽	卷一：	【無意象詩派】	性事／看一株玉米：從下而上和從上而下	13	97

作者名	欄位名	篇名	期數	頁碼
奈奈子	卷一：【無意象詩派】	趴搭・趴搭・GO・GO・GO／愛就愛了	13	98
侯馨婷	卷一：【無意象詩派】	夢境／【轉折複句】之一／諧擬／讀著	13	100
猸猸	卷一：【無意象詩派】	對坐／無法忍受／不得不非常／無題／也者	13	103
懸壺	卷一：【無意象詩派】	兩會，涉及親愛的理論／美，首先請勿勿通過／深淺的你／出遊／名詞動詞	13	107
博弈	卷一：【無意象詩派】	空屋自畫像	13	110
黃里	卷一：【無意象詩派】	拂。掠／角色／看見／看不見	13	111
林廣	卷一：【無意象詩派】	天空的邏輯與猜謎遊戲	13	113
李秀鑾	卷一：【無意象詩派】	火柴／拖鞋	13	114
黑眼睛	卷一：【無意象詩派】	蝸居	13	115
蘇善	卷一：【無意象詩派】	Image of Hurt（臺語詩）／命題／過五官（臺語詩）／口	13	116
不離蕉	卷一：【無意象詩派】	中空之墓／最大的篇幅／書／菩提・蘋果・樹／花草集／聊趣／看上帝	13	120
彤雅立	卷一：【無意象詩派】	抒獨／命／來生／嫁／在暗夜與他發生聯繫	13	126
若爾諾爾	卷一：【無意象詩派】	他的抱抱／我的祕密穿過你的祕密／便秘	13	127
希瑪	卷一：【無意象詩派】	超級龜速賽跑／是芥末日／家電怪談／搭訕月亮美眉的三種方式／新塑化劇場：疑雲記／鏡像五感／存在的悖論	13	130
黃羊川	卷一：【無意象詩派】	空格、標點與無裡的有	13	136
吳奕正	卷一：【無意象詩派】	以詩歌對抗「意象」	13	139
向明	卷一：【無意象詩派】	詩的新主意——捨意象親口語	13	141
黃羊川	卷二：【十位詩人：隱詩權報告】	寫詩的人偷偷按讚的精神病患	13	148
黃羊川	卷二：【十位詩人：隱詩權報告】	密隱神——零雨	13	150
黃羊川	卷二：【十位詩人：隱詩權報告】	拂佛面者——陳克華	13	154
陳牧宏	卷二：【十位詩人：隱詩權報告】	木蘭鐵雄號——張繼琳	13	159

作者名	欄位名	篇名	期數	頁碼
李佳靜	卷七：【綠島詩輯】	哈巴狗岩與睡美人岩	13	265
梁迺榮	卷七：【綠島詩輯】	囚室之窗	13	265
林翠蘭	卷七：【綠島詩輯】	勇敢的魚	13	266
許春風	卷七：【綠島詩輯】	我們熟悉的北極星已經不知去向	13	266
呂妙珠	卷七：【綠島詩輯】	對望	13	267
謝德清	卷七：【綠島詩輯】	以汝之名	13	269
江玉蓮	卷七：【綠島詩輯】	綠島	13	270
張燦文	卷七：【綠島詩輯】	療傷	13	270
崔若璇	卷七：【綠島詩輯】	我在綠島	13	271
王福祿	卷七：【綠島詩輯】	路在自己的腳下	13	271
蕭淑芳	卷七：【綠島詩輯】	假如有一座塔	13	272
曾進豐	卷八：【詩出版及傳播】	愁非等閒——序向明詩集《閒愁》	13	274
藍丘	卷八：【詩出版及傳播】	從「心情手記」到心情手記	13	280
本刊	卷八：【詩出版及傳播】	吹鼓吹詩人叢書編號10、11、12	13	286
本刊	卷八：【詩出版及傳播】	贊助吹鼓吹詩論壇芳名	13	287
蘇紹連	卷一：詩戰場・2011年詩壇現象	詩的裝幀與拆卸	14	8
6B筆	卷一：詩戰場・2011年詩壇現象	流行詩症	14	12
楊宗翰	卷一：詩戰場・2011年詩壇現象	〈詩的盛世〉以後	14	16
管黠	卷一：詩戰場・2011年詩壇現象	好詩壞詩爛詩分不清的時代	14	19
天光	卷一：詩戰場・2011年詩壇現象	「草莓派」詩風之時代意義	14	23
喵球	卷一：詩戰場・2011年詩壇現象	賣詩集牢騷日誌	14	28
向明	卷一：詩戰場・2011年詩壇現象	詩人與阿Q	14	32
陳徵蔚	卷一：詩戰場・2011年詩壇現象	打破水仙花鏡像	14	35
李瑞騰	卷二：龍來了・詩家詩篇	阿疼說	14	40
陳政彥	卷二：龍來了・詩家詩篇	安寧病房／螢火／出櫃／詩集們／倉央嘉措／慧可斷臂／神秀題偈	14	45
尹玲	卷二：龍來了・詩家詩篇	開羅茉莉花底開落／在荷姆斯（HOMS）曬著的綻放／叫不出名字的ALEP神色／大馬士革玫的原有姿色	14	52
簡政珍	卷二：龍來了・詩家詩篇	致無意象詩	14	55
蕭蕭	卷二：龍來了・詩家詩篇	跨年茶詩集二首	14	56
唐捐	卷二：龍來了・詩家詩篇	乘大空梭離去	14	58
郭楓	卷二：龍來了・詩家詩篇	歡喜合唱迴盪在太平洋上	14	60
向明	卷二：龍來了・詩家詩篇	綠紗窗外	14	62

作者名	欄位名	篇名	期數	頁碼
雨颯	卷五：論壇詩選／校園詩人	在我們看到漫畫以前／讓我們攜手走向冬季序	14	156
肖水	卷六：論壇詩選／大陸詩人	亞細亞／更為深刻的東西	14	158
東東	卷六：論壇詩選／大陸詩人	種子	14	160
高羽	卷六：論壇詩選／大陸詩人	水，看見水	14	161
清歡	卷六：論壇詩選／大陸詩人	中年	14	161
無哲	卷六：論壇詩選／大陸詩人	國慶節新聞／搗碎我微醉的腳步	14	162
玩偶	卷六：論壇詩選／大陸詩人	退回去	14	163
懸壺	卷六：論壇詩選／大陸詩人	妻子下面	14	164
燕莊生鐵	卷六：論壇詩選／大陸詩人	踩踏光斑的人	14	165
徐志亭	卷六：論壇詩選／大陸詩人	越長大，越孤獨	14	166
薛省堂	卷六：論壇詩選／大陸詩人	疼／改變／寫給二姐的詩／在秋的邊緣／鳥叫／詩龔	14	167
染香	卷六：論壇詩選／大陸詩人	身分	14	168
陳牧宏	卷七：家族物語小輯	男孩和一些片段	14	170
草圖	卷七：家族物語小輯	孿生	14	173
呂建春	卷七：家族物語小輯	故鄉枯萎的故事	14	174
王羅蜜多	卷七：家族物語小輯	自殺家族	14	175
百良	卷七：家族物語小輯	穿越時空	14	176
巧妙	卷七：家族物語小輯	不寂寞	14	177
王浩翔	卷七：家族物語小輯	氣味的房子	14	178
蘇善	卷七：家族物語小輯	娃哭了	14	179
喵球	卷七：家族物語小輯	因為阿公不願提供名字所以題目就這樣	14	180
千朔	卷七：家族物語小輯	寫給子安・剪春	14	181
黃里	卷七：家族物語小輯	我伏在妳背上	14	182
殷小夢	卷七：家族物語小輯	道別	14	183
孟樊	卷七：家族物語小輯	我的家庭物語	14	184
沈眠	卷七：家族物語小輯	憂鬱家族	14	185
阿米	卷七：家族物語小輯	夢中的母親	14	186
葉子鳥	卷八：刺青詩典小輯	刺青詩藝展	14	188
朵思、彤雅立、騷夏、若爾・諾爾、葉子鳥、墨林、	卷八：刺青詩典小輯		14	191

作者名	欄位名	篇名	期數	頁碼
希瑪、沈眠、蘇亞圖、劉金雄、王羅蜜多、14-carat nib、傻小孩、閩南高羽、蘇家立、甲木木、子慮、陳偉哲、依然、欣生、余小光、巧妙、鶼鶼、蘇善、…				
櫺曦、王羅蜜多、欣生、蘇善、莊仁傑、風之痕、希瑪、百良、鶼鶼、羅拔、蘇家立、陳少、黃里、古閔吉、涂沛宗、葉子鳥、高羽、綠豆、木訥、…	卷九：現實奏鳴曲／新聞詩		14	267
蘇紹連	卷九：現實奏鳴曲／新聞詩	現實五重奏	14	267
彤雅立	卷十：邊緣與詩緣	詩是聲音，聲音是詩	14	277
謝杰廷	卷十：邊緣與詩緣	在記憶與忘卻間顫晃	14	280

作者名	欄位名	篇名	期數	頁碼
本社		第二屆臺灣詩學創作獎‧生態組詩獎辦法	14	1
本社		第二屆「大學院校詩學研究獎」頒獎及「吹鼓吹詩人叢書」六冊詩集發表會相片	14	282
詩集		《情無限‧思無邪》（作者：蕭蕭）	14	11
詩集		《縱橫福爾摩沙》（作者：方群）	14	18
詩集		《金臂勾》（作者：唐捐）	14	198
詩集		《童話遊行》（作者：蘇紹連）	14	198
詩集		《法國文學理論與實踐》（著者：何金蘭）	14	285
詩集		《要不我不要》（作者：喵球）	14	286
詩集		《詩藥方》（作者：蘇善）	14	286
詩集		《寫給珊的眼睛》（作者：余小光）	14	286
本社		贊助「吹鼓吹詩論壇」名單	14	287
丁旭輝	卷一：臺灣詩學同仁詩話選	新左岸詩話	15	6
尹玲	卷一：臺灣詩學同仁詩話選	虛／實探索詩話	15	21
方群	卷一：臺灣詩學同仁詩話選	詩話十則	15	35
白靈	卷一：臺灣詩學同仁詩話選	詩話十四則	15	48
向明	卷一：臺灣詩學同仁詩話選	胡塗詩話	15	64
李癸雲	卷一：臺灣詩學同仁詩話選	詩話十二箋	15	79
李翠瑛	卷一：臺灣詩學同仁詩話選	詩話連篇	15	89
唐捐	卷一：臺灣詩學同仁詩話選	懶慢界詩話	15	100
陳政彥	卷一：臺灣詩學同仁詩話選	詩話十則	15	112
解昆樺	卷一：臺灣詩學同仁詩話選	詩語言型、文體語言轉型、現代性轉譯	15	123
蕭蕭	卷一：臺灣詩學同仁詩話選	詩話小集	15	137
蘇紹連	卷一：臺灣詩學同仁詩話選	詩話偶拾	15	151
鯨向海／神神／陳偉哲／蘇善／圻圻兒／魅咪／古塵／小縴／懸壺／	卷二：詩言詩語‧詩話小輯		15	14

作者名	欄位名	篇名	期數	頁碼
尹玲	卷四：詩家詩展	塞維亞的理髮師／華殿裡／你還記得你我的波希米亞／母語／十字軍東征的堡壘上	15	30
陳義芝	卷四：詩家詩展	病中	15	41
白靈	卷四：詩家詩展	指頭練習曲	15	44
向明	卷四：詩家詩展	詩人與上帝／多聲道	15	46
汪啓彊	卷四：詩家詩展	三句話＆陳黎	15	58
唐捐	卷四：詩家詩展	後五行／後七傷	15	60
簡政珍	卷四：詩家詩展	一朵野花的誕生	15	73
蕭蕭	卷四：詩家詩展	蕭蕭茶詩小集	15	74
解昆樺	卷四：詩家詩展	夢中大澤	15	78
方群	卷四：詩家詩展	微型詩十首	15	84
薈朵	卷四：詩家詩展	任老天淹水一個夜晚	15	86
方明	卷四：詩家詩展	西湖情繞	15	88
林煥彰	卷四：詩家詩展	小詩三貼	15	96
孟樊	卷四：詩家詩展	四季	15	98
曾元耀	卷四：詩家詩展	走在永康街的黃昏	15	108
離畢華	卷四：詩家詩展	此生一回	15	109
蔡淇華	卷四：詩家詩展	對年	15	110
然靈	卷四：詩家詩展	物歸原主	15	111
蘇紹連	卷四：詩家詩展	我與我的對峙／拓印時間	15	180
黃羊川	卷四：詩家詩展	中肯的夢	15	189
劉哲廷	卷四：詩家詩展	iKid	15	190
陳建男	卷四：詩家詩展	夢遊	15	192
神神	卷五：論壇詩人榜	拜詩學藝去	15	221
神神	卷五：論壇詩人榜	詩選：ㄅ～ㄋ／什麼東西／白雪王子／婚禮	15	224
黃粱	卷五：論壇詩人榜	異教徒與異端的差異——淺談神神的詩	15	228
榴曦	卷六：新聞詩展	交易（2012/2/28）	15	119
蘇善	卷六：新聞詩展	隨身行李（2012/2/29）	15	120
希瑪	卷六：新聞詩展	禽詩感（2012/3/7）	15	121
王羅蜜多	卷六：新聞詩展	洗妳（2012/3/230）	15	122
若爾·諾爾	卷六：新聞詩展	讓大家呼吸新鮮的空氣（2012/3/28）	15	131
希瑪	卷六：新聞詩展	中東血玫瑰（2012/4/2）	15	132
王羅蜜多	卷六：新聞詩展	無（2012/4/28）	15	133

作者名	欄位名	篇名	期數	頁碼
王羅蜜多	卷六：新聞詩展	精靈的話語（2012/6/5）	15	134
蘇善	卷六：新聞詩展	梳頭（2012/6/13）	15	144
黃里	卷六：新聞詩展	100分的陽光（2012/6/25）	15	145
櫺曦	卷六：新聞詩展	換（2012/6/30）	15	146
涂沛宗	卷七：網路世代詩展	街心寫字／盜火者	15	147
葉子鳥	卷七：網路世代詩展	黑膠唱片／寶藏巖兀立	15	148
陳牧宏	卷七：網路世代詩展	我們唱歌後都哭了／星期一	15	156
肖水	卷七：網路世代詩展	玩具禪／小行星的呼吸	15	159
莊仁傑	卷七：網路世代詩展	Hey親愛的當你看到這張紙條時我人已經在背對著你的沒有軌道的距離以外	15	166
黃里	卷七：網路世代詩展	給妻的梳情	15	168
蘇家立	卷七：網路世代詩展	請替這個人撥打不存在的119／我可以繼續當個大M嗎？	15	169
懸壺	卷七：網路世代詩展	藍與黑	15	197
余小光	卷七：網路世代詩展	風神與我／殖民的光	15	198
侯馨婷	卷七：網路世代詩展	很久很久以後	15	200
冰夕	卷七：網路世代詩展	遺址	15	207
劉金雄	卷七：網路世代詩展	國界	15	208
古塵	卷七：網路世代詩展	心圖	15	209
喵球	卷七：網路世代詩展	少時太妍	15	210
負離子	卷七：網路世代詩展	輕笨拙：可愛的蒜頭／複雜	15	216
博弈	卷七：網路世代詩展	我在六月出生／再看到的是不是同一條河	15	218
藍丘	卷七：網路世代詩展	用二個人的詩句	15	220
王磑	卷七：網路世代詩展	城市仙人掌	15	231
百良	卷七：網路世代詩展	電視／書籤	15	232
謝予騰	卷七：網路世代詩展	誤觸	15	233
錦天翡鴻	卷七：網路世代詩展	蝙蝠引	15	234
瀟桐	卷七：網路世代詩展	寂寞成長	15	240
焚玉	卷七：網路世代詩展	瘦肉經／很久	15	241
夢塤	卷七：網路世代詩展	夢塤（哀默雪）	15	244
阿米	卷七：網路世代詩展	小姑姑的房子	15	251
陳若詰	卷七：網路世代詩展	致親愛的	15	252
若斯諾·孟	卷七：網路世代詩展	不在場的腳踝	15	253
草圖	卷七：網路世代詩展	大雪的劇本	15	254

作者名	欄位名	篇名	期數	頁碼
阿武	卷七：網路世代詩展	那個裸身的中年男子——邂逅	15	259
三塊錢	卷七：網路世代詩展	同監——寫給櫃子裡的男生們三塊錢	15	260
清歡	卷七：網路世代詩展	午後四點	15	266
白惠	卷七：網路世代詩展	我是琉璃色的瓶子當中銀色的孩子	15	267
無哲	卷七：網路世代詩展	咒語	15	268
陳鴻逸	卷八：詩戰場	如何交鋒？關於兩岸四地詩學論述的另一思考	15	161
簡政珍	卷八：詩戰場	無意象詩的缺口	15	172
陳子謙	卷八：詩戰場	無中生有，還是墨分七色？——從「無意象詩·派」的論述說起	15	184
向明	卷八：詩戰場	新詩品種層出不窮	15	193
楊宗翰	卷八：詩戰場	數位時代：新詩評論的全新挑戰	15	201
孟樊	卷八：詩戰場	詩刊之必要，肯定之必要	15	212
劉正偉	卷九：詩品味	談高行健〈美的葬禮〉及其他	15	235
李長青	卷九：詩品味	詩與歷史	15	245
李長青	卷九：詩品味	想像練習——閱讀然靈的散文詩	15	248
沈眠	卷九：詩品味	二十一世紀現代詩的印象之一，新感官年代記的全面發動	15	255
蘇紹連	卷九：詩品味	網路燈火通明·世代輝煌	15	261
蘇家立	卷十：詩傳媒	2012吹鼓吹詩論壇詩人聚會紀實	15	295
本刊	卷十：詩傳媒	吹鼓吹詩人叢書	15	301
本刊	卷十：詩傳媒	贊助芳名	15	302
敻虹	詩卷一：放手詩	放手詩	16	16
尹玲	詩卷一：放手詩	彷彿昨日／與你談／如山	16	18
零雨	詩卷一：放手詩	往回走／失敗／尾巴	16	24
陳育虹	詩卷一：放手詩	那我稱之為心的	16	29
蘼朵	詩卷一：放手詩	煮文字的人／枯葉悟禪詩／如果你說／忽然掉入普洱茶中的一隻壁虎	16	32
葉子鳥	詩卷一：放手詩	卦	16	38
冰夕	詩卷一：放手詩	童殤／若你感受冷，請默念她瘦柴輪廓	16	39
阿米	詩卷一：放手詩	讀林蔚昀的信／女鬼	16	41
彤雅立	詩卷一：放手詩	雪景／時間／謎語／回聲的墓園	16	43
若爾·諾爾	詩卷一：放手詩	被動式讓位	16	47

作者名	欄位名	篇名	期數	頁碼
清歡	詩卷一：放手詩	在水邊	16	48
若斯諾·孟	詩卷一：放手詩	一隻嗚嗚	16	49
王玉姐	詩卷一：放手詩	飲1992葡萄酒	16	51
向明	詩卷二：節外生枝	十二破碎	16	54
渡也	詩卷二：節外生枝	二〇一二年臺灣／鴿子	16	55
陳義芝	詩卷二：節外生枝	社會模擬——Head First	16	57
白靈	詩卷二：節外生枝	五行詩變奏曲二首	16	58
李瑞騰	詩卷二：節外生枝	阿疼說	16	59
孫維民	詩卷二：節外生枝	大霧／晨歌	16	68
蕭蕭	詩卷二：節外生枝	月光約會／詩是森林／我是一隻小鳥	16	70
楊小濱	詩卷二：節外生枝	九顆女餛飩	16	74
唐捐	詩卷二：節外生枝	節外生枝——詩人節為一種詩人而作	16	76
方群	詩卷二：節外生枝	瀋陽三品／上海四帖／在首爾的明洞教堂／初訪常熟／洱海六行／過鼓浪嶼	16	80
汪啟疆	詩卷二：節外生枝	風濤之歌	16	86
解昆樺	詩卷二：節外生枝	如何美麗灣	16	90
陳政彥	詩卷二：節外生枝	紅線／學校／看見／敦煌／電影	16	91
蘇紹連	詩卷二：節外生枝	側面／背面／正面	16	96
紀小樣	詩卷二：節外生枝	雕刻，家／孤峰頂上／愛的同義複辭	16	100
李長青	詩卷二：節外生枝	荒年	16	103
陳子謙	詩卷二：節外生枝	武俠詩兩首／日本紀行	16	105
陳牧宏	詩卷三：爛桃花	爛桃花	16	108
曾元耀	詩卷三：爛桃花	八里有貓	16	110
劉哲廷	詩卷三：爛桃花	死亡導覽	16	112
吳東晟	詩卷三：爛桃花	末班車	16	114
劉金雄	詩卷三：爛桃花	悼好友SP／越南	16	115
喵球	詩卷三：爛桃花	我能給的已經沒有美好了，只剩下腎／小開	16	119
櫺曦	詩卷三：爛桃花	蓄鬍	16	121
古塵	詩卷三：爛桃花	裸樹	16	122
莊仁傑	詩卷三：爛桃花	活著是件好事——給紅色	16	123
余小光	詩卷三：爛桃花	請給我一個角色扮演	16	125
負離子	詩卷三：爛桃花	槍擊	16	126

作者名	欄位名	篇名	期數	頁碼
神神	詩卷三：爛桃花	即興三首	16	128
肖水	詩卷三：爛桃花	在必要時報時／寥寥	16	129
范家駿	詩卷三：爛桃花	玫瑰	16	131
蘇家立	詩卷三：爛桃花	祖國	16	132
王羅蜜多	詩卷四：瑜伽樹	瑜伽樹／舌音	16	134
百良	詩卷四：瑜伽樹	質白／陷入／小刀	16	135
博弈	詩卷四：瑜伽樹	審判／H2	16	137
無哲	詩卷四：瑜伽樹	男生女生	16	139
王碳	詩卷四：瑜伽樹	教父	16	141
大丘	詩卷四：瑜伽樹	父親	16	141
黃里&瘋爵	詩卷四：瑜伽樹	潮流懶人包	16	142
謝予騰	詩卷四：瑜伽樹	擬現代歌的現代詩	16	144
瀟桐	詩卷四：瑜伽樹	野獸凸攫取了一個ㄇ	16	145
岳岳	詩卷四：瑜伽樹	稻田裡一座教堂	16	146
洪啓軒	詩卷四：瑜伽樹	退行	16	147
陳若詰	詩卷四：瑜伽樹	樂器	16	148
得一忘二	詩卷四：瑜伽樹	前面的時間——贈臺中詩友馬修	16	148
不離蕉	詩卷四：瑜伽樹	沉默	16	149
麥菲	詩卷四：瑜伽樹	灰塵的話	16	149
鵪鶉	詩卷四：瑜伽樹	回家	16	150
陳靡	詩卷四：瑜伽樹	形式	16	151
費克	詩卷四：瑜伽樹	寂寞喬治	16	152
橘曦	詩卷五：新聞詩	加工幸福（剩下來的幸福）	16	154
希瑪	詩卷五：新聞詩	版主：空缺中	16	155
蘇善	詩卷五：新聞詩	頭顱	16	156
百良	詩卷五：新聞詩	校內病房	16	157
蘇善	詩卷五：新聞詩	透抽	16	158
葉子鳥	詩卷五：新聞詩	移動的島	16	159
橘曦	詩卷五：新聞詩	花誤	16	160
王羅蜜多	詩卷五：新聞詩	椎與肋	16	161
王羅蜜多	詩卷五：新聞詩	中華命相學院招生錄取名單	16	162
王羅蜜多	詩卷五：新聞詩	舞臺守則	16	164
王羅蜜多	詩卷五：新聞詩	當他按下鳥鳥時	16	165
黃里	詩卷六：詩人榜	放逐與重生	16	167
黃里	詩卷六：詩人榜	黃里詩選	16	170
王羅蜜多	詩卷六：詩人榜	雨中，詩人敲打我的車窗	16	175

作者名	欄位名	篇名	期數	頁碼
葉子鳥	詩卷七：氣味詩專輯	以皮諾丘的鼻子……	16	180
李進文	詩卷七：氣味詩專輯	蔬果意味	16	185
紀小樣	詩卷七：氣味詩專輯	氣味	16	187
朵思	詩卷七：氣味詩專輯	迴旋	16	189
硯香	詩卷七：氣味詩專輯	時間之香·永恆之湯	16	190
蘇紹連	詩卷七：氣味詩專輯	腋窩	16	191
騷夏	詩卷七：氣味詩專輯	雨水散步	16	192
姚時晴	詩卷七：氣味詩專輯	野蜂	16	194
葉緹	詩卷七：氣味詩專輯	女人香	16	195
蔡淇華	詩卷七：氣味詩專輯	外公的五分車	16	196
羅思容	詩卷七：氣味詩專輯	女孩與木馬／七層塔介滋味	16	197
子慮	詩卷七：氣味詩專輯	美麗的約定	16	198
刑貽旺	詩卷七：氣味詩專輯	榴槤的鞭子／無味的歡喜	16	199
葉子鳥	詩卷七：氣味詩專輯	四重奏	16	200
非馬	詩卷七：氣味詩專輯	十里香	16	202
呂建春	詩卷七：氣味詩專輯	吃魚過活	16	203
劉金雄	詩卷七：氣味詩專輯	體香	16	204
麥菲	詩卷七：氣味詩專輯	隨興的低氣壓句子	16	205
范家駿	詩卷七：氣味詩專輯	舌苔	16	206
蘇善	詩卷七：氣味詩專輯	喜形於色／尋人啟事／捷運車廂	16	207
戴翊峰	詩卷七：氣味詩專輯	女味／妳的頸肩有我陌生的果香	16	210
雨諄	詩卷七：氣味詩專輯	我與牛排的戰爭	16	211
黃里	詩卷七：氣味詩專輯	逃魂蝶	16	212
侯馨婷	詩卷七：氣味詩專輯	我臭臭的超級想你	16	212
希瑪	詩卷七：氣味詩專輯	癢出一朵薔薇	16	213
果香栀	詩卷七：氣味詩專輯	回憶	16	213
沈眠	詩卷七：氣味詩專輯	愛意	16	214
黃宜凌	詩卷七：氣味詩專輯	我四十，未婚	16	216
狷狷	詩卷七：氣味詩專輯	茉莉花香精	16	217
寧靜海	詩卷七：氣味詩專輯	噢，輕食	16	218
陳牧宏	詩卷八：物戀詩小輯	這不是一首詩	16	220
莊仁傑	詩卷八：物戀詩小輯	支離破碎的時代，我們學會鉅細靡遺	16	224
潘家欣	詩卷八：物戀詩小輯	誤讀	16	226
葉緹	詩卷八：物戀詩小輯	不測驗心理	16	227
劉欣蕙	詩卷八：物戀詩小輯	字迷四種	16	229
陳牧宏	詩卷八：物戀詩小輯	膠囊	16	230

作者名	欄位名	篇名	期數	頁碼
隱地	卷二：聲音詩：留聲機	書的哭聲	17	32
李志銘	卷二：聲音詩：留聲機	寫給留聲機的詩	17	34
向明	卷二：聲音詩：留聲機	聞笛	17	35
駱以軍	卷二：聲音詩：留聲機	比寂靜多一點	17	36
張啓疆	卷二：聲音詩：留聲機	交想	17	38
陳黎	卷二：聲音詩：留聲機	東方	17	40
徐國能	卷二：聲音詩：留聲機	聲音	17	41
瓦歷斯·諾幹	卷二：聲音詩：留聲機	聲音二行詩	17	43
陳義芝	卷二：聲音詩：留聲機	寂靜聆聽	17	44
劉克襄	卷二：聲音詩：留聲機	小魚缸	17	46
林央敏	卷二：聲音詩：留聲機	深更歸客	17	47
李進文	卷二：聲音詩：留聲機	門戶家聲	17	48
汪啓疆	卷二：聲音詩：留聲機	水手之歌／生活之歌	17	51
蘇紹連	卷二：聲音詩：留聲機	八音／幸福不進行	17	54
鯨向海	卷二：聲音詩：留聲機	假想病	17	57
天洛	卷二：聲音詩：留聲機	腹語術	17	58
尹凡	卷二：聲音詩：留聲機	聽見	17	60
離畢華	卷二：聲音詩：留聲機	斷頭紅椿	17	61
蔡淇華	卷二：聲音詩：留聲機	2013仲夏，中正紀念堂廊下聞定軍山	17	62
陳牧宏	卷二：聲音詩：留聲機	音樂會禮儀	17	63
林群盛	卷二：聲音詩：留聲機	在瓦普飛行中的小房間裡	17	64
朵思	卷三：聲音詩：耳朵都醉了	沙漠列車	17	66
陳育虹	卷三：聲音詩：耳朵都醉了	無調性——給C	17	68
葉子鳥	卷三：聲音詩：耳朵都醉了	進行式	17	69
零雨	卷三：聲音詩：耳朵都醉了	聽她說話／盆栽	17	70
劉欣蕙	卷三：聲音詩：耳朵都醉了	清明節	17	73
蕢朵	卷三：聲音詩：耳朵都醉了	嚶嚶樹鳴／午夜驚聞隔壁傾盆大雨	17	74
羅思容	卷三：聲音詩：耳朵都醉了	身體有歌聲，如水	17	77
陳思嫻	卷三：聲音詩：耳朵都醉了	耳朵都醉了	17	78
林姿伶	卷三：聲音詩：耳朵都醉了	生活在他方的時間軸	17	79
姚時晴	卷三：聲音詩：耳朵都醉了	二葉松	17	80
葉緹	卷三：聲音詩：耳朵都醉了	末日漂浮	17	81
葉語婷	卷三：聲音詩：耳朵都醉了	你是那種可以通過耳朵的奈及利亞	17	82

作者名	欄位名	篇名	期數	頁碼
藍丘	卷三：聲音詩：耳朵都醉了	記醫院一角	17	83
蘇善	卷三：聲音詩：耳朵都醉了	木耳	17	84
曾元耀	卷四：聲音詩：明蛤低訴	晚安的聲音	17	86
陳建男	卷四：聲音詩：明蛤低訴	錯穀	17	87
王羅蜜多	卷四：聲音詩：明蛤低訴	父親的聲音／咻咻	17	88
劉金雄	卷四：聲音詩：明蛤低訴	蠱	17	91
楊寒	卷四：聲音詩：明蛤低訴	聲音	17	92
印卡	卷四：聲音詩：明蛤低訴	丕류のカタログ	17	93
沈眠	卷四：聲音詩：明蛤低訴	傾聽火焰	17	94
游鍫良	卷四：聲音詩：明蛤低訴	明蛤低訴	17	96
曹尼	卷四：聲音詩：明蛤低訴	不解釋之歌	17	97
謝明成	卷四：聲音詩：明蛤低訴	聽寫	17	98
神神	卷四：聲音詩：明蛤低訴	寒蟬效應	17	100
岳岳	卷四：聲音詩：明蛤低訴	某日臺南驟雨	17	101
謝予騰	卷四：聲音詩：明蛤低訴	木板床	17	102
古塵	卷四：聲音詩：明蛤低訴	聲音	17	103
果香梔	卷四：聲音詩：明蛤低訴	一束回憶	17	104
大丘	卷四：聲音詩：明蛤低訴	聽	17	105
俞昌雄	卷四：聲音詩：明蛤低訴	朗誦／足音	17	106
熒惑	卷四：聲音詩：明蛤低訴	只聞皮革裂開有聲	17	108
麥菲	卷四：聲音詩：明蛤低訴	輕唇音	17	109
猖猖	卷四：聲音詩：明蛤低訴	來電答鈴／worry shoes	17	110
靈歌	卷四：聲音詩：明蛤低訴	被喚醒的	17	111
柯彥瑩	卷四：聲音詩：明蛤低訴	蛻變中的所有聲響	17	112
黑眼睛	卷四：聲音詩：明蛤低訴	聵	17	116
獵火	卷四：聲音詩：明蛤低訴	我們睡著了\千百個小水滴來到戰場	17	114
趙文豪	卷四：聲音詩：明蛤低訴	可愛	17	116
李進文	卷五：論聲音：尋找詩的聲音	傾聽，聽無聲——陳庭詩〈迴聲〉鐵雕	17	118
陳鴻逸	卷五：論聲音：尋找詩的聲音	音詩Rule——兼談林亨泰的〈輪子〉、〈夜曲〉	17	122
嚴忠政	卷五：論聲音：尋找詩的聲音	寫給聲音——「聲音詩」的形象閱讀	17	128
向明	卷五：論聲音：尋找詩的聲音	沒有聲音／一條冒火的喉嚨	17	133
王厚森	卷五：論聲音：尋找詩的聲音	交響歲月悲喜的音符——陳謙及其〈上昇之歌〉	17	136

作者名	欄位名	篇名	期數	頁碼
柯彥瑩	卷七：詩創作：樂夜神曲	艾琳娜	17	205
冰夕	卷七：詩創作：樂夜神曲	樂夜神曲／無伴奏之蛹	17	206
王礎	卷七：詩創作：樂夜神曲	淡水忘了海	17	208
櫺曦	卷七：詩創作：樂夜神曲	等你／存在	17	209
王羅蜜多	卷七：詩創作：樂夜神曲	五月節慶臺上致詞範例（非廣告）／只要一些好咖啡	17	211
希瑪	卷七：詩創作：樂夜神曲	無鐵不成心——悼柴契爾夫人／玩剩節劇場：巧克力與雪人	17	213
若斯諾‧孟	卷七：詩創作：樂夜神曲	上學的事	17	215
岳岳	卷七：詩創作：樂夜神曲	雨景	17	216
熒惑	卷七：詩創作：樂夜神曲	樂器店	17	217
王建宇	卷七：詩創作：樂夜神曲	有時／冬日降下的最後一片霜雪	17	218
靈歌	卷七：詩創作：樂夜神曲	斗笠／分裂	17	220
蘇家立	卷七：詩創作：樂夜神曲	囈語	17	221
崔寧	卷七：詩創作：樂夜神曲	妳們啊	17	221
峽鷗	卷七：詩創作：樂夜神曲	初醒	17	222
喵球	卷七：詩創作：樂夜神曲	散文詩、有價	17	222
莊仁傑	卷七：詩創作：樂夜神曲	真崎航	17	224
康倩瑜	卷七：詩創作：樂夜神曲	美好如乳房的形狀／我愛你如愛我的腎	17	226
瀟桐	卷七：詩創作：樂夜神曲	夏季百般無賴我正想你	17	227
大丘	卷七：詩創作：樂夜神曲	產檢	17	228
白惠	卷七：詩創作：樂夜神曲	遇見神	17	229
李衡昕	卷七：詩創作：樂夜神曲	我想我能理解你為何和他上床	17	230
蘇紹連	卷八：廖經元懷念小輯	極端妖冶，極端魅惑	17	232
廖經元	卷八：廖經元懷念小輯	五美圖	17	241
廖經元	卷八：廖經元懷念小輯	黑	17	250
廖經元	卷八：廖經元懷念小輯	游泳池畔的石磚	17	251
廖經元	卷八：廖經元懷念小輯	腐朽之木	17	253
廖經元	卷八：廖經元懷念小輯	附身	17	254
廖經元	卷八：廖經元懷念小輯	抽屜	17	256
廖經元	卷八：廖經元懷念小輯	論壇評詩擷句	17	258
鄭聿	卷八：廖經元懷念小輯	身旁花蝶卻如落葉	17	264
莊仁傑	卷八：廖經元懷念小輯	還在華江橋上徘徊	17	266
余境熹	卷九：詩的品味、挑戰、傳媒	歷史的峰巒間，哪片雲不染點滄桑？	17	270

作者名	欄位名	篇名	期數	頁碼
朔星	卷九：詩的品味、挑戰、傳媒	春深幾許，看老樹奇花	17	281
本刊	卷九：詩的品味、挑戰、傳媒	贊助吹鼓吹詩論壇芳名	17	287
蘇紹連	卷首詩：「刺政‧民怨詩」專輯	人民的靈魂被政府的身體凌虐	18	2
林央敏	卷一：民怨詩（上）‧正義遊戲	開挖中國家	18	12
紀小樣	卷一：民怨詩（上）‧正義遊戲	正義遊戲／國小課程表	18	14
李進文	卷一：民怨詩（上）‧正義遊戲	前進前進	18	18
鯨向海	卷一：民怨詩（上）‧正義遊戲	F！這將是BI的最後一日	18	20
鴻鴻	卷一：民怨詩（上）‧正義遊戲	天賜良機	18	22
許赫	卷一：民怨詩（上）‧正義遊戲	都市計畫、都市再造	18	23
陳政彥	卷一：民怨詩（上）‧正義遊戲	大埔橋下——致張森文	18	24
曾元耀	卷一：民怨詩（上）‧正義遊戲	致赤腳走在沙礫的詩人	18	26
向明	卷一：民怨詩（上）‧正義遊戲	錯覺	18	28
徐望雲	卷一：民怨詩（上）‧正義遊戲	地球的懷抱	18	30
葉子鳥	卷一：民怨詩（上）‧正義遊戲	幹！活！	18	31
劉哲廷	卷一：民怨詩（上）‧正義遊戲	你著忍耐	18	32
崎雲	卷一：民怨詩（上）‧正義遊戲	默契	18	34
陳柏伶	卷一：民怨詩（上）‧正義遊戲	請勿由此撕開	18	35
蔡淑惠	卷一：民怨詩（上）‧正義遊戲	孤獨 攜著新釀製的溫暖而幽行	18	36
許文玲	卷一：民怨詩（上）‧正義遊戲	渺渺	18	38
謝三進	卷一：民怨詩（上）‧正義遊戲	盲禱	18	39
南鵲	卷一：民怨詩（上）‧正義遊戲	魔考	18	40
阿米	卷一：民怨詩（上）‧正義遊戲	Can you hear the daughter cry?	18	41
尹凡	卷一：民怨詩（上）‧正義遊戲	行露——為大埔農婦飲毒自戕而作	18	42
黃里	卷二：民怨詩（下）‧無罪釋放	終日我思索著核是什麼？外二首	18	44
俞昌雄	卷二：民怨詩（下）‧無罪釋放	無罪釋放及其他	18	48
神神	卷二：民怨詩（下）‧無罪釋放	問候三種	18	50
莊仁傑	卷二：民怨詩（下）‧無罪釋放	造雲術	18	51
西庫	卷二：民怨詩（下）‧無罪釋放	這個夏天的困獸之詩／黑火藥	18	52
獵火	卷二：民怨詩（下）‧無罪釋放	止痛片等四首	18	54
雨諼	卷二：民怨詩（下）‧無罪釋放	你們的指控全是虛無	18	57
王羅蜜多	卷二：民怨詩（下）‧無罪釋放	真不是蓋的／阿兵歌	18	58
陳牧宏	卷二：民怨詩（下）‧無罪釋放	沒有誰躺在鐵軌上	18	61
猬猬	卷二：民怨詩（下）‧無罪釋放	進步	18	62
麥菲	卷二：民怨詩（下）‧無罪釋放	兩面	18	64
熒惑	卷二：民怨詩（下）‧無罪釋放	失業論	18	65
劉欣蕙	卷二：民怨詩（下）‧無罪釋放	寫給苗栗大埔農地徵收事件	18	66

作者名	欄位名	篇名	期數	頁碼
蔣思憶	卷七：九份篇・白靈師生詩作展	九份的面相	18	245
林翠蘭	卷七：九份篇・白靈師生詩作展	半半樓傳奇	18	245
曹登豪	卷七：九份篇・白靈師生詩作展	大粗坑煙雲	18	246
高逸雯	卷七：九份篇・白靈師生詩作展	九份	18	247
吳保根	卷七：九份篇・白靈師生詩作展	山與海	18	248
許春風	卷七：九份篇・白靈師生詩作展	五月落雨的豎崎路	18	248
張燦文	卷七：九份篇・白靈師生詩作展	小上海	18	249
韓培娟	卷七：九份篇・白靈師生詩作展	失眠夜	18	250
黃世綱	卷七：九份篇・白靈師生詩作展	夜行山城	18	250
劉其唐	卷七：九份篇・白靈師生詩作展	消失的故鄉	18	251
江玉蓮	卷七：九份篇・白靈師生詩作展	油毛氈的獨白	18	252
崔若璇	卷七：九份篇・白靈師生詩作展	釘畫	18	253
王福祿	卷七：九份篇・白靈師生詩作展	失落的黃金城	18	253
李佳靜	卷七：九份篇・白靈師生詩作展	昇平戲院的喧囂與孤獨	18	254
林芫芬	卷七：九份篇・白靈師生詩作展	五番坑	18	254
王德蘭	卷七：九份篇・白靈師生詩作展	訪九份	18	255
梁迺榮	卷七：九份篇・白靈師生詩作展	瀝青心語	18	255
辛牧	卷八：臺灣詩刊編輯大會談	《創世紀》詩刊	18	258
莫渝	卷八：臺灣詩刊編輯大會談	《乾坤》詩刊	18	258
紫鵑	卷八：臺灣詩刊編輯大會談	《笠》詩刊	18	258
陳政彥	卷八：臺灣詩刊編輯大會談	《吹鼓吹詩論壇》詩刊	18	258
曹尼	卷八：臺灣詩刊編輯大會談	《歪仔歪》詩刊	18	258
煮雪的人	卷八：臺灣詩刊編輯大會談	《風球》詩刊	18	258
煮雪的人	卷八：臺灣詩刊編輯大會談	《好燙》詩刊	18	258
千朔	卷八：臺灣詩刊編輯大會談	《野薑花》詩刊	18	258
本社	卷九：詩傳媒	第三屆臺灣詩學創作獎徵稿簡章	18	9
本刊	卷九：詩傳媒	吹鼓吹詩論壇——徵稿方針	18	240
本刊	卷九：詩傳媒	2013年吹鼓吹詩人叢書三冊詩集出版	18	286
本社	卷九：詩傳媒	吹鼓吹詩論壇贊助芳名	18	287
蘇紹連	卷一：小詩專輯	〈兩三行小詩〉九則：冷、背叛、裝扮、耳朵的眼淚、暴雨行車、詩人節、十二年國教、滿滿的心、否則	19	10
鴻鴻	卷一：小詩專輯	有條件通過／水星生活／熟的雪／人生不如	19	12
嚴忠政	卷一：小詩專輯	改編細雨	19	14

作者名	欄位名	篇名	期數	頁碼
孫維民	卷一：小詩專輯	下午／安養院／禱詞之一	19	15
蕓朵	卷一：小詩專輯	分手敘述／心律不整／氣球／晨雨	19	16
方群	卷一：小詩專輯	公路三首：隧道、高架橋、交流道	19	18
鄭玲	卷一：小詩專輯	秋之偶感／破曉	19	19
陳牧宏	卷一：小詩專輯	兩人關係／香蕉們	19	20
張堃	卷一：小詩專輯	床戲	19	21
莊仁傑	卷一：小詩專輯	育嬰房	19	21
葉子鳥	卷一：小詩專輯	育嬰房	19	22
阿鈍	卷一：小詩專輯	咖啡雨1／咖啡雨2	19	23
冰夕	卷一：小詩專輯	偷／環肥臙瘦	19	24
王羅蜜多	卷一：小詩專輯	信天翁／關於馬列維奇	19	25
謝旭昇	卷一：小詩專輯	有關雪的爭論一首	19	26
白豐源	卷一：小詩專輯	宿疾	19	26
靈歌	卷一：小詩專輯	小詩八首：雨夜、食人魚、心事、門、一生、勿忘、火中含冰、推手	19	27
陳義芝	卷一：小詩專輯	在花蓮	19	30
陳昱文	卷一：小詩專輯	鬼辯	19	30
秦量扉	卷一：小詩專輯	春意／孤單公園	19	31
葉雨南	卷一：小詩專輯	嗝！古蹟、奇蹟、隕石湯、影子相反	19	32
謝予騰	卷一：小詩專輯	面目／夜半／問	19	33
李鄢伊	卷一：小詩專輯	認定／最後的晚餐	19	35
張沛寧	卷一：小詩專輯	凌晨／信仰	19	36
許寶來	卷一：小詩專輯	迴驢／執念／跳下	19	37
林立婕	卷一：小詩專輯	奔車朽索／籠鳥檻猿／迷樓／雨水／驚蟄／小滿／小暑／大暑	19	38
周盈秀	卷一：小詩專輯	小詩四首	19	42
林姿伶	卷一：小詩專輯	一字詩：詩、果、蛹、雨、淚	19	43
余晨蓁	卷一：小詩專輯	埋進下水道／兇手是。／觀賞用	19	44
黃鈺婷	卷一：小詩專輯	生活／期限／夢的原理	19	45
李桂媚	卷一：小詩專輯	心事	19	46
若斯諾・孟	卷一：小詩專輯	何謂刺穿Ⅰ、Ⅱ、Ⅲ	19	46
楊振賢	卷一：小詩專輯	口味／18歲	19	48
紀小樣	卷一：小詩專輯	短詩無盡的綿延	19	49

作者名	欄位名	篇名	期數	頁碼
梁匡哲	卷三：小詩詩話	一念封神，抒情的小行星系——范家駿短詩印象	19	108
陳牧宏	卷四：詩創作（上）	向日葵三朵／誰和誰躺下一起不核	19	115
葉子鳥	卷四：詩創作（上）	拌／幾分熟？	19	117
阿鈍	卷四：詩創作（上）	無題／六月某日再祭／母親的花傘／我不給母親讀詩	19	118
冰夕	卷四：詩創作（上）	禮物	19	121
古塵	卷四：詩創作（上）	尋人啓事／裁縫師	19	122
蘇善	卷四：詩創作（上）	通過	19	123
黃里	卷四：詩創作（上）	市場／字體	19	124
岳岳	卷四：詩創作（上）	玉山登頂	19	126
若爾諾爾	卷四：詩創作（上）	爸爸不在家	19	127
謝旭昇	卷四：詩創作（上）	前線／留下的二重性	19	129
蘇家立	卷四：詩創作（上）	沙漏裡並沒有沙	19	131
葉雨南	卷四：詩創作（上）	你把機會嫁給命運	19	132
王羅蜜多	卷四：詩創作（上）	三合院、信仰	19	133
靈歌	卷四：詩創作（上）	廢墟2014／相距為了想念	19	135
喵球	卷四：詩創作（上）	生蠔	19	137
渡也	卷四：詩創作（上）	空白與沉默／女媧	19	138
方明	卷四：詩創作（上）	毒食油vs黃小鴨	19	139
林餘佐	卷四：詩創作（上）	貨櫃屋	19	141
宋熹	卷四：詩創作（上）	漢字詩謎四題：翅、美、北、走	19	142
林德俊	卷四：詩創作（上）	123的詩：一種懷舊、二種路線、三隻小豬	19	144
蕓朵	卷四：詩創作（上）	我是一隻孤獨的貓	19	146
非馬	卷四：詩創作（上）	兩首辯論詩：同天空辯論、同時間辯論	19	148
非馬	卷四：詩創作（上）	小詩三首：獨家風景、落葉、蝴蝶	19	150
廖烽均	卷四：詩創作（上）	孤兒院	19	151
蕭蕭	卷四：詩創作（上）	大紅袍茶詩	19	152
陳克華	卷四：詩創作（上）	一	19	157
	卷五：詩活動．吹鼓吹詩雅集	2014/03/15吹鼓吹詩雅集臺北場剪影	19	168
	卷五：詩活動．吹鼓吹詩雅集	2014/05/10吹鼓吹詩雅集臺北場剪影	19	174
櫺曦	卷六：詩創作（下）	蜘蛛人呢怎沒來	19	184

作者名	欄位名	篇名	期數	頁碼
謝予騰	卷六：詩創作（下）	古弔六段	19	186
曾元耀	卷六：詩創作（下）	他在海線寫詩	19	187
游鍫良	卷六：詩創作（下）	孤單的攀爬	19	188
清歡	卷六：詩創作（下）	博物館	19	190
林炯勛	卷六：詩創作（下）	日記	19	191
柯彥瑩	卷六：詩創作（下）	再見波斯菊	19	193
可嵐	卷六：詩創作（下）	墨鏡	19	194
瘋爵	卷六：詩創作（下）	溝仔尾	19	195
熒惑	卷六：詩創作（下）	斷章	19	196
陳美	卷六：詩創作（下）	剪下一隻蝴蝶結	19	197
肖水	卷六：詩創作（下）	釣線	19	198
莊仁傑	卷六：詩創作（下）	安寧病床	19	199
方群	卷六：詩創作（下）	軌道	19	200
王宗仁	卷六：詩創作（下）	【流形散文詩】愛笑的眼睛／Shall We Talk／孤獨患者、珊瑚海／一路向北／有些事現在不做一輩子都不會做了	19	201
向明	卷六：詩創作（下）	造神	19	207
汪啓疆	卷六：詩創作（下）	春日／犀／沙漠／父親	19	208
黃鈺婷	卷六：詩創作（下）	我印象中的那個人／診所	19	212
楊小濱	卷六：詩創作（下）	天氣課／穿刺課／懷舊課	19	214
楊寒	卷六：詩創作（下）	端午讀王陽明《傳習錄》／南方就快要下雨了。	19	217
葉雨南	卷六：詩創作（下）	花生	19	218
敻虹	卷六：詩創作（下）	對話	19	220
鯨向海	卷六：詩創作（下）	廢墟／有疾	19	221
唐捐	卷六：詩創作（下）	痛史／後宮真煩傳	19	223
藍念初	卷六：詩創作（下）	成功大學互動裝置詩展《褻玩》作品	19	226
	卷七：詩活動·閱讀空氣——生原家電徵詩比賽	生原家電「閱讀空氣」評審過程記錄「閱讀空氣」得獎詩作	19	230
紀小樣	卷七：詩活動·閱讀空氣——生原家電徵詩比賽	清晨，有風	19	235
負離子	卷七：詩活動·閱讀空氣——生原家電徵詩比賽	閱讀空氣	19	236
王羅蜜多	卷七：詩活動·閱讀空氣——生原家電徵詩比賽	我們在莫內的蓮花池畔早餐	19	237

作者名	欄位名	篇名	期數	頁碼
古塵	卷七：詩活動·閱讀空氣——生原家電徵詩比賽	信紙	19	238
李克威	卷七：詩活動·閱讀空氣——生原家電徵詩比賽	雨後天晴的房間	19	239
江昱呈	卷七：詩活動·閱讀空氣——生原家電徵詩比賽	空乏其身	19	240
李雲顥	卷八：詩品味	我的天光膨大爆炸——讀《鳥日子愉悅發聲＋馬克白弟弟》	19	242
陳義芝	卷八：詩品味	關於〈四月二十一日，大埤湖〉	19	247
周盈秀	卷八：詩品味	一棵開花的樹變成森林以外——點讀情詩	19	258
余境熹	卷八：詩品味	詩意潛力無窮盡，生產多少在人為：延續薈朵「情詩」，把玩張默「茶壺」	19	262
蕭蕭	卷八：詩品味	混而不渾——我讀謝馨詩集《哈露·哈露——菲島詩情》	19	268
范家駿VS若斯諾·孟	卷八：詩品味	〈降靈會III〉對談	19	277
		贊助芳名	19	287
黃冠維	卷一走過十年吹鼓吹	《吹鼓吹詩論壇一號》·論壇與部落格的時代專輯：隱密的靈魂	20	10
余晨蓁	卷一走過十年吹鼓吹	《吹鼓吹詩論壇二號》·同志詩專輯：領土浮出	20	12
古塵	卷一走過十年吹鼓吹	《吹鼓吹詩論壇三號》·詩的應用專輯：大補帖：玻璃鑰匙——詩的使用說明	20	14
謝予騰	卷一走過十年吹鼓吹	《吹鼓吹詩論壇四號》·贈答詩專輯：詩人致詩人——寫給少年	20	16
黃鈺婷	卷一走過十年吹鼓吹	《吹鼓吹詩論壇五號》·惡童詩專輯：惡童詩	20	18
廖烽鈞	卷一走過十年吹鼓吹	《吹鼓吹詩論壇六號》·地方詩專輯：空間漂流——飛行	20	20
林博洋	卷一走過十年吹鼓吹	《吹鼓吹詩論壇七號》·預言詩專輯：冷酷異境	20	22
柯彥瑩	卷一走過十年吹鼓吹	《吹鼓吹詩論壇八號》·詩寫詩集專輯：獵詩集團——把你還給了時間	20	24
趙文豪	卷一走過十年吹鼓吹	《吹鼓吹詩論壇九號》·勵志詩專輯：心靈田園	20	26

作者名	欄位名	篇名	期數	頁碼
鯨向海	卷三版主詩人大團圓	不正鯨	20	82
范家駿	卷三版主詩人大團圓	牆	20	84
羅毓嘉	卷三版主詩人大團圓	我沒有戰火的回答／十月十日／不要忘記我們曾被喚醒	20	87
阿鈍	卷三版主詩人大團圓	四重奏——夜聽蕭士塔歌維奇	20	92
煮雪的人	卷三版主詩人大團圓	下水道樂園／吃氣味的人	20	94
不清	卷三版主詩人大團圓	沒有鳥在觀看	20	97
林德俊	卷三版主詩人大團圓	散散的散步／綠熊之歌	20	98
羅浩原	卷三版主詩人大團圓	香港	20	102
阿米	卷三版主詩人大團圓	海產／晚餐	20	107
林禹瑄	卷三版主詩人大團圓	在牛角灣／在北海	20	108
若斯諾·孟	卷三版主詩人大團圓	略釋	20	111
若爾·諾爾	卷三版主詩人大團圓	一個人的車站	20	114
Coke	卷三版主詩人大團圓	郊遊／樓上每天都有花在開	20	116
嚴忠政	卷三版主詩人大團圓	後設情詩	20	119
南鵲	卷三版主詩人大團圓	獸語／狗鴉	20	120
猯猯	卷三版主詩人大團圓	四種死亡	20	122
麥菲	卷三版主詩人大團圓	日常14行／小詩二則：失題、格言	20	124
清歡	卷三版主詩人大團圓	無題／夕照	20	126
曾元耀	卷三版主詩人大團圓	老	20	128
劉哲廷	卷三版主詩人大團圓	無法再悲傷的死亡、告白	20	130
葉莎	卷三版主詩人大團圓	趕鴨人／夜談	20	134
靈歌	卷三版主詩人大團圓	寫一首直白的抒情詩	20	136
周忍星	卷三版主詩人大團圓	24小時寵物用品商店	20	138
冰夕	卷三版主詩人大團圓	我／變	20	140
廖亮羽	卷三版主詩人大團圓	臺灣的叛逆者／尋寶	20	143
謝旭昇	卷三版主詩人大團圓	生態鴿子／嬤嬤	20	146
陳牧宏	卷三版主詩人大團圓	驚夢／常寂光寺前	20	152
曹尼	卷三版主詩人大團圓	越牆者	20	154
槑曦	卷三版主詩人大團圓	拾光／如果沒有你	20	156
蘇家立	卷三版主詩人大團圓	樂園／沒有人能教的東西	20	159
謝予騰	卷三版主詩人大團圓	出棒	20	162
王建宇	卷三版主詩人大團圓	公車	20	164
王羅蜜多	卷三版主詩人大團圓	非宗教詩	20	166

作者名	欄位名	篇名	期數	頁碼
岳岳	卷三版主詩人大團圓	關廟鳳梨田	20	168
百良	卷三版主詩人大團圓	直角共鳴／沉默／沙漏	20	170
葉子鳥	卷四詩活動	「吹鼓吹詩論壇」版主暨詩友南聚側記	20	172
王羅蜜多	卷四詩活動	臺灣小吃部	20	181
葉莎	卷四詩活動	留影	20	182
靈歌	卷四詩活動	拼圖詩	20	182
王建宇	卷四詩活動	迷路	20	183
葉子鳥	卷四詩活動	聚散	20	184
鴻鴻	卷五撿拾光陰：時間詩展	有感於破報停刊	20	186
徐培晃	卷五撿拾光陰：時間詩展	舊房子	20	187
鄭全志	卷五撿拾光陰：時間詩展	我們就這樣老了	20	189
黃家緯	卷五撿拾光陰：時間詩展	致青春與最後	20	190
曾美玲	卷五撿拾光陰：時間詩展	時間兩首：癱軟的鐘、時間之舞／瞬間的永遠	20	191
喬林	卷五撿拾光陰：時間詩展	時間	20	193
陳育虹	卷五撿拾光陰：時間詩展	時間	20	194
莊仁傑	卷五撿拾光陰：時間詩展	我喜歡你	20	195
李長青	卷五撿拾光陰：時間詩展	每一個時刻	20	196
余佳穎	卷五撿拾光陰：時間詩展	流眼時光	20	197
謝予騰	卷五撿拾光陰：時間詩展	遇	20	198
黃冠維	卷五撿拾光陰：時間詩展	死去的日常	20	199
沈國徐	卷五撿拾光陰：時間詩展	我的前世	20	200
趙文豪	卷五撿拾光陰：時間詩展	陽光再次升起的方式	20	201
冰夕	卷五撿拾光陰：時間詩展	縮時攝影	20	202
黃鈺婷	卷五撿拾光陰：時間詩展	未完成	20	204
蘇紹連	卷六詩家詩作	業務員備忘錄	20	206
唐捐	卷六詩家詩作	往事一種：兼悼阿河、我愛羅	20	209
孫維民	卷六詩家詩作	力學概要	20	212
方群	卷六詩家詩作	生活十二則	20	214
方明	卷六詩家詩作	有一種心情	20	215
Readerkuan	卷六詩家詩作	我意願著邀約余天為我寫序	20	217
李長青	卷六詩家詩作	與渡也一起懺悔／為陳明柔拍照／與安心亞一起搭電梯、與蘇紹連一起看書法展	20	230
肖水	卷六詩家詩作	無飲之私	20	232
陳克華	卷六詩家詩作	距離／重訪	20	238

作者名	欄位名	篇名	期數	頁碼
陳義芝	卷一：辯證的蘋果	迷穀——招搖山行 1	21	16
駱以軍	卷一：辯證的蘋果	鐵道	21	18
渡也	卷一：辯證的蘋果	老人與海／民藝系列：尿壺	21	20
方群	卷一：辯證的蘋果	言語十二則	21	22
曹虹	卷一：辯證的蘋果	不要唱離異的苦歌	21	24
孫維民	卷一：辯證的蘋果	有贈	21	27
唐捐	卷一：辯證的蘋果	靠爸集	21	28
蕭蕭	卷一：辯證的蘋果	情悟雙和（五首）	21	30
蔡振念	卷一：辯證的蘋果	貓	21	33
紀小樣	卷一：辯證的蘋果	短詩無盡的綿延／魔術表演	21	34
蘇紹連	卷一：辯證的蘋果	翻譯	21	36
嚴忠政	卷一：辯證的蘋果	途中	21	37
孫梓評	卷二：鏡中自己	掉進湖裡	21	38
李癸雲	卷二：鏡中自己	分裂	21	39
蘡朵	卷二：鏡中自己	鏡中自己／剪髮	21	40
陳牧宏	卷二：鏡中自己	男孩A：受傷這件事情／男孩A：相忘	21	41
林婉瑜	卷二：鏡中自己	胖子／黃色大象／愛情場景	21	42
印卡	卷二：鏡中自己	更加懂得也更加不懂	21	44
葉子鳥	卷二：鏡中自己	一幅畫	21	45
冰夕	卷二：鏡中自己	○○晨鳥箋	21	45
曾美玲	卷二：鏡中自己	教宗與小女孩／穿和服的女兒	21	46
楹曦	卷二：鏡中自己	受潮	21	47
喵球	卷二：鏡中自己	回鄉偶書	21	48
謝予騰	卷二：鏡中自己	陽臺與洋蔥	21	48
陳美	卷二：鏡中自己	陽臺與洋蔥	21	49
李承恩	卷二：鏡中自己	清晨前奏曲	21	49
黃里	卷二：鏡中自己	俳句五則	21	50
蔡振念	卷三：理性與感性專輯：評論	詩歌的精靈——詩人的感性與理性	21	52
陳鴻逸	卷三：理性與感性專輯：評論	理性或感性？側談詩人的歷史書寫	21	55
張啓疆	卷三：理性與感性專輯：評論	複眼看花，繁體做慖	21	61
趙文豪	卷三：理性與感性專輯：評論	理想詩人的備忘錄	21	67
印卡	卷三：理性與感性專輯：評論	理智的波西米亞人的放浪	21	69
黃里	卷三：理性與感性專輯：評論	理性與感性——詩的張力戰場	21	73
莫渝	卷四：理性與感性專輯：詩作	天平	21	77

作者名	欄位名	篇名	期數	頁碼
沈眠	卷四：理性與感性專輯：詩作	forty-six	21	77
陳柏伶	卷四：理性與感性專輯：詩作	幻決	21	78
曾琮琇	卷四：理性與感性專輯：詩作	生息／失物	21	79
葉子鳥	卷四：理性與感性專輯：詩作	語言之丘／語言之思	21	80
劉哲廷	卷四：理性與感性專輯：詩作	愛／愛	21	82
靈歌	卷四：理性與感性專輯：詩作	此身	21	84
曾元耀	卷四：理性與感性專輯：詩作	關於自拍／關於自拍	21	85
王羅蜜多	卷四：理性與感性專輯：詩作	四月。敢會來／三月。無雨	21	86
蔡琳森	卷四：理性與感性專輯：詩作	肢解，予我已然的愛人。／肢解，予我尚末的愛人。	21	88
蘇善	卷四：理性與感性專輯：詩作	思・生籽／詩・生子	21	90
敗德	卷四：理性與感性專輯：詩作	愛比死更冷	21	91
葉雨南	卷四：理性與感性專輯：詩作	油門	21	92
游鍫良	卷四：理性與感性專輯：詩作	桌椅／桌椅	21	93
李桂媚	卷四：理性與感性專輯：詩作	終點／啓程	21	94
離畢華	卷四：理性與感性專輯：詩作	山寺走走／這時	21	95
宋熹	卷四：理性與感性專輯：詩作	夜鷺的獨白	21	96
楊采菲	卷四：理性與感性專輯：詩作	社會化過程	21	96
涂沛宗	卷四：理性與感性專輯：詩作	倒立之島	21	97
楚狂	卷四：理性與感性專輯：詩作	加爾各答／錯誤地址	21	98
關天林	卷四：理性與感性專輯：詩作	衡量之物／短句積成長句	21	100
翁書璿	卷四：理性與感性專輯：詩作	假蟲／除夕	21	101
千朔	卷四：理性與感性專輯：詩作	在幽微・理性／在明媚・感性	21	102
張詩勤	卷四：理性與感性專輯：詩作	誤讀──我讀他人／誤讀──他人讀我	21	104
陳少	卷四：理性與感性專輯：詩作	北極海諾言／北極海諾言	21	105
林劻頡	卷四：理性與感性專輯：詩作	我們正在演化	21	106
賀婕	卷四：理性與感性專輯：詩作	地磅	21	107
周忍星	卷四：理性與感性專輯：詩作	分水嶺／分水嶺	21	108
林瑞麟	卷四：理性與感性專輯：詩作	命題／曾經滄海	21	109
莊仁傑	卷四：理性與感性專輯：詩作	婚禮現場／富蘭克林	21	110
李蘋芬	卷四：理性與感性專輯：詩作	行車紀錄	21	112
陳威宏	卷四：理性與感性專輯：詩作	兵馬俑擬言／兵馬俑擬言	21	113
喬林、許水富、洪書勤、謝予騰、	卷五：理性與感性專輯：會談		21	115

作者名	欄位名	篇名	期數	頁碼
陳克華VS.謝予騰	卷二：看圖說畫：名家畫作VS.青年詩人	獻給王與亞德里亞海	22	14
陳克華VS.若斯諾·孟	卷二：看圖說畫：名家畫作VS.青年詩人	在盒子裡	22	16
阿米VS.陳怡安	卷二：看圖說畫：名家畫作VS.青年詩人	女子說話運動	22	17
阿米VS.徐漾	卷二：看圖說畫：名家畫作VS.青年詩人	躲貓貓	22	18
阿米VS.昆羅爾	卷二：看圖說畫：名家畫作VS.青年詩人	家的探微	22	20
李曼聿VS.徐滋妤	卷二：看圖說畫：名家畫作VS.青年詩人	抽菸的鳥	22	21
李曼聿VS.余佳穎	卷二：看圖說畫：名家畫作VS.青年詩人	腹中嘔吐	22	22
賀婕VS.康倩瑜	卷二：看圖說畫：名家畫作VS.青年詩人	羊毛衫	22	23
賀婕VS.莊子軒	卷二：看圖說畫：名家畫作VS.青年詩人	與我為友	22	24
潘家欣VS.黃冠維	卷二：看圖說畫：名家畫作VS.青年詩人	赤鳥	22	25
潘家欣VS.李鄢伊	卷二：看圖說畫：名家畫作VS.青年詩人	孔雀獸	22	26
王羅蜜多VS.林炯勛	卷二：看圖說畫：名家畫作VS.青年詩人	向晚	22	28
王羅蜜多VS.楊寒	卷二：看圖說畫：名家畫作VS.青年詩人	那些是寂寞的顏色	22	30
郭訓成VS.劉曉頤	卷二：看圖說畫：名家畫作VS.青年詩人	光淋溼童話──誌郭訓成同名畫展	22	32
王羅蜜多	卷二：看圖說畫：自說自畫	六月蟬鳴	22	34
潘家欣	卷二：看圖說畫：自說自畫	並不是真的放下了	22	36
黃里	卷三動態詩維	附身	22	38

作者名	欄位名	篇名	期數	頁碼
林豪鏘	卷三動態詩維	於是你的思緒不斷行走／無從界定	22	40
曾元耀	卷三動態詩維	一座美學的花東縱谷記憶	22	42
若斯諾·孟	卷三動態詩維	從鳥停佇的地方開始稱之為島	22	43
莊仁傑	卷三動態詩維	失語症	22	44
然靈VS.黃鈺婷	卷四攝影詩	兩次的河	22	46
然靈VS.廖烽均	卷四攝影詩	下雨的時候	22	48
然靈VS.張沛寧	卷四攝影詩	迴光返照	22	50
然靈VS.王建宇	卷四攝影詩	然後	22	52
然靈VS.楊振賢	卷四攝影詩	後手	22	54
顧凱森VS.顧惠倩	卷四攝影詩	逆思	22	55
靈歌	卷四攝影詩	生之烙印	22	56
葉莎	卷四攝影詩	救生	22	58
向明	卷四攝影詩	而已	22	59
吳昌崙	卷四攝影詩	血壓計	22	60
葉子鳥	卷四攝影詩	冇／栽／祕密檔案	22	61
周盈秀	卷四攝影詩	風箏	22	64
白靈	卷四攝影詩	無臉男女系列九首（五行詩）	22	65
陳克華	卷五詩家詩作	一隻飢餓的鳥	22	72
謝三進	卷五詩家詩作	密室	22	73
洪淑苓	卷五詩家詩作	公主和小金球／美女與野獸──罰款篇	22	74
渡也	卷五詩家詩作	轉身，頭也不回	22	78
紀小樣	卷五詩家詩作	喊痛的意象──給詩人，我們用被壓傷的靈魂烏青書寫詩史的一角	22	80
李曼聿	卷五詩家詩作	夏日藍圖	22	82
姚時晴	卷五詩家詩作	流光之掌	22	83
蘇紹連	卷五詩家詩作	乃父詩	22	84

作者名	欄位名	篇名	期數	頁碼
詹澈	卷五詩家詩作	別叫不如歸——2014年秋於嘉義北回歸線聞伯勞鳥啼	22	86
曾元耀	卷五詩家詩作	琳瑯山閣畫作欣賞紀實	22	88
賴文誠	卷五詩家詩作	在綠島——記深冬之行	22	90
李桂媚	卷五詩家詩作	無畏	22	90
林餘佐	卷五詩家詩作	舊鐵橋溼地	22	91
汪啓疆	卷五詩家詩作	樹葉之詩／蛹之生	22	92
孟樊	卷五詩家詩作	去看阿拉伯商展	22	95
靈歌	卷五詩家詩作	偶遇	22	99
余欣娟	卷五詩家詩作	有時	22	100
蘡朵	卷五詩家詩作	預言書No.03	22	101
王英麗	卷五詩家詩作	溶	22	102
方群	卷五詩家詩作	五行雕塑	22	103
林炯勛	卷五詩家詩作	拯救遙遠的近處／面壁／寵物之一黑嚕嚕	22	104
葉雨南	卷五詩家詩作	螢幕保護程式	22	108
李宗舜	卷五詩家詩作	臨時動議／往事來敲門／趕路	22	109
方明	卷五詩家詩作	愛之死	22	112
徐望雲	卷五詩家詩作	中年心境轉折	22	114
林立婕	卷五詩家詩作	七月半買肉／七月半買魚／七月半煎魚	22	118
張詩勤	卷五詩家詩作	嚴冬	22	120
季閒	卷五詩家詩作	狂草的情事	22	122
劉金雄	卷六：吹鼓吹論壇精選	渴／秒	22	124
冰夕	卷六：吹鼓吹論壇精選	濕天鵝	22	126
逐風	卷六：吹鼓吹論壇精選	半弧／不想寫主題	22	128
葉子鳥	卷六：吹鼓吹論壇精選	冰箱1.0／駱駝牌香菸	22	130
乙青	卷六：吹鼓吹論壇精選	耳鳴／腸的聯想	22	131
無哲	卷六：吹鼓吹論壇精選	透明的牆被穿越兩次	22	134
影子鳥	卷六：吹鼓吹論壇精選	黃昏旋轉著走來	22	135
麥聿	卷六：吹鼓吹論壇精選	女兒／詩的輓歌	22	136
游鍪良	卷六：吹鼓吹論壇精選	發票	22	137
林瑞麟	卷六：吹鼓吹論壇精選	淺眠	22	140
傻小孩	卷六：吹鼓吹論壇精選	工業化	22	141
穆高舉	卷六：吹鼓吹論壇精選	武器	22	142
黃里	卷六：吹鼓吹論壇精選	聖號	22	143
李承恩	卷六：吹鼓吹論壇精選	有會／抗憂鬱的藥	22	148

作者名	欄位名	篇名	期數	頁碼
周忍星	卷六：吹鼓吹論壇精選	簑衣	22	150
靈歌	卷七詩評論	「藉著光，讓無法開口的一句話開始施工」——讀蘇紹連〈一句話的開始〉	22	152
陳鴻逸	卷七詩評論	詩與思的路徑探取——讀〈自述〉	22	158
李桂媚	卷七詩評論	撥雲見禪——讀《月白風清：蕭蕭禪詩選》	22	163
葉子鳥	卷八詩活動	2015吹鼓吹詩創作雅集 臺北第一場（2015/3/29紀州庵3樓）側記	22	170
本社		吹鼓吹詩論壇贊助芳名	22	175
大岡信	卷一：誇國詩界	青春（林水福譯）	23	7
森川雅美	卷一：誇國詩界	一股波浪靠近又一股——致唐捐（劉靈均譯）	23	9
李長青	卷二：語言混搭詩專輯【專題論述】	專題前言：去除疆界，重新開拓	23	11
陳徵蔚	卷二：語言混搭詩專輯【專題論述】	詩與文字的Fremch Kiss？談語言混雜下的多元成詩	23	14
陳鴻逸	卷二：語言混搭詩專輯【專題論述】	Miss Right	23	20
王羅蜜多	卷二：語言混搭詩專輯【專題論述】	詩語言，lām雜的滋味	23	24
林群盛	卷二：語言混搭詩專輯【專題論述】	勇氣，熱血，愛～我與雙語詩的點點滴滴	23	28
鄭琮墿	卷二：語言混搭詩專輯【專題論述】	一首詩的讀法——試讀向陽〈霜降〉	23	32
渡也	卷二：語言混搭詩專輯【華語＋臺語】	蘇迪勒	23	35
鯨向海	卷二：語言混搭詩專輯【華語＋臺語】	風颱天致父兄	23	36
白靈	卷二：語言混搭詩專輯【華語＋臺語】	白鷺鷥	23	38
陳政彥	卷二：語言混搭詩專輯【華語＋臺語】	給外籍人士的波多卡使用說明	23	39
紀小樣	卷二：語言混搭詩專輯【華語＋臺語】	玉女賦	23	40
蘇紹連	卷二：語言混搭詩專輯【華語＋臺語】	黑傘哀歌	23	42

作者名	欄位名	篇名	期數	頁碼
曾元耀	卷二：語言混搭詩專輯【華語＋臺語】	青盲嬤的掠龍日子	23	43
李桂媚	卷二：語言混搭詩專輯【華語＋臺語】	有水才有夢——向吳晟老師致敬	23	44
靈歌	卷二：語言混搭詩專輯【華語＋臺語】	阿母	23	45
周忍星	卷二：語言混搭詩專輯【華語＋臺語】	我相信	23	46
阿米	卷二：語言混搭詩專輯【華語＋臺語】	小蝸牛的青春夢	23	47
紀州人	卷二：語言混搭詩專輯【華語＋臺語】	粗工／讀詩	23	47
蘇善	卷二：語言混搭詩專輯【華語＋臺語】	圖書館怎能不睡	23	48
郭逸軒	卷二：語言混搭詩專輯【華語＋臺語】	女子居家	23	48
林劻頡	卷二：語言混搭詩專輯【華語＋臺語】	像水道頭，一開不回／那已過期的賞味期限	23	49
恆珠	卷二：語言混搭詩專輯【華語＋臺語】	如果，有維他命C呢	23	50
鄭琮墿	卷二：語言混搭詩專輯【華語＋臺語】	思念親像一條河	23	51
謝三進	卷二：語言混搭詩專輯【華語＋臺語】	特拉法加廣場覆雪	23	51
莊源鎮	卷二：語言混搭詩專輯【華語＋臺語】	黃昏的敘事	23	52
吳東晟	卷二：語言混搭詩專輯【華語＋臺語】	逐日	23	53
林金郎	卷二：語言混搭詩專輯【華語＋臺語】	娃娃與喵喵	23	54
李長青	卷二：語言混搭詩專輯【華語＋臺語】	咖颯·不然氣——夢見卡薩·布蘭奇朗誦〈再別康橋〉	23	55
林央敏	卷二：語言混搭詩專輯【華語＋臺語＋英語】	月亮是我國領土	23	56
鄭順聰	卷二：語言混搭詩專輯【華語＋臺語＋英語】	寫佇廣告紙的字	23	59
黃里	卷二：語言混搭詩專輯【華語＋臺語＋英語】	愛妳到流目油	23	60
葉狼	卷二：語言混搭詩專輯【華語＋臺語＋英語】	葉狼阿叔e話	23	61

作者名	欄位名	篇名	期數	頁碼
阿米	卷二：語言混搭詩專輯【華語＋臺語＋英語】	滷蛋翻譯漢學家	23	62
嚴忠政	卷二：語言混搭詩專輯【華語＋臺語＋英語】	港都夜雨	23	63
林炯勛	卷二：語言混搭詩專輯【華語＋臺語＋英語】	夜來唸歌	23	64
江文瑜	卷二：語言混搭詩專輯【華語＋英語】	〈貓的青春派對〉系列兩首	23	65
馮瑀珊	卷二：語言混搭詩專輯【華語＋英語】	Que diras-tu ce soir，…／醋意	23	69
林瑞麟	卷二：語言混搭詩專輯【華語＋英語】	A Facial Cleanser You Left	23	70
謝予騰	卷二：語言混搭詩專輯【華語＋英語】	流年	23	71
謝旭昇	卷二：語言混搭詩專輯【華語＋英語】	書信	23	72
嚴毅昇	卷二：語言混搭詩專輯【華語＋英語】	行路難	23	74
阿芒	卷二：語言混搭詩專輯【華語＋英語】	中英不對照a dream No. 20150413 古鈎全是淚	23	75
湘子	卷二：語言混搭詩專輯【華語＋客語】	驚蟄	23	77
劉正偉	卷二：語言混搭詩專輯【華語＋客語】	劉添喜（四縣腔）	23	78
葉莎	卷二：語言混搭詩專輯【華語＋客語】	三人／不遇	23	79
古塵	卷二：語言混搭詩專輯【華語＋客語】	燈下	23	80
葉子鳥	卷二：語言混搭詩專輯【華語＋日語】	池袋〔いけぶくろIKEBUKURO〕異位	23	81
王羅蜜多	卷二：語言混搭詩專輯【華語＋日語】	壁虎下山	23	84
趙文豪	卷二：語言混搭詩專輯【華語＋日語】	一些企圖掩埋的	23	85
張育銓	卷二：語言混搭詩專輯【華語＋日語】	命輪命	23	86
不清	卷二：語言混搭詩專輯【華語＋粵語】	演變中的語言	23	87
關天林	卷二：語言混搭詩專輯【華語＋粵語】	旦旦／加油！火車未到站	23	87

作者名	欄位名	篇名	期數	頁碼
林宗翰	卷二：語言混搭詩專輯【華語＋原住民語】	夢擬Ketagalan──致凱達格蘭族原住民	23	89
印卡	卷二：語言混搭詩專輯【華語＋原住民語】	祖國的連作	23	91
吳錡亮	卷二：語言混搭詩專輯【臺語＋客語】	創傷記憶	23	92
王興寶	卷二：語言混搭詩專輯【客語＋英語】	驚生个羅曼史	23	93
唐捐	卷二：語言混搭詩專輯【華語＋臺灣國語】	悲傷12種	23	94
季閒	卷二：語言混搭詩專輯【華語＋臺灣國語】	閱冰	23	97
千朔	卷二：語言混搭詩專輯【華語＋英語＋日語】	狼在一起	23	98
嚴忠政	卷二：語言混搭詩專輯【華語＋客語＋英語】	答謝一張老椅	23	99
林群盛	卷二：語言混搭詩專輯【華語＋符號語】	在月球上參觀汽水工場後沒有買紀念品就要來吵架的假象	23	100
若爾・諾爾	卷二：語言混搭詩專輯【華語＋符號語】	循環的論述	23	101
張啓疆	卷三：詩創作大展	吻	23	102
周芬伶	卷三：詩創作大展	六發／慈悲	23	104
陳育虹	卷三：詩創作大展	冬／再生	23	108
尹玲	卷三：詩創作大展	九月浪潮	23	110
蔓朵	卷三：詩創作大展	新北投˙夜	23	112
簡政珍	卷三：詩創作大展	巷口	23	113
陳義芝	卷三：詩創作大展	歌哭──招搖山行之2	23	114
向明	卷三：詩創作大展	無敵者	23	115
顏艾琳	卷三：詩創作大展	開瓶	23	116
許水富	卷三：詩創作大展	失憶症的七月	23	117
方群	卷三：詩創作大展	言語四品／平仄／偕行──「第十屆海峽詩會」後記	23	118
蔡振念	卷三：詩創作大展	蜜蜂出走事件	23	120
雪硯	卷三：詩創作大展	我們的歡樂像一條蚯蚓／當我們同在一起	23	121
阿鈍	卷三：詩創作大展	地圖／揀骨室旁／塵思──七月夜赴觀音寺為塵爆受難者祈福	23	122
賴仁淙	卷三：詩創作大展	秋天喜歡雨的風格／夏日牧場	23	124

作者名	欄位名	篇名	期數	頁碼
孔祥瑄	卷三：詩創作大展	寂寞的十七歲	23	125
賴文誠	卷三：詩創作大展	送別──致即將自教職退休的L	23	126
曾美玲	卷三：詩創作大展	為生病的貓咪們禱告／治療傷痛的方式	23	127
陳思嫻	卷三：詩創作大展	佛經的行距是情詩──答西藏詩人六世達賴喇嘛倉央嘉措《情詩集》第一首	23	128
簡玲	卷四：論壇詩選	蝴蝶斑／我殺了一隻長頸鹿	23	131
冰夕	卷四：論壇詩選	哀悼者──致吾弟書	23	132
榴曦	卷四：論壇詩選	與他發生關係以後	23	134
鬱楓逝人	卷四：論壇詩選	截斷	23	135
陳美	卷四：論壇詩選	臉平權	23	136
恆珠	卷四：論壇詩選	懂事	23	137
施傑原	卷四：論壇詩選	靈感	23	137
李曼聿	卷四：論壇詩選	搖藍	23	138
盲牧	卷四：論壇詩選	看海	23	138
游鍫良	卷四：論壇詩選	三歲	23	139
蕭然	卷四：論壇詩選	過程	23	140
麥聿	卷四：論壇詩選	還世讀妳──悼亡妻	23	141
李翠瑛	卷五：論家評詩	遊戲、動盪與沉思──評臧棣的詩集《騎手與豆漿》	23	143
吳亞順	卷五：論家評詩	詩人向明：棉裡藏針，終成「儒俠」	23	146
余境熹	卷五：論家評詩	蔭屍全形：葉子鳥的童話詩〈葉子鳥〉「誤讀」	23	150
周忍星	卷六：詩戰場	自願說	23	156
林群盛	卷六：詩戰場	エン助コウ際	23	160
葉子鳥	卷七：詩傳媒	2015年3月吹鼓吹詩創作雅集側記	23	163
葉莎	卷七：詩傳媒	2015年7月吹鼓吹雅集臺北場剪影	23	169
本社		吹鼓吹詩論壇贊助芳名	23	175
		編輯室報告	24	8
陳克華	卷一：宗教詩專輯：詩作	島／心經／上山／死者	24	10
方群	卷一：宗教詩專輯：詩作	我佛如來／眾生普渡	24	15
李曼聿	卷一：宗教詩專輯：詩作	圓夢／海浪	24	15
黃里	卷一：宗教詩專輯：詩作	生命之歌	24	16
不清	卷一：宗教詩專輯：詩作	我的天，我的父	24	16

作者名	欄位名	篇名	期數	頁碼
李進文	卷一：宗教詩專輯：詩作	禪繞畫／我已經過時了	24	20
孫維民	卷一：宗教詩專輯：詩作	說話給病人聽／論救護車／悼亡	24	22
胡玫雯	卷一：宗教詩專輯：詩作	祂將我放手心上	24	24
陳牧宏	卷一：宗教詩專輯：詩作	伊甸園	24	24
岩上	卷一：宗教詩專輯：詩作	佛的風景	24	25
蕭蕭	卷一：宗教詩專輯：詩作	鏽壞與燒毀	24	26
游鍫良	卷一：宗教詩專輯：詩作	妖	24	27
莫問狂	卷一：宗教詩專輯：詩作	拘鬼者	24	28
陳威宏	卷一：宗教詩專輯：詩作	每次我這樣多看	24	29
吳昌崙	卷一：宗教詩專輯：詩作	八家將寫真／國運籤	24	30
林劻頡	卷一：宗教詩專輯：詩作	罪與慾／不要叫醒我	24	32
謝旭昇	卷一：宗教詩專輯：詩作	Ivory Tower	24	34
蘇善	卷一：宗教詩專輯：詩作	詩不過刪	24	35
崎雲	卷一：宗教詩專輯：詩作	Potalaka	24	36
黃鈺婷	卷一：宗教詩專輯：詩作	神的迷藏	24	43
周盈秀	卷一：宗教詩專輯：詩作	六根	24	44
宋尚緯	卷一：宗教詩專輯：詩作	止痛（節錄）	24	46
林炯勛	卷一：宗教詩專輯：詩作	相依分岔的面貌	24	48
李蘋芬	卷一：宗教詩專輯：詩作	無神的午後	24	50
廖啓余	卷一：宗教詩專輯：詩作	創世紀第三章第四節／絕地天通	24	51
趙文豪	卷一：宗教詩專輯：詩作	今天到公園寫生去	24	52
曾美玲	卷一：宗教詩專輯：詩作	晚禱——觀米勒畫作「晚禱」	24	53
李鄢伊	卷一：宗教詩專輯：詩作	萬金的聖善夜	24	54
余境熹	卷一：宗教詩專輯：詩作	給香港傳教士林天正長老	24	55
薛赫赫	卷一：宗教詩專輯：詩作	神祕巴里島吟遊	24	56
若爾・諾爾	卷一：宗教詩專輯：詩作	辯護律師的馬拉松聯想	24	58
林宗翰	卷一：宗教詩專輯：詩作	大隱隱於——寫在臺中大里菩薩寺	24	89
王羅蜜多	卷一：宗教詩專輯：詩作	耶穌行行大目降——大目降耶穌聖名堂建堂九十週年紀念	24	62
謝予騰	卷一：宗教詩專輯：詩作	神的心裡話	24	63
劉曉頤	卷一：宗教詩專輯：詩作	十字架上的思念	24	66
唐捐	卷一：宗教詩專輯：詩作	在昔日	24	68
陳鴻逸	卷二：宗教詩專輯：評論	囹圄・領悟・零無——談曹開詩作	24	70

作者名	欄位名	篇名	期數	頁碼
謝予騰	卷二：宗教詩專輯：評論	筆記七段：略談陳黎詩中對宗教元素的使用	24	76
龔華	卷三：俳句十二生肖	膽小如鼠	24	84
蔡富澧	卷三：俳句十二生肖	最牛（組詩）	24	84
向明	卷三：俳句十二生肖	牛	24	85
洪淑苓	卷三：俳句十二生肖	和牛有關的	24	85
葉子鳥	卷三：俳句十二生肖	牛	24	85
小熊老師	卷三：俳句十二生肖	白虎	24	86
林煥彰	卷三：俳句十二生肖	獅子座的兔子	24	86
閒芷	卷三：俳句十二生肖	兔之俳句	24	86
向明	卷三：俳句十二生肖	龍	24	87
吳東晟	卷三：俳句十二生肖	蛇的俳句	24	87
顧蕙倩	卷三：俳句十二生肖	蛇	24	88
林秀蓉	卷三：俳句十二生肖	蛇	24	88
方群	卷三：俳句十二生肖	馬	24	88
向明	卷三：俳句十二生肖	馬	24	88
劉正偉	卷三：俳句十二生肖	羊之俳句	24	88
紫鵑	卷三：俳句十二生肖	美猴王	24	89
墨韻	卷三：俳句十二生肖	盪著鞦韆來	24	89
向明	卷三：俳句十二生肖	公雞	24	90
姚時晴	卷三：俳句十二生肖	犬	24	90
李桂媚	卷三：俳句十二生肖	導盲犬	24	90
孟樊	卷三：俳句十二生肖	寫詩的豬手	24	90
方明	卷三：俳句十二生肖	寂寞局勢	24	92
姚時晴	卷三：俳句十二生肖	漬山櫻桃／藍雀	24	93
向明	卷三：俳句十二生肖	感恩	24	95
王厚森	卷三：俳句十二生肖	解離與不相遇的象和像──王宗仁《象與像的臨界》讀後	24	96
許水富	卷三：俳句十二生肖	失憶症的七月／致G。間情書	24	97
千朔	卷三：俳句十二生肖	諸形態	24	99
葉雨南	卷三：俳句十二生肖	腦震盪的精靈	24	101
汪啓疆	卷三：俳句十二生肖	他說他有愛滋，懷念──給李橋頭鎮三歲的	24	102
陳牧宏	卷三：俳句十二生肖	等一天公車、街角三景	24	104
曾美玲	卷三：俳句十二生肖	在二二八和平公園裏	24	106
楊瀅靜	卷三：俳句十二生肖	瑜伽課／你被捲入時間流逝	24	107
賴文誠	卷三：俳句十二生肖	病房即景	24	110

作者名	欄位名	篇名	期數	頁碼
蕭然	卷五：吹鼓吹論壇精選	無題	24	154
冰夕	卷五：吹鼓吹論壇精選	亮祈！紅白藍明燈——致捍衛地球	24	155
侯馨婷（thorn）	卷五：吹鼓吹論壇精選	輕鬆	24	156
李桂媚	卷六：詩評論	以石頭為師——讀《松下聽濤：蕭蕭禪詩集》	24	158
余境熹	卷六：詩評論	念念不忘必有迴響：蘇紹連的詩，麥浚龍的歌	24	163
李桂媚	卷七：詩活動	「2015詩腸鼓吹——詩聲與詩身」活動側記	24	170
本社		吹鼓吹詩論壇贊助芳名	24	07
李翠瑛	卷一：人性書寫——半人半獸	葫蘆裡裝的什麼乾坤？——現代詩中的人性	25	7
陳徵蔚	卷一：人性書寫——半人半獸	詩控情慾——神性、人性與獸性交燃出的灰燼	25	41
陳鴻逸	卷一：人性書寫——半人半獸	此性非一	25	70
謝予騰	卷一：人性書寫——半人半獸	淺探吳晟《吾鄉印象》「禽畜篇」中的人性問題	25	94
古塵	卷一：人性書寫——半人半獸	〈觀察洛夫禪詩中超現實主義的直觀與「人性」根本——以〈走向王維〉為例〉	25	99
零雨	卷二：人性書寫——對手敵手	紅樓夢中人	25	12
鯨向海	卷二：人性書寫——對手敵手	生日者／吊嘎感覺	25	14
孫維民	卷二：人性書寫——對手敵手	看護的閒聊／樂園重現的一種方式／非常極端的說法	25	16
向明	卷二：人性書寫——對手敵手	地獄	25	20
蕓朵	卷二：人性書寫——對手敵手	過了一個年	25	21
葉子鳥	卷二：人性書寫——對手敵手	二輪電影院	25	22
黃里	卷二：人性書寫——對手敵手	獵人	25	24
劉金雄	卷二：人性書寫——對手敵手	錯字	25	25
靈歌	卷二：人性書寫——對手敵手	托缽明暗	25	26
古塵	卷二：人性書寫——對手敵手	真相在人性之後	25	27
蘇紹連	卷二：人性書寫——對手敵手	對手	25	28
曾元耀	卷二：人性書寫——對手敵手	不老騎士	25	34
張啓疆	卷二：人性書寫——對手敵手	面壁	25	36
蔡富澧	卷二：人性書寫——對手敵手	鄙棄，沒肉的盛宴	25	38
孟樊	卷二：人性書寫——對手敵手	撕破臉	25	39

作者名	欄位名	篇名	期數	頁碼
方明	卷二：人性書寫——對手敵手	宴終	25	40
賴文誠	卷三：人性書寫——意內意外	影子——人性如影隨形	25	48
煮雪的人	卷三：人性書寫——意內意外	百貨公司下水道	25	49
鍾順文	卷三：人性書寫——意內意外	繭／複合式餐廳	25	50
楊瀅靜	卷三：人性書寫——意內意外	越界／母親，一廂情願	25	52
蔡琳森	卷三：人性書寫——意內意外	婚外情	25	55
阿武	卷三：人性書寫——意內意外	並不保證會快樂的嗯嗯啊啊！	25	56
楊采菲	卷三：人性書寫——意內意外	去惡	25	58
林瑞麟	卷三：人性書寫——意內意外	意料之內的意外	25	59
施傑原	卷三：人性書寫——意內意外	我有病	25	60
簡玲	卷三：人性書寫——意內意外	目擊者	25	61
季閒	卷三：人性書寫——意內意外	玉蘭花分鏡表	25	62
程裕智	卷三：人性書寫——意內意外	我放屁了	25	63
張育銓	卷三：人性書寫——意內意外	有關人的那些	25	64
孤鴻	卷三：人性書寫——意內意外	眾生相	25	65
李鄢伊	卷三：人性書寫——意內意外	弱自尊	25	66
林宇軒	卷三：人性書寫——意內意外	犧牲	25	67
吳添楷	卷三：人性書寫——意內意外	冥闇鬥	25	67
吳昌崙	卷三：人性書寫——意內意外	兒子的寵物	25	68
愚愚子	卷三：人性書寫——意內意外	鐵觀音／剃頭日	25	69
嚴毅昇	卷四：人性書寫——獸身計畫	閱《見■之史觀》——各種獸形見臺之觀察	25	75
王宗仁	卷四：人性書寫——獸身計畫	魚與獸	25	79
洪書勤	卷四：人性書寫——獸身計畫	妖怪	25	80
若爾・諾爾	卷四：人性書寫——獸身計畫	新卡普曼	25	82
周忍星	卷四：人性書寫——獸身計畫	洞穴裡的小獸	25	84
古塵	卷四：人性書寫——獸身計畫	獸身計畫	25	85
林炯勛	卷四：人性書寫——獸身計畫	飢餓	25	86
林劻頡	卷四：人性書寫——獸身計畫	圍籠裡的預言	25	87
葉莎	卷四：人性書寫——獸身計畫	八哥	25	88
林姿伶	卷四：人性書寫——獸身計畫	沐猴而冠	25	89
莊仁傑	卷四：人性書寫——獸身計畫	短吻鱷	25	90
張文柔	卷四：人性書寫——獸身計畫	獸	25	92
陳威宏	卷四：人性書寫——獸身計畫	浴火鳳凰：西藏自由之歌	25	93
陳義芝	卷五：詩家詩作——拜波之塔	蝴蝶啊，蝴蝶	25	105
陳育虹	卷五：詩家詩作——拜波之塔	託辭	25	106

作者名	欄位名		篇名	期數	頁碼
陳政彥	卷五：詩家詩作	──拜波之塔	拜波之塔	25	108
渡也	卷五：詩家詩作	──拜波之塔	阿里山茶	25	109
方群	卷五：詩家詩作	──拜波之塔	凝結的雪──尹玲教授榮退誌念／全本三字經	25	110
向明	卷五：詩家詩作	──拜波之塔	詩人私見／牛步	25	112
王厚森	卷五：詩家詩作	──拜波之塔	舞臺劇	25	113
李瑞騰	卷五：詩家詩作	──拜波之塔	攝護腺／泥土和呢喃	25	114
冰夕	卷五：詩家詩作	──拜波之塔	小說家的女人學油畫	25	116
陳牧宏	卷五：詩家詩作	──拜波之塔	只是想要不顧後果地那樣生活	25	118
賴文誠	卷五：詩家詩作	──拜波之塔	在這張綠色的稿紙上──致平溪	25	119
寧靜海	卷五：詩家詩作	──拜波之塔	穀雨	25	120
林餘佐	卷五：詩家詩作	──拜波之塔	主題樂園	25	121
林秀蓉	卷五：詩家詩作	──拜波之塔	光耀的薔薇：記詩人白萩學術研討會	25	122
王羅蜜多	卷五：詩家詩作	──拜波之塔	敲牆者／風聲／風神	25	123
李海英	卷六：論家評詩	──永無止境	度物象而取其真　妙萬物而為言──以黃梵《蝙蝠》為例重審當下詩歌寫作本土化問題	25	126
余境熹	卷六：論家評詩	──永無止境	德與尉的床邊故事：莊仁傑〈他熱的表情〉「誤讀」	25	134
江明樹	卷六：論家評詩	──永無止境	阮囊隱遁詩及其他	25	140
劉金雄	卷七：論壇詩選	──改頭換面	名字（附雪硯詩評）	25	145
游鍫良	卷七：論壇詩選	──改頭換面	分享（附李桂媚詩評）	25	148
陳美	卷七：論壇詩選	──改頭換面	改頭換面（附雪硯詩評）	25	149
坦雅	卷七：論壇詩選	──改頭換面	遷徙（附雪硯詩評）	25	150
靈歌	卷七：論壇詩選	──改頭換面	遠山（附黃里詩評）	25	153
周忍星	卷七：論壇詩選	──改頭換面	飢餓（附黃里詩評）	25	154
肖水	卷七：論壇詩選	──改頭換面	芽衣（附曼殊詩評）	25	155
劉曉頤	卷七：論壇詩選	──改頭換面	我不走了（附無哲詩評）	25	156
李冠毅	卷七：論壇詩選	──改頭換面	無題（附林炯勛詩評）	25	157
曾偉軒	卷七：論壇詩選	──改頭換面	步行日記（附鄒政翰詩評）	25	158
郭哲佑	卷七：論壇詩選	──改頭換面	烏來──獨遊烏來，致L（附嚴毅昇詩評）	25	160
李桂媚	卷八：第三屆閱讀空氣徵詩小輯		2016生原家電〈詩（失）意的PM2.5〉第三屆閱讀空氣徵詩評審記要	25	163
王永成	卷八：第三屆閱讀空氣徵詩小輯		清氣（附蕾朵評語）	25	166
辛金順	卷八：第三屆閱讀空氣徵詩小輯		室內（附蘇紹連評語）	25	167

作者名	欄位名	篇名	期數	頁碼
林瑞麟	卷八：第三屆閱讀空氣徵詩小輯	釀（附薔朵評語）	25	168
張明昌	卷八：第三屆閱讀空氣徵詩小輯	創世紀（附蘇紹連評語）	25	169
紀博議	卷八：第三屆閱讀空氣徵詩小輯	大氣（附解昆樺評語）	25	170
吳翔逸	卷八：第三屆閱讀空氣徵詩小輯	交換（附解昆樺評語）	25	171
葉子鳥	卷八：第三屆閱讀空氣徵詩小輯	婚姻PM2.5	25	172
陳偉哲	卷八：第三屆閱讀空氣徵詩小輯	2.50PM	25	172
阿涅	卷八：第三屆閱讀空氣徵詩小輯	天空的顏色	25	172
楊嬪媞	卷八：第三屆閱讀空氣徵詩小輯	註定	25	173
蔡洪玥	卷八：第三屆閱讀空氣徵詩小輯	淨化	25	173
楊智傑	卷八：第三屆閱讀空氣徵詩小輯	祈願	25	173
李貞儀	卷八：第三屆閱讀空氣徵詩小輯	空氣是一種介質	25	174
蔡文哲	卷八：第三屆閱讀空氣徵詩小輯	晴	25	174
紀敦譯	卷八：第三屆閱讀空氣徵詩小輯	心憩	25	174
本社	附卷	吹鼓吹詩論壇贊助芳名	25	175
		編輯室報告	26	6
靈歌	卷一：遊戲詩	陀螺／風箏／捉迷藏	26	8
劉金雄	卷一：遊戲詩	捉迷藏	26	10
陳偉哲	卷一：遊戲詩	放風箏	26	11
林炯勛	卷一：遊戲詩	輪迴	26	11
曾美玲	卷一：遊戲詩	盪鞦韆	26	12
柯彥瑩	卷一：遊戲詩	整人遊戲	26	12
李桂媚	卷一：遊戲詩	捉迷藏	26	13
林宇軒	卷一：遊戲詩	水　漂	26	13
黃里	卷一：遊戲詩	木頭人	26	13
溫少杰	卷一：遊戲詩	紙飛機	26	14
程裕智	卷一：遊戲詩	指間的陀螺	26	14
葉子鳥	卷一：遊戲詩	氣球／剪紙娃娃，穿紙衣服	26	15
葉莎	卷一：遊戲詩	紙娃娃	26	18
王宗仁	卷一：遊戲詩	跳房子／大風吹	26	19
賴文誠	卷一：遊戲詩	遊樂園	26	20
李蘋芬	卷一：遊戲詩	祕密泳池——記球池	26	21
孤鴻	卷一：遊戲詩	高低人生	26	23
季閒	卷一：遊戲詩	玩物列表	26	24
海宗	卷一：遊戲詩	泡泡／扁扁	26	26
孫佳瑩	卷一：遊戲詩	第二生	26	28
林瑞麟	卷一：遊戲詩	脫落	26	29

作者名	欄位名	篇名	期數	頁碼
賴文誠	卷四：詩家詩作	教室	26	107
蔡振念	卷四：詩家詩作	五月遙想	26	109
方群	卷四：詩家詩作	沙田六君子／〇	26	110
林秀蓉	卷四：詩家詩作	真相／醉／續杯／到底	26	111
陳牧宏	卷四：詩家詩作	醉夢三夜	26	113
薑朵	卷四：詩家詩作	雨落的時候／島上的睡蓮／堅果	26	114
林廣	卷四：詩家詩作	曲線人生	26	116
紀小樣	卷四：詩家詩作	失去將軍的戰場	26	119
葉莎	卷四：詩家詩作	蓋自己的房子	26	121
林劻頡	卷四：詩家詩作	紅花	26	121
李鄢伊	卷四：詩家詩作	追蹤	26	122
黃鈺婷	卷四：詩家詩作	鄰居	26	123
曾詠聰	卷四：詩家詩作	牆／沉默	26	124
蕭玉華	卷四：詩家詩作	大湖公園	26	125
項美靜	卷四：詩家詩作	烏鴉的雙眸／烏鴉的悲切／烏鴉的怒吼／烏鴉的懊惱	26	126
張詩勤	卷四：詩家詩作	鐵盒／燈的願望／被制服制服的人	26	127
謝雅婷	卷四：詩家詩作	反潮	26	129
劉康威	卷四：詩家詩作	要來得	26	130
蕭蕭	卷五：詩評論	在時間的裂縫裡，溫潤	26	132
向陽	卷五：詩評論	語言的歡愉——序姚時晴情詩集《我們》	26	138
南槍北釣	卷六：吹鼓吹論壇精選	遺忘（附海案詩評）	26	142
馮冬	卷六：吹鼓吹論壇精選	遷居（附葉子鳥詩評）	26	143
陳美	卷六：吹鼓吹論壇精選	兒時的沙堆（附Renart、雪硯、黃里詩評）	26	145
米米	卷六：吹鼓吹論壇精選	是誰砍殺了我們的樹（附雪硯詩評）	26	147
南方人	卷六：吹鼓吹論壇精選	在公園的星期六下午（附雪硯詩評）	26	149
冰夕	卷六：吹鼓吹論壇精選	靜音模式（附黃里詩評）	26	151
古塵	卷六：吹鼓吹論壇精選	夢蝶（附游鍫良詩評）	26	152
海案	卷六：吹鼓吹論壇精選	末日的二種樣子——致李婉鈺（附雪硯詩評）	26	153
游鍫良	卷六：吹鼓吹論壇精選	祭屈原（附雪硯詩評）	26	155
清歡	卷六：吹鼓吹論壇精選	聽雨（附葉子鳥詩評）	26	158

作者名	欄位名	篇名	期數	頁碼
陳子謙	第三幕：詩（人）的小劇場	刑期	27	92
蘇家立	第三幕：詩（人）的小劇場	筆戰	27	93
葉莎	第三幕：詩（人）的小劇場	這雙手，永遠無法洗淨嗎	27	94
吳昌崙	第三幕：詩（人）的小劇場	黑色中元節	27	96
林勯頡	第三幕：詩（人）的小劇場	天空總是在下雨	27	97
張育銓	第三幕：詩（人）的小劇場	等待	27	98
哲明	第三幕：詩（人）的小劇場	X戰警：天啓	27	99
柯彥瑩	第三幕：詩（人）的小劇場	畜保科實習老師偷約女學生看電影	27	100
孟樊	第四幕：未完的獨角戲	超現實的詩鬼──小評商禽	27	102
李桂媚	第四幕：未完的獨角戲	未完的獨角戲──讀蘇紹連〈陳辛益〉	27	108
愛羅	第四幕：未完的獨角戲	我在人間四月天──徐志摩的愛情故事	27	111
黃里	第四幕：未完的獨角戲	辛夷與茱萸　只是遺憾	27	114
林瑞麟	第四幕：未完的獨角戲	喜事	27	116
寧靜海	第四幕：未完的獨角戲	說好的幸福	27	118
李桂媚	第四幕：未完的獨角戲	失溫	27	121
陳牧宏	第四幕：未完的獨角戲	繼續愛你	27	122
曾美玲	第四幕：未完的獨角戲	風車的傳說	27	124
季閒	第四幕：未完的獨角戲	行吟	27	126
曼殊沙華	第四幕：未完的獨角戲	彌留（獨白劇）	27	128
張啓疆	幕後：後設‧詩	後設	27	130
陳義芝	幕後：後設‧詩	永嘉訪靈運	27	137
張啓疆	幕後：後設‧詩	後設‧詩	27	138
渡也	幕後：後設‧詩	伍鑫酵素村茶會	27	140
向　明	幕後：後設‧詩	廣場上的鴿子　徒勞	27	142
林婉瑜	幕後：後設‧詩	請求秋天	27	143
簡政珍	幕後：後設‧詩	巷口　名聲	27	144
方群	幕後：後設‧詩	隱題五首	27	146
李進文	幕後：後設‧詩	八月水果送　鬼門關前　爾時，命有奧運	27	149
蕓朵	幕後：後設‧詩	回望 那叫愛情 那叫婚姻	27	152
孟樊	幕後：後設‧詩	溫暖的黑暗──用商禽韻	27	154
莊源鎮	幕後：後設‧詩	更年	27	155
李瑞鄺	幕後：後設‧詩	文學與化學 全聾與半瞶	27	156
林柏維	幕後：後設‧詩	仲夏月夜 高雄的天空	27	158

作者名	欄位名	篇名	期數	頁碼
楚狂	卷一：接吻之前，我有話要說	我要念你如每場日出	28	46
曼殊	卷一：接吻之前，我有話要說	之後	28	48
沈眠	卷一：接吻之前，我有話要說	潔癖／戀人呻吟	28	49
林夢娟、沈眠	卷一：接吻之前，我有話要說	我們作為戀人狂	28	51
張文柔	卷一：接吻之前，我有話要說	他們覺得我很寂寞	28	52
陳鴻逸	卷二：懺情詩論	被懺情觸傷的書寫──側讀林怡翠	28	54
李桂媚	卷二：懺情詩論	與詩搭訕，懺情發聲──讀王厚森《搭訕主義》	28	61
林廣	卷三：愛上了一座廢墟	楊柳變奏曲	28	64
靈歌	卷三：愛上了一座廢墟	反覆的岔路	28	66
洪淑苓	卷三：愛上了一座廢墟	木魚敲落	28	67
蘇家立	卷三：愛上了一座廢墟	愛上了一座廢墟／流逝／溫度	28	68
林炘勛	卷三：愛上了一座廢墟	懷人／折磨無聲的幸福	28	71
李桂媚	卷三：愛上了一座廢墟	守候	28	73
林柏維	卷三：愛上了一座廢墟	可問天、愛別離	28	74
林宇軒	卷三：愛上了一座廢墟	藝術品	28	75
楊瀅靜	卷三：愛上了一座廢墟	泥土／蛾	28	76
王建宇	卷三：愛上了一座廢墟	重新聽一首還好的歌／但海可以	28	78
林宗翰	卷三：愛上了一座廢墟	我們從熟悉到陌生的過程	28	80
柯彥瑩	卷三：愛上了一座廢墟	穿越者	28	81
陳威宏	卷三：愛上了一座廢墟	隱匿的慰藉：華燈初上	28	82
曾美玲	卷三：愛上了一座廢墟	遺憾	28	83
李嘉華	卷三：愛上了一座廢墟	愛衰，虛谷無垠	28	83
陳徵蔚	卷三：愛上了一座廢墟	愛的戀物癖	28	84
項美靜	卷三：愛上了一座廢墟	在佛前	28	85
李蘋芬	卷三：愛上了一座廢墟	比較愛的那個人	28	86
陳彥融	卷三：愛上了一座廢墟	餘光	28	87
林禹瑄	卷三：愛上了一座廢墟	我不能說	28	88
季閒	卷三：愛上了一座廢墟	折彎的夜色	28	89
溫少杰	卷三：愛上了一座廢墟	過期愛情	28	90
熒惑	卷三：愛上了一座廢墟	未敢	28	91
劉曉頤	卷三：愛上了一座廢墟	悖反的光熱	28	92
曾魂	卷三：愛上了一座廢墟	午夜是溫柔的地震	28	95
徐培晃	卷三：愛上了一座廢墟	舊精魂	28	96
黃鈺婷	卷三：愛上了一座廢墟	我曾經有過一隻蟬	28	100

作者名	欄位名	篇名	期數	頁碼
謝予騰	卷三：愛上了一座廢墟	把我換成妳	28	102
黃里	卷三：愛上了一座廢墟	白露前夜聽拉赫曼尼諾夫讀七等生〈精神病患〉	28	103
吳曉	卷四：詩評論	洛夫「天涯美學」的詩學意義	28	106
王厚森	卷四：詩評論	海及其未完成的詩旅程：嚴忠政《失敗者也愛──The Sea》讀後	28	116
向明	卷五：詩家詩作	廣場上的鴿子／徒勞	28	122
方明	卷五：詩家詩作	我在懸空的斑馬線上	28	123
汪啟疆	卷五：詩家詩作	山路／片刻／生活故事／我的所有權	28	124
王厚森	卷五：詩家詩作	如果，世界末日	28	127
林婉瑜	卷五：詩家詩作	童話故事	28	128
林廣	卷五：詩家詩作	只愛一次月亮	28	130
嚴忠政	卷五：詩家詩作	神祕組織	28	132
葉莎	卷五：詩家詩作	在雲記書齋／在海邊遇見一隻貓	28	133
喵球	卷五：詩家詩作	鑊氣	28	134
李進文	卷五：詩家詩作	春畫／數學	28	135
唐捐	卷五：詩家詩作	想像的共同體	28	137
蕓朵	卷五：詩家詩作	等春天是否出版一本詩集／一夜還有一夜的冷	28	138
黃有卿	卷五：詩家詩作	縫傘／亡	28	141
方群	卷五：詩家詩作	天文三題／五行速寫／我的學生比我優秀很多	28	143
謝雅婷	卷五：詩家詩作	鄧不利多	28	146
靈歌	卷五：詩家詩作	擁有／相連	28	148
姚時晴	卷五：詩家詩作	聖誕老公公	28	150
陳瀅州	卷五：詩家詩作	刀客／偶爾	28	151
林劭璃	卷五：詩家詩作	不圓也沒關係	28	152
李桂媚	卷五：詩家詩作	筆跡──記東南詩歌吟誦會	28	153
魏鵬展	卷五：詩家詩作	我彷彿聽到熟悉的呼喚	28	154
林炯勛	卷五：詩家詩作	落選	28	155
游鍫良	卷五：詩家詩作	給自己一封信	28	156
李鄢伊	卷五：詩家詩作	心中匿藏火山的人／暴君的日常練習	28	157
林劼頡	卷五：詩家詩作	濕密	28	159
賴文誠	卷五：詩家詩作	我還在這裡	28	160
林秀蓉	卷五：詩家詩作	夢要去旅行	28	161

作者名	欄位名	篇名	期數	頁碼
張詩勤	五、歌詞簿（下）：詩戀歌	你剛來過我的房間	29	147
蘇家立	五、歌詞簿（下）：詩戀歌	左岸的花 來自右岸的呢喃	29	148
陳金順	五、歌詞簿（下）：詩戀歌	燒烙的地球	29	150
曾美玲	五、歌詞簿（下）：詩戀歌	這是一座最美麗的城市 都蘭山	29	152
林瑞麟	五、歌詞簿（下）：詩戀歌	戀的殘影 挖空的心思	29	153
賴文誠	2017論壇詩作選	結	29	154
坦雅	2017論壇詩作選	沙漏【冰夕詩評】	29	155
張育銓	2017論壇詩作選	霾害【施傑原詩評】	29	156
天使迷	2017論壇詩作選	迷路【葉子鳥詩評】	29	157
清歡	2017論壇詩作選	李商隱【游鍪良詩評】	29	158
簡玲	2017論壇詩作選	我當然知道，你不是天生的詩人【劉曉頤評】	29	159
冰夕	2017論壇詩作選	沿五十朵窗花禱告【紀州人詩評】	29	161
謝予騰	2017論壇詩作選	寂寞的十七歲【李桂媚詩評】	29	163
周忍星	2017論壇詩作選	最後一滴【黃里詩評】	29	165
季閒	2017論壇詩作選	夜雨歸人【曾美玲詩評】	29	166
翼天	2017論壇詩作選	獅子頭【黃里詩評】	29	167
白靈	截句詩選小輯	截句詩選緣起	29	168
蘇家立、周駿安、Syni Thom、Winniefred Wang、寧靜海、杜文賢、邱逸華、葉莎、葉子鳥、Chamonix Lin、吳啓銘、洪美麗、曾美玲、靈歌、吳昌崙、RuiRuishin Chang、胡淑娟、	截句詩選小輯	作者	29	169

作者名	欄位名	篇名	期數	頁碼
張威龍、項美靜、龍妍				
		論壇贊助芳名	29	175
		編輯室報告	30	6
陳鴻逸	卷一：帶夢去流浪	不給金不給銀，連最後屬於你的也不給——許願遲（池）中的外籍移民	30	8
離畢華	卷一：帶夢去流浪	雨滴	30	15
林廣	卷一：帶夢去流浪	畫一條家的路——為敘利亞難民許願	30	16
劉金雄	卷一：帶夢去流浪	許願	30	17
喵球	卷一：帶夢去流浪	我的志願	30	18
清歡	卷一：帶夢去流浪	願望	30	20
張文柔	卷一：帶夢去流浪	假如我是名詩人	30	21
靈歌	卷一：帶夢去流浪	死而復生	30	22
葉莎	卷一：帶夢去流浪	你是一個池子	30	23
謝旭昇	卷一：帶夢去流浪	許願——	30	24
曾美玲	卷一：帶夢去流浪	致親愛的人生、月亮的四個願望	30	25
王厚森	卷一：帶夢去流浪	願，望	30	27
周忍星	卷一：帶夢去流浪	願望，比大小	30	28
吳添楷	卷一：帶夢去流浪	編輯夢	30	29
郭逸軒	卷一：帶夢去流浪	冰塊的願望	30	30
徐培晃	卷一：帶夢去流浪	黑暗中彷彿若有光的地方有可能是夢	30	31
潘君綺	卷一：帶夢去流浪	夢，想	30	34
寧靜海	卷一：帶夢去流浪	告＿白	30	35
柯彥瑩	卷一：帶夢去流浪	成為詩鬼的一種可能	30	36
林瑞麟	卷一：帶夢去流浪	@	30	37
娟嬡	卷一：帶夢去流浪	老師的許願池	30	38
成孝華	卷一：帶夢去流浪	希望是皺皺的手	30	39
邱逸華	卷一：帶夢去流浪	四十蝴蝶夢	30	40
莫渝	卷一：帶夢去流浪	微願	30	41
方群	卷一：帶夢去流浪	許願二首	30	42
簡玲	卷一：帶夢去流浪	羅馬只是一個城市	30	43
孤鴻	卷一：帶夢去流浪	欠「如果」的債	30	44
李桂媚	卷一：帶夢去流浪	尋	30	45

作者名	欄位名	篇名	期數	頁碼
丁口	卷一：帶夢去流浪	尚未兌現的青春	30	46
蘇家立	卷一：帶夢去流浪	許一個殘願	30	48
曾元耀	卷一：帶夢去流浪	善男的許願	30	49
劉曉頤	卷一：帶夢去流浪	霧　抄	30	50
鄭琮墿	卷一：帶夢去流浪	我願是你的風景	30	51
蘇善	卷一：帶夢去流浪	減重計畫	30	52
陳玉慈	卷一：帶夢去流浪	幻覺練習	30	53
林炯勛	卷一：帶夢去流浪	願望在自己的願望清單上／可能被叫做池子	30	54
右京	卷一：帶夢去流浪	在許願池游泳是否搞錯了什麼	30	56
潘之韻	卷一：帶夢去流浪	你夢裡的事	30	58
吳昌崙	卷一：帶夢去流浪	人工智慧	30	59
語凡	卷一：帶夢去流浪	許願池	30	60
林家淇	卷一：帶夢去流浪	許願藤／讓風吹起	30	61
趙文豪	卷一：帶夢去流浪	許願的夢匯聚成空洞吞食的火實	30	63
佚凡	卷一：帶夢去流浪	倒退嚕	30	64
葉子鳥	卷一：帶夢去流浪	鳥籠裡的鳥許願有一個更大的籠子.net	30	65
謝予騰	卷一：帶夢去流浪	此　後	30	66
楊瀅靜	卷一：帶夢去流浪	願	30	68
蔡雨杉	卷一：帶夢去流浪	許我一個強心臟	30	69
陳少	卷一：帶夢去流浪	我把世界摺疊起來	30	70
王婷	卷一：帶夢去流浪	母　親……	30	72
向明	卷二：詩家詩作	落難	30	74
方明	卷二：詩家詩作	我看見歲月飛逝	30	75
陳克華	卷二：詩家詩作	一個父親遺棄的地址	30	76
成孝華	卷二：詩家詩作	一個人	30	77
楊平	卷二：詩家詩作	我們不得不選擇	30	78
李長青	卷二：詩家詩作	定義──仿蘇紹連〈七尺布〉	30	79
汪啓疆	卷二：詩家詩作	鳳山市／高雄猶太會堂／岡山鎮	30	80
陳金順	卷二：詩家詩作	藍晒圖	30	82
林炯勛	卷二：詩家詩作	讀了詩後寫詩	30	83
周盈秀	卷二：詩家詩作	辭職的理由	30	84
尹玲	卷二：詩家詩作	看病／只要三秒	30	85
柯嘉智	卷二：詩家詩作	這不是一首寫給你的小情詩	30	86
黃里	卷二：詩家詩作	「世界僅存著自我一人時，才能平靜和自由」	30	86

作者名	欄位名	篇名	期數	頁碼
櫨曦	卷四：吹鼓吹論壇精選	寫生【附周忍星詩評】	30	158
徐志亭	卷四：吹鼓吹論壇精選	被統一過口徑的信仰【附黃里詩評】	30	160
王建宇	卷五：詩光剪影	吹鼓吹詩雅集‧南部場：2017愛詩一起活動側記	30	164
陳鴻逸	卷五：詩光剪影	Coffee or Tea or……	30	172
本社		吹鼓吹詩論壇贊助芳名	30	175

臺灣詩學季刊社大事記（1992-2017）

1992/12/6	同仁聚會於臺中耕讀園書香茶坊：向明、李瑞騰、游煥、渡也、蘇紹連、蕭蕭、白靈討論編務及規劃詩刊未來走向。確立以「專題」及「活動」為社務導向。第一任社長為向明。創社同仁尹玲請假。
1992/12/19	創刊茶會暨專題討論會（臺北文協）：創社八位同仁（含尹玲）、劉登翰、及數十位詩友創刊茶會、宗旨介紹、及「大陸的臺灣詩學」研討會。大陸方面反應熱烈，其後於本刊第2、4、5、6、14、15期等繼續「延燒」。造成兩岸詩壇、批評界數年的話題。
1993/1/10	現代名詩講座（臺北誠品書店）：李瑞騰、蕭蕭主講，賞析白萩作品〈天空〉〈雁〉〈廣場〉、鄭愁予作品〈天窗〉〈情婦〉，賞析辛鬱作品〈順興茶館所見〉〈別了，順興茶館〉。
1993/2/14	現代名詩講座（臺北誠品書店）：向明、李瑞騰主講，賞析林冷作品〈不繫之舟〉〈阡陌〉，賞析余光中作品〈夢與地理〉〈三生石〉。
1993/3/14	現代名詩講座（臺北誠品書店）：蕭蕭、白靈主講，賞析蘇紹連作品〈獸〉〈複印機〉，賞析瘂弦作品〈鹽〉〈坤伶〉〈如歌的行板〉。
1993/4/11	現代名詩講座（臺北誠品書店）：尹玲、白靈主講，賞析洛夫作品〈清明〉〈沙包刑場〉〈西貢夜市〉，賞析夐虹作品〈絕然〉〈記得〉〈我已經走向你了〉。
1993/5/15	第三屆現代詩學研討會（彰師大）：白靈、焦桐、楊文雄、林燿德、李豐楙、莫渝、也斯、王浩威發表論文八

篇。由彰化師大主辦，所有論文均由本社同仁設計及邀請詩人學者講評。論文後亦由《臺灣詩學》收為季刊第3期內容。

1993/5/16	現代名詩講座（臺北誠品書店）：游喚、焦桐主講，賞析梅新作品〈家鄉的女人〉〈口信〉，賞析陳義芝作品〈海岸入夜〉〈熱樹林旅店〉等。
1993/6/22	現代名詩講座（臺北誠品書店）：翁文嫻、廖咸浩主講，賞析黃荷生〈門的觸覺〉〈未來和我〉等作品，賞析夏宇〈隨想曲〉〈腹語術〉〈安那其〉等作品。
1993/7/11	現代名詩講座（臺北誠品書店）：張默、管管主講，賞析商禽〈五官素描〉〈某日某巷弔某寓〉等作品，賞析朱陵〈向晚〉〈生日〉〈插花〉〈鐘與鏡子〉等作品。
1993/8/22	現代名詩講座（臺北誠品書店）：周鼎、陳義芝主講，賞析周夢蝶〈聽月圖〉〈風〉〈詠雀五帖〉等作品，賞析陳黎〈計念照三首〉〈島嶼邊緣〉等作品。
1993/9/4	現代名詩講座（嘉義文化中心）：蕭蕭、渡也主講，賞析渡也〈竹的系列〉〈面具〉等作品，賞析杜十三作品。
1993/9/19	挑戰詩人（臺北誠品書店）：蕭蕭、羅門主講，由蕭蕭就羅門詩觀、創作經驗、自我定位提出問題，由羅門作答。
1993/10/9	詩人覃子豪先生作品討論會：數十位詩友參與，本次會議係為紀念覃子豪先生逝世30週年，由本社同仁發動及設計論文題目，並邀各詩社及文學團體共同參與。
1993/10/16	現代名詩講座（嘉義文化中心）：簡政珍、康原主講，賞析陳克華〈天窗〉〈馬桶〉〈煙灰缸〉等作品，賞析向陽〈杯底儘量飼金魚〉〈阿爸的飯包〉等詩。
1993/10/24	挑戰詩人（臺北誠品書店）：李瑞騰、瘂弦主講，由李瑞騰以對臺灣文學細密觀察角度探究瘂弦詩之經歷及對臺灣詩前途之瞻望。
1993/10/24	同仁聚會（臺北）：創社八位同仁，討論編務及規劃「專題」。

1993/11/21	挑戰詩人（臺北誠品書店）：翁文嫻、周夢蝶主講，由翁文嫻對周詩研究之心得，提出對周詩創作密笈之探討。
1993/11/27	現代名詩講座（嘉義文化中心）：吳晟、呂興昌主講，自析〈我不和你談論〉〈負荷〉等詩，賞析林享泰〈海岸線〉〈群眾〉〈風景〉等詩。
1993/12/26	挑戰詩人（臺北誠品書店）：尹玲、洛夫主講，由尹玲設計問題窮究洛夫創作心路歷程，及對現代詩影響之探討。
1994/2/19	現代名詩講座（嘉義文化中心）：渡也主持，白萩、向明主講，由本社與嘉義文化中心合辦。
1994/3/	社長更迭：第6期起第二任社長由李瑞騰擔任。
1994/6/11	「從詩人到讀者的通路」研討會（臺北市文苑）：隱地、白靈、廖咸浩主講，由隱地、白靈、廖咸浩分別發表「現代詩與古典樂」、「誰來讀詩」、「從諸神的秘會到精靈的邀宴：當代詩的兩種趨勢」論文，蕭蕭、杜十三、孟樊講評。
1994/9/	同仁更迭啟事：登於第8期12頁，渡也自第7期起退出同仁行列。第8期起翁文嫻加入。
1994/9/6	現代詩教學座談會（北市貓坑茶樓）：由本刊同仁宴請並訪問葉維廉夫婦，談論他的詩教學經驗。
1994/11/20	青年詩人看「兩大報詩獎」：楊平（主持），參與討論者有吳長耀、楊宗翰、丁威仁、劉釋眠、陳大為、方安華、噴泉、方群、戰克傑、吳思飛、阿鏡、韓維君、韋銅雀等。
1995/2/26	「詩的媒介之變形和擴散的可能性」討論會：一些和詩有關及無關的人，與會者包括林明謙、劉婉俐、戰克傑、葉子、薛淑麗、李婉玲、宋天姮、盧秀娜、楊宗翰、駱以軍、劉家齊、劉芳如、陳錦穎。
1995/9/	首闢「詩戰場」專輯：第12期闢「詩戰場」之後，13期再推出「當前詩壇現象」，「詩戰場」遂成經常性之專欄。

1997/6/	網路詩版探索：米羅卡索（蘇紹連）於《臺灣詩學季刊》第19期首度介紹網路詩版。其後於各期不定時刊出「網路詩壇」專欄。
1997/9/	主編更迭啟事：第21期起蕭蕭繼白靈之後主編本刊。啟事刊於第20期頁15。
1997/12/	封面形式更迭：第21期起蕭蕭主編之本刊改換封面形式及題字。
1998/6/	介紹臺語詩：第23期本刊首度推出「臺語詩創作與評論」專輯。
1998/9/	開始推介青年詩人：第24期本刊首度推出「大學詩人作品特展」專輯，陸續介紹各大學詩社青年詩人作品。第25期再推出「大學詩社作品特展」。
1998/9/	新同仁加入啟事：第24期本刊歡迎鄭慧如加入成為第九位同仁（啟事刊於頁199）。
2000/3/	新世代詩人大展：經半年之規劃於第卅期推出1965年之後出生的詩人計五十九家，厚達二百四十頁。
2000/6/4	臺灣新世代詩人會談（於耕莘文教院六樓）：詩友一百餘人，邀請鄭慧如、李瑞騰、顏瑞芳、林于弘、須文蔚、洪淑苓等就第卅期專輯及青年詩人作品發表論文，後刊於第32期。
2001/4/2	年度詩選座談會（臺北金橋圖書公司）：與談人李元貞、鄭慧如、方群、唐捐，由李瑞騰主持。本刊並開始承印年度詩選。《八十九年詩選》發表時由本刊主辦座談。並於34期出刊專輯，35期續有座談會引言紀錄。
2002/2	本刊並開始承印年度詩選　同仁聚會決定如何慶祝創刊10週年事宜（臺北）：九位同仁參與，經費若許可則擴大舉行，包括詩選、手冊、詩獎等。
2002/7/	同仁聚會決定詩刊改版為學刊事宜（臺中）：季刊第40期出刊後平面紙本主編由鄭慧如繼任主編（至2007年共主編五年十期）。詩刊改型為半年刊（前四期包含詩創作，第五期起改為純學術論文）。並設網站由蘇紹連主

編網路創作版。

2002/8/	本刊網路創作版上路：蘇紹連主編新設立之網路創作版，於hinet申設「臺灣詩學網路創版」網站。網站建構如下：「主題詩徵稿區」、「一般詩作投稿區」、「論述投稿區」、「超文本投稿區」、「詩戰場」、「新聞臺」、「談詩坊」、「留言坊」、「詩聯坊」、「詩學同仁介紹」。不到三個月，上網投稿的詩作達至數千首，每日上網人次統計約百人以上，網站的知名度可謂一砲而紅。
2002/11/24	10週年慶（臺北詩歌舖子）：本社新舊同仁及詩友們數十位參與，並宣佈詩刊改型及歡迎丁旭輝、向陽、李癸雲、唐捐四位新同仁加入。
2003/6/11	於2003年6月7日，《臺灣詩學》學刊第一期及本刊主辦之《九十一年度詩選》發表會上，由蘇紹連宣佈建構詩論壇的計畫。其實詩論壇一事早於2002年底即已在構思中，等到詩社撥出經費，詩論壇立即於6月11日前申請網址購買虛擬主機設立phpbb3詩論壇，申請網址http://www.taiwanpoetry.com/登錄上網，並取名為「吹鼓吹詩論壇」。從此，一個大型的詩論壇終於在臺灣誕生了。至該年12月月底止，「吹鼓吹詩論壇」裡陸陸續續擔任版主的詩人有：林德俊、陳思嫻、劉哲廷、廖經元、負離子、紀小樣、銀色快手、楊佳嫻、楊宗翰、鯨向海、李長青、阿鈍、然靈、莫方、呂美親……。
2004/12	論壇擴大建構各版區：「分行詩」、「散文詩」、「圖象詩」、「俳句小詩」、「長詩／組詩」、「隱題詩」、「臺語詩」、「童詩」、「政治詩」、「社會詩」、「地方詩」、「國民詩」、「女性詩」、「男子漢詩」、「同志詩」、「性詩」、「史詩」、「原住民詩」、「情詩」、「詠物詩」、「親情詩」、「影像圖文」、「數位詩」、「應用詩」、「朗誦詩」、「歌詞‧曲」…等近三十個創作發表版。詩學論述發表區，

則設立了：「現代詩史」、「詩學理論」、「詩觀詩話」、「現象觀察」、「詩作賞析」、「詩集導讀」、「創作經驗」、「新詩教學」八個發表版。陸續加入擔任版主的有雪硯、冰夕、嚴忠政、紀小樣、曹尼、喜菡、蘇善、高湯、辛旗、范家駿、王浩翔、莫傑、penpen…等詩人。

2005/9/　　原本出版由鄭慧如主編的「學刊」之外，自此年9月起增為出版紙本的「吹鼓吹詩論壇」刊物，由蘇紹連主編，《吹鼓吹詩論壇1號「隱密的靈魂──網路詩」》出版。《臺灣詩學》終於成為詩史上同時發行雙刊物的首例。網路「吹鼓吹詩論壇」同時增設〈少年詩園〉版，為高中生和國中生的詩創作發表區。

2006/6/　　解昆樺加入本社成為新同仁。

2006/8/　　「吹鼓吹詩論壇」增設〈大學詩園〉版，為大學生的詩創作發表區。

2007/6/3　　為慶祝本社首任社長向明八秩壽誕，特於臺北教育大學國際會議廳策辦「儒家美學的躬行者──向明詩作學術研討會」，由本社社長李瑞騰主持，簡政珍主題演講，尹玲、鄭慧如、方群、曾進豐、郭楓、夏婉雲、劉正偉、盧慧貞、謝輝煌等發表論文，在場詩人、學者、研究生等達百餘人。

2007/3-6/　　舉辦「臺灣詩學十五週年紀念評論獎及詩創作獎」徵文。

2007/12/15　　於「詩歌舖子」舉辦15週年慶祝活動。頒發15週年詩評論獎和詩創作獎，同時出版學刊第10期、發表李瑞騰主編之同仁詩選《我們一路吹鼓吹》（爾雅出鈑）、七本同仁個人詩集（唐山出版）和《儒家美學的躬行者──向明研討會論文集》（萬卷樓出版）。

2007/12/　　《臺灣詩學學刊》鄭慧如卸任主編，自第11期起，由唐捐接任主編。

2008/12/　　「臺灣詩學季刊網路電子書」40期詩文全數上網。

2009/1/	「臺灣詩學吹鼓吹詩人叢書」出版方案與秀威出版公司合作。
2009/3-6/	舉辦第一屆「大學院校詩學研究獎學金」專案徵文比賽。
2009/12/	出版蘇紹連策劃主編，秀威出版之「吹鼓吹詩人叢書1-3」三冊（《血比蜜甜》黃羊川、《回聲之書》詩集負離子、《水手日誌》陳牧宏）
2010/3-6/	舉辦第一屆「臺灣詩學創作獎——散文詩獎」徵文比賽。
2010/2/1/	李瑞騰接任臺灣文學館館長，卸任本社社長，社長一職由蕭蕭繼任。
2010/6/	楊錦郁卸任本社發行人，由鄭碧容擔任。
2010/	於facebook設立「臺灣詩學粉絲專頁」、「臺灣詩學facebook詩論壇社團」。《吹鼓吹詩論壇》刊物文編名單更動為：陳牧宏、黃羊川、莊仁傑、葉子鳥、然靈。
2010/6/1	出版蘇紹連策劃主編，秀威出版之「吹鼓吹詩人叢書4-9」六冊（冰夕《抖音石》、然靈《解散練習》、葉子鳥《中間狀態》、阿鈍《在你的上游》、劉金雄《不能停止的浪漫》、莊仁傑《德尉日記》）。
2010/8	陳政彥加入本社成為新同仁。
2011/1/	「臺灣詩學」LOGO標誌設計完成，正式啟用。設計者：劉哲廷。
2011/3-6	舉辦第二屆「大學院校詩學研究獎學金」專案徵文比賽。
2011/7/	出版蘇紹連策劃主編，秀威出版之「吹鼓吹詩人叢書10-15」六冊（阿米《要歌要舞要學狼》、孟樊《戲擬詩》、劉哲廷《某事從未被提及》、喵球《要不我不要》、余小光《寫給珊的眼睛》、蘇善《詩藥方》）。
2011/9/24-25	與臺北教育大學語教系合辦「第四屆中生代詩人兩岸四地當代詩學論壇」，於北教大至善樓國際會議廳（B105）舉行兩天。邀請大陸學者吳思敬等十餘人訪臺，發表論文及座談，到場詩人、學者、研究生達百餘人。
2011/	「吹鼓吹詩論壇」網站人員組織名單更動為：站長——蘇紹連，副站長——黃羊川和葉子鳥、總版主莊仁傑，

	副總版主冰夕。
2012/1/	李翠瑛（雲朵）及方群（林于弘）加入本社成為新同仁。向陽及游喚退出本社。
2012/3-6	舉辦第二屆「臺灣詩學創作獎——生態組詩獎」徵文比賽。
2012/5/	本社與明道大學中文系、福建彰州師院於彰州共同舉辦「網路世紀，故里情懷」學術研討會，發表論文及座談，本社同仁有李癸雲、李翠瑛、方群（林于弘）等、大陸學者有陳仲義、王珂、安琪等多人參與。
2012/7/	於臺中中國醫藥大學舉辦「吹鼓吹詩壇首屆詩人聚會」，由版主群若爾・諾爾、葉子鳥、百良、王礎、余小光、然靈等人合力籌劃辦理。
2012/12/15	創社20週年慶紀念活動，於臺北內湖「古集藝創」舉行另類週年慶。包括臺灣詩學20週年詩創作獎——生態組詩頒獎，及以十六冊新書的出版——生態詩選一冊（蕭蕭、羅文玲等主編，爾雅）／世紀吹鼓吹一冊（蘇紹連主編，爾雅）／研討會論文集一冊（羅文玲等主編，萬卷樓）／同仁詩集六冊（秀威）／同仁論文集三冊（秀威）／吹鼓吹詩人叢書四冊（蘇紹連策劃主編，秀威）：以及詩人集體動手玩陶版等活動。其中「吹鼓吹詩人叢書16-18」三冊包括櫺曦《自體感官》、古塵《屬於遺忘》、王羅蜜多《問路——用一首詩》等。
2012/12/15	1992年創社同仁渡也歸隊，加入本社成為新同仁。唐捐卸任學刊主編（迄2012年12月共主編五年，出版學刊十期），方群（林于弘）繼任主編。
2013/6-9	舉辦第三屆「大學院校詩學研究獎學金」專案徵文比賽。
2013/12/	「吹鼓吹詩人叢書19-22」四冊包括肖水《中文課》、蘇家立《向一根半透明的電線桿祈雪》、范家駿《神棍》、蘇善《詩響起》等。
2014/3/	為鼓吹新詩創作，增進老、中、青三代詩人之交流，傳承詩之薪火，挖掘寫詩人才，特以寫詩、讀詩、評詩之

形式進行小型詩雅集行動，名稱訂為「吹鼓吹詩創作雅集」。第一場3月15日臺北市大安區溫州街魚木人文咖啡館舉行。每次聚會由分部召集人印製講義（不公開姓名），或請資深詩人講評，或由與會詩友輪流發表心得、評述，可供原作者日後思考、修正、發表。北部召集人為白靈，嘉義場召集人為陳政彥（3月17日下午七時在嘉義大學民雄校區人文館教室舉行）。

2014/5,7,9,11/　　北部第二、三場詩創作雅集於5月及7月在魚木人文咖啡館舉行。9月及11月改在紀州庵舉行。邀請了向明、蕭蕭、林煥彰、孟樊等擔任點評人。

2014/2-3/　　　《吹鼓吹詩論壇》與生原家電及臺中古典音樂臺合作舉辦「閱讀空氣」徵詩比賽，十行以下，徵六名，作品透過電臺及本社詩刊發表。

2014/3-12/　　由本社發起「2014鼓動小詩風潮」，聯合《文訊》雜誌、《創世紀》、《乾坤》、《衛生紙》、《風球》等詩刊，及本社《臺灣詩學學刊》及《吹鼓吹詩論壇》共八個刊物各推出「小詩專輯」，《文訊》雜誌並於北中南各舉辦「現代小詩書法展」。本社也同時舉辦「第三屆臺灣詩學創作獎－小詩獎」的徵文比賽。

2014/12/28　　本社年會同仁會議，決議由李瑞騰召集籌備「臺灣詩學叢書」的出版事宜，以展現本社詮釋現代的能力，彰顯同仁的詩學造詣，並開始向同仁邀稿。「吹鼓吹詩人叢書23-25」三冊包括靈歌《漂流的透明書》、黃里《忐忑列車》、王羅蜜多《颱風意識流》等。

2015/3,5,7,9,11/　北部第二年舉行「吹鼓吹詩創作雅集」五場詩創作雅集於紀州庵及耕莘文教院舉行。邀請了李進文、李翠瑛、蕭蕭、向明等擔任點評人。

2015/5　　　　陳徵蔚加入本社成為新同仁。王羅蜜多、李桂媚、季閒、林德俊、姚時晴、陳牧宏、莊仁傑、黃羊川、黃里、曾美玲、葉子鳥、葉莎、賴文誠、靈歌加入吹鼓吹詩論壇同仁。

2015/6-11/	舉辦第四屆「大學院校詩學研究獎學金」專案徵文比賽。
2015/8	楊宗翰加入本社成為新同仁。
2015/8/22	參與齊東詩舍舉辦的詩刊展，展售本社刊物。由葉子鳥主持。
2015/9/	《吹鼓吹詩論壇》22號出版「詩的視覺專輯」，強調【讀詩的方式大改變，不會騙你】，利用手機掃描QR code，可欣賞詩刊裡詩作的聲光。
2015/10/3	由本社與臺中文化局主辦、《吹鼓吹詩論壇》協辦的「詩腸鼓吹——詩聲與詩身」於臺中文學館舉行，以朗誦及演唱詩人的作品。
2015/12/	《吹鼓吹詩論壇》23號出版：「詩人喇舌語言混搭詩專輯」，以客、英、臺、華語等混搭，以跨語言形式創作。「吹鼓吹詩人叢書26-29」四冊包括葉雨南《雨傘懷孕》、劉金雄《回聲》、冰夕《謬愛——冰夕詩集》、游鍫良《光的折射》等。
2016/1/6	第一批「臺灣詩學叢書」四冊出版，包括李瑞騰《詩心與詩史》、渡也《新詩新探索》、李癸雲《詩及其象徵》、白靈《新詩十家論》等。《吹鼓吹詩論壇》紙本詩刊自此年起由半年刊改為季刊，一年四期，由蘇紹連與陳政彥輪編，各編二期。
2016/2-3/	《吹鼓吹詩論壇》與生原家電及臺中古典音樂臺合作舉辦「閱讀空氣」徵詩比賽，以「過濾PM2.5，詩（失）意PM2.5」為題發想，十行以下，徵六名，作品透過電臺及本社詩刊發表。
2016/3,5,7,9,11/	北部第三年舉行「吹鼓吹詩創作雅集」五場詩創作雅集，改於葉子鳥主持，於紀州庵及耕莘文教院舉行。邀請了謝予騰、莊仁傑、龍青、姚時晴、吳俞萱等5位年輕詩人擔任點評人。
2016/6/11	由臺灣詩學《吹鼓吹詩論壇》主辦的「詩與畫的交響曲」於臺中文學館舉行，結合藝術與詩作的「讀畫詩」（Ekphrasis poetry）演誦行動，邀請林煥彰、陳克華、

	王羅蜜多、渡也及多位知名詩人談畫朗詩，一同彈響詩的旋律。
2016/6-8/	舉辦第四屆臺灣詩學創作獎徵文比賽，30行內，不限主題。
2016/11/27	「吹鼓吹詩雅集——詩房四寶」活動於臺南豆儿DOR ART ROOM舉行。由王羅蜜多主評，李桂媚主持。
2016/12/	《吹鼓吹詩論壇》27號出版跨領域詩創作：「文字牽動傀儡——戲劇詩專輯」。「吹鼓吹詩人叢書30-32」三冊包括曾元耀《寫給邊境的情書》、劉曉頤《春天人質》、林烱勛《向相視一一告別》。千朔、寧靜海加入吹鼓吹詩論壇同仁。
2017/3,5,7,9,11/	北部第四年舉行「吹鼓吹詩創作雅集」五場詩創作雅集，改由靈歌主持，於紀州庵舉行。邀請了蘇家立、賴文誠、范家駿、紫鵑等5位詩人擔任點評人。
2017/3	卡夫、曼殊沙華加入吹鼓吹詩論壇同仁。
2017/4-5/	本社主辦、聯合報副刊協辦、FB詩論壇策劃的跨媒介第一回截句競寫【詩是什麼截句限時徵稿】，得獎作品十首於詩人節刊聯副及FB詩論壇。
2017/5/7	吹鼓吹詩雅集·南部場「愛詩一起」於臺南豆儿DOR ART ROOM舉行，主評人王厚森。
2017/6/	《吹鼓吹詩論壇》29號出版跨領域詩創作：「歌詞的一半是詩——歌詞創作專輯」。
2017/6/10	由臺中文化局與臺灣詩學《吹鼓吹詩論壇》主辦的「與詩對飲——談詩、茶與咖啡」在臺中文學館舉行，解昆樺主持，林德俊與薈朵對談。
2017/6/25	臺灣詩學《吹鼓吹詩論壇》與野薑花的聯合詩展於臺中文學館舉辦，以演詩劇、讀詩劇形式演出【詩的方城市——詩戲·戲詩】。此詩展2017/11/1至2018/1/28持續在臺北大學展出。
2017/6-9/	舉辦第五屆「大學院校詩學研究獎學金」專案徵文比賽。
2017/7-8/	本社主辦、聯合報副刊協辦、FB詩論壇策劃的跨媒介第

	二回截句競寫【讀報截句限時徵稿】，得獎作品十首刊於聯副及FB詩論壇。
2017/10/22	臺灣詩學到臺中文學市集擺攤，由林德俊代表到臺中文學館參與交流。
2017/10	徐培晃、陳鴻逸加入本社成為新同仁。
2017/11-12/	本社與聯合報副刊合辦、聯副文學遊藝場及FB詩論壇策劃的跨媒介第三回截句競寫【小說截句限時徵稿】，得獎作品十首刊於聯副、聯副文學遊藝場及FB詩論壇。
2017/11/12	吹鼓吹詩雅集南部場「愛詩依依」活動於臺南豆儿DOR ART ROOM舉行，主持人李桂媚，主評人郭漢辰。
2017/12/2	吹鼓吹詩雅集中部場「熊與貓話詩」活動於臺中市霧峰之熊與貓咖啡書房舉行，主持人李桂媚，主評人林德俊。
2017/12/30-1/14	本社在紀州庵古蹟大廣間舉行25週年慶祝活動。包括（1）「璀璨25（1992-2017）：無域時代·世紀之跨」詩展開幕，（2）同時發表二十五冊同仁新書（十五本截句詩集含選讀及選集、四本個人詩集、六本詩論集含25週年資料彙編）、四本吹鼓吹詩集，（3）臺灣詩學研究獎頒獎，（4）展出所有詩刊學刊影像，並將有「跨」意味的特別強調（如學刊的同志專輯、吹鼓吹的戲劇詩及歌詞專輯等），同時在另一小間展書、照片、大事記、刊物等。（5）由李桂媚為此次詩展製作五分鐘25週年回顧的影片。由蕭蕭社長策劃，白靈、靈歌、葉莎、葉子鳥等佈展。
2018/1/13	在紀州庵古蹟大廣間演出「『無域時代·世紀之跨』詩演會——表演的／魔術的／影像的／音樂的／戲劇的」。由葉子鳥策劃執行，白靈、靈歌、葉莎等協助。

編後記

如何臺灣？怎樣詩學？

林于弘

　　1990年代是臺灣現代詩學轉型的重要關鍵，在1980年代詩社詩刊的暴起暴落後，以學院出身為主力的組合，也在主客觀環境的成熟下應運而生。於是「臺灣詩學季刊雜誌社」乃在1992年12月創辦，創設社員共有：尹玲、白靈、向明、李瑞騰、渡也、游喚、蕭蕭、蘇紹連等八人，首任社長由向明擔任。關於詩社的成立宗旨，可由〈發刊辭〉一窺究竟：「站在九〇年代臺灣的土地上，我們無可避免的選擇以臺灣為中心來建構現代詩學。所謂以臺灣為中心，首先必須心中有臺灣，我們願以最大的誠信和熱情，從根本上清理臺灣的詩之經驗：我們曾經有過什麼？它們是如何形成的？其變化軌跡如此？現在又是一種什麼樣的面貌？在特定的歷史和地理條件底下，它和四周到底有過什麼樣的關係？現今又是如何的交流？而當我們以臺灣為中，究竟能規劃多大半徑的詩之版圖，而又能夠給予所有權一種合理的解釋？我們將以學術的態度和方法來面對這一個充滿挑戰的課題。朝此目標前進，我們所確定的編輯與活動之原則是：歷史與現實兼顧，理論和實踐並重；不割裂現代詩的任何一條史線，不隔絕臺灣以外的任何一地詩壇。我們希望能夠整合詩學人力，以媒體的有效編輯和活動，書寫臺灣詩史，開創現代新詩的新紀元。」
　　總的來看，此一集合聚焦的共識有二：「一是為臺灣新詩的創作與發達，貢獻心力，二是為建立臺灣觀點的詩學體系，累積學力。」因此，「挖深織廣，詩寫臺灣經驗；剖情析采，論說現代詩

學」也成為『臺灣詩學季刊雜誌社』目標顯著的文字logo」，這樣的見識，也形成「臺灣詩學季刊」努力持續的動能所在。

《臺灣詩學季刊》是詩社首份對外刊物，也是一本兼有創作與評論的綜合性詩刊。創刊號推出「大陸的臺灣詩學」專輯，聚焦並批判大陸出版有關臺灣詩學的著作，獲得兩岸詩人與研究者的普遍關注。

《臺灣詩學季刊》在1992至2002的十年間，經歷向明、李瑞騰兩位社長，白靈、蕭蕭兩位主編，以季刊方式發行四十期25開本的詩雜誌，評論與創作同步，在眾多偏向詩作發表的詩刊中獨樹一幟。不論是從創作的角度來看，或是從評論的方向思考，都足以成為臺灣在世紀之交的代表詩刊。

2003年起，《臺灣詩學季刊》刊名更動為《臺灣詩學學刊》（半年刊），逐漸轉型成以學術論文為主的刊物，版型也擴增為20開本，這是臺灣地區第一本現代詩專業學刊，並通過THCI的學術期刊審核。學院詩人向陽指出：「《臺灣詩學季刊》的組成同仁除向明為元老詩人外，其餘參與創辦者都是當時在詩壇與文化、學術界中具影響力的中壯代詩人群，他們多半具備創作、評論、研究與教學的跨領域才幹」。創社社長向明也表示：「建議創刊的人多為學院中的學者詩人，深知詩必須挖深織廣、剖情析采，建立現代詩學的張本，將我們這一代的寫詩經驗留下存證。」是以如此轉向「學術化」的趨勢，也是自然而然。

至於在創作的部分，《臺灣詩學網路創作版》創設，也分列「詩作投稿區」、「論述投稿區」、「超文本投稿區」、「臺灣詩學詩戰場」和「臺灣詩學新聞臺」等五區，其規模和之前頗有過之，另關於載體轉換，嘗試紙本精華化與利用網路特性的企圖，也在新世紀初加以實踐。2003年6月，蘇紹連提議建構BBS詩論壇，經議決後建立「臺灣詩學‧吹鼓吹詩論壇」網站。2005年9月《吹鼓吹詩論壇》（初為半年刊，2015年6月第21號起改為季刊）以紙本

方式出版，且由蘇紹連（米羅‧卡索）擔任主編。至此，「吹鼓吹詩論壇」也逐漸成為創作的主流，而「臺灣詩學」特殊的「一社兩刊」現象也正式成形。

《臺灣詩學學刊》先由鄭慧如開端，接續是唐捐和林于弘，《吹鼓吹詩學論壇》則由蘇紹連主事，兩者目前皆穩定出版，這也是新世紀以來，觀察臺灣新詩創作與評論的指標刊物。古遠清在《臺灣當代新詩史》就指出：「在詩壇興起一片詩亡之歎的情況下，《臺灣詩學季刊》的『竄起』，打破了詩壇沉寂的氣氛。」張雙英在《二十世紀臺灣新詩史》也明言：「有一群兼具詩人與學者身分的人士用集資的方式，創辦了《臺灣詩學季刊》。這一項具體行動的意義可說是非常深長，影響也非常綿遠。因為它標注著『新詩』終於跨進了學界，使新詩獲得了學界的研究力量。」「臺灣詩學」在相關研究的質量累積，肯定是臺灣新詩不容忽視的成就。

然而，也如李瑞騰在〈與時潮相呼應──臺灣詩學季刊社15週年慶〉所言：「我們站在上世紀九十年代，面對臺灣現代新詩的處境與發展，存有憂心；對於文學的歷史解釋，頗為焦慮。我們選擇組社辦刊，通過媒體編輯及學術動員，在現代新詩領域強力發聲，護衛詩與臺灣的尊嚴。」這是對詩藝的執著，對臺灣新詩史、新詩學的歷史承擔。《臺灣詩學》的歷史使命如此昭然若揭，從此展開跨越世紀的不懈奮鬥旅程。

至於蕭蕭也在〈「跨世紀與跨領域的詩學詩藝」──臺灣詩學季刊社20週年慶〉表示：「二十年來，『臺灣詩學季刊雜誌社』以『臺灣』、『詩學』為主體、為基地，但不以「『臺灣』、『詩學』」為拘限，不以『臺灣』、『詩學』為滿足，下一個二十年，全新的華文新詩界，臺灣詩學將會聯合所有愛詩的朋友，貢獻出跨領域、跨海域的詩學與詩藝，一起發光且發亮。」

這個跨越世紀的詩社（刊）已將慶祝成立25週年的到來，誠如創社元老白靈所言：「平面詩刊是一群詩人和學人以耐心和『慢

心』粘合而成，它們往往是中壯一代以上的詩人投注畢生心力的無形殿堂。」但隨著網路興盛與紙本的漸趨衰微，「結黨營詩」的詩刊時代是否已經結束？面對時代的洪流也許我們無力逆轉，但辦好一份扎扎實實提供創作並探索臺灣詩學的專業刊物，理應是所有學院詩人所無法逃避的使命。《臺灣詩學》二十五年來的堅持已樹立一個值得肯定的典範，過去的承擔是如此的堅持，未來的歷史也將持續瞻望。

以詩學，與歷史競走

楊宗翰

　　加入臺灣詩學季刊社成為社務委員，於我個人是個意外，卻也好像沒那麼意外——兩年半前我赴淡江中文系任教，始受邀加入「臺灣詩學」這個同仁團體；但早在二十多年前誠品書店一場詩活動上，《臺灣詩學季刊》便成為我生平第一本購買的詩刊。十分稚嫩卻是我首篇評論文章〈擺盪：論楊牧近期的詩創作〉，蒙主編白靈不棄，竟能在該刊第14期現身。連初次擔任網路版主的短暫經驗，也獻給了蘇紹連策劃之吹鼓吹詩論壇「現代詩史」區。臺灣詩學的同仁群、紙本版跟網路版，陪我一路走過個人詩寫與詩學的「青春期」，並容許吾輩於其園地上學習、發表及反思。故當臺灣詩學季刊社要歡欣慶祝25週年之刻，我自然沒有理由推託，遂和林于弘教授（詩人方群）聯手接下了整理資料彙編的工作。我跟「臺灣詩學」相識甚早、相戀甚晚，唯希望能相伴甚久。今日這部《與歷史競走：臺灣詩學季刊社25週年資料彙編》，便既是過往歷程之記錄回顧，亦盼增益繼續前行的壯志雄心。

　　雖云創社／刊宗旨標舉「挖深織廣，詩寫臺灣經驗；剖情析采，論說現代詩學」，「詩寫」與「論說」兩者理應並重；但實際上臺灣詩學的初始成員多在大學專任教職並從事現代詩研究，此組合堪稱是臺灣現代詩刊／文學期刊史上的創舉。當1992年12月《臺灣詩學季刊》第一期推出「大陸的臺灣詩學」專題，並舉辦同名研討會在海峽兩岸強力發聲、引起震撼，彷彿更奠定了「論說」在社／刊中的地位及份量。當代詩學研究遂成為其饒富特色的鮮明印

記，強烈的學院菁英色彩也讓自身迥異於其他詩社／刊（後期才增加了以創作為主的「吹鼓吹論壇同仁」）。若從過往歷史考察，「臺灣詩學」並非第一個欲以全國性組織來凝聚詩學研究人才的團體。1988年3月出版的第四期《臺北評論》上，就刊載了該年元月「臺灣現代詩學研究會」的發起會議記錄，參與討論者有張漢良、李瑞騰、蕭蕭、白靈、王添源、林燿德、孟樊、黃智溶、游喚、羅青、焦桐、陳義芝、趙衛民、林煥彰等二十多人，皆為彼時臺灣北部重要的現代詩研究者。可惜開完這個聲勢浩大的發起會議後，此「研究會」便不再舉辦任何活動或出版刊物，同仁紛紛獨立研究、各自打拼去了。這批當年詩學研究的「新銳」，今日論年齡皆已過六十；論資歷，則大多躍升為學術界大老或文化圈領袖。臺灣詩學季刊社雖始終無「研究會」之名，但我以為兩者的成立理念與運作規劃，其間不無可相互呼應之處。參與倡議「研究會」的李瑞騰、蕭蕭、白靈三人，更一直是「臺灣詩學」25年來能夠維持下去的關鍵要角。若從這個角度來觀察「臺灣詩學」創社／刊迄今的足跡，四分之一個世紀以來在五項任務上已有一定成績：

（一）組織各世代新詩研究人才
（二）學術化當代詩歌焦點議題
（三）累積對於新詩的批評實踐
（四）直面本地文學的歷史書寫
（五）以臺灣為本積極向外發聲

這本《與歷史競走：臺灣詩學季刊社25週年資料彙編》所錄文獻【回首來時路】，與《臺灣詩學季刊》、《臺灣詩學學刊》、《吹鼓吹詩論壇》【刊物編目】，便可謂是以上五項任務的閱兵典禮——而這些都還沒加上網路版「臺灣詩學・吹鼓吹詩論壇」（www.taiwanpoetry.com/phpbb3/index.php）裡，眾多觀念交鋒及留言激辯。

就算不含同仁在「臺灣詩學」名號下出版的論集或詩集，從1992年創立迄今共25年間，40期《臺灣詩學季刊》、30期《臺灣詩學學刊》與30期《吹鼓吹詩論壇》加起來就已滿一百部，其存在即是對詩史最為雄辯的說明。臺灣詩學近年來選擇同時發行規範嚴謹的「學刊」跟活潑出格的「吹鼓吹」，這種一社雙刊的運作模式，在歷來眾多臺灣詩社／刊中亦屬罕見。「吹鼓吹」原生於網路，復現於紙本，選錄詩篇與各期主題皆備受矚目，可說替「臺灣詩學」過往略顯凝重的學院風貌，增添一些前衛實驗與顛覆性格。《吹鼓吹詩論壇》一向歡迎自認有滿腔詩血、亟待發表的文學青年來稿，也不曾在網路上各大、小場詩論戰中缺席。與「大眾媒體」報紙副刊相較，詩刊的讀者數量當然還遠不能及。但副刊編輯顧慮到多數讀者偏愛娛樂性較強的「中額」（middle-brow）之作，對前衛詩篇往往避之唯恐不及。詩刊的讀者卻是另一種人——自認也甘於是「小眾」、對主導文化裡的中產作品基調深感不滿、對另類手法與實驗企圖懷有期待——故更傾向擁抱各式前衛詩篇。《吹鼓吹詩論壇》讓這些「小眾」有機會聚在一起發聲、交流跟論爭（無須諱言，「吹鼓吹」曾多次成為詩論戰的中心或目標）。

　　詩社是情感或理念結合下形成的團體，刊物則為詩社同仁執編與發聲的園地。一部資料彙編就算再怎麼厚，恐怕都難以呈現臺灣詩學季刊社走過25年的全貌，但至少它能夠證明，同仁欲以詩學與歷史競走之志向。若問未及參與輝煌過往的我還有什麼「個人期待」，應該就是：臺灣詩學季刊社未來能否形成一個強而有力、提出主張的詩學「詮釋團體」？

秀威經典　　　　　　　　　　臺灣詩學論叢10　PG1964

與歷史競走
——臺灣詩學季刊社25週年資料彙編

編　　著/林于弘、楊宗翰
主　　編/李瑞騰
責任編輯/徐佑驊
圖文排版/楊家齊
封面設計/楊廣榕

出版策劃/秀威經典
發 行 人/宋政坤
法律顧問/毛國樑　律師
印製發行/秀威資訊科技股份有限公司
　　　　　114台北市內湖區瑞光路76巷65號1樓
　　　　　電話：+886-2-2796-3638　傳真：+886-2-2796-1377
　　　　　http://www.showwe.com.tw
劃撥帳號/19563868　戶名：秀威資訊科技股份有限公司
　　　　　讀者服務信箱：service@showwe.com.tw
展 售 門 市/國家書店（松江門市）
　　　　　104台北市中山區松江路209號1樓
　　　　　電話：+886-2-2518-0207　傳真：+886-2-2518-0778
網路訂購/秀威網路書店：http://store.showwe.tw
　　　　　國家網路書店：http://www.govbooks.com.tw

2017年12月　BOD一版
定價：420元
版權所有　翻印必究
本書如有缺頁、破損或裝訂錯誤，請寄回更換

Copyright©2017 by Showwe Information Co., Ltd.
Printed in Taiwan
All Rights Reserved

國家圖書館出版品預行編目

與歷史競走：臺灣詩學季刊社25週年資料彙編 /
　林于弘, 楊宗翰編著. -- 一版. -- 臺北市：秀威
經典, 2017.12
　　面；　公分. -- (語言文學類；PG1964)(臺灣
詩學論叢；10)
　BOD版
　ISBN 978-986-95667-4-2(平裝)

　1. 臺灣詩學季刊社

863.064   106023559

讀 者 回 函 卡

感謝您購買本書,為提升服務品質,請填妥以下資料,將讀者回函卡直接寄
回或傳真本公司,收到您的寶貴意見後,我們會收藏記錄及檢討,謝謝!
如您需要了解本公司最新出版書目、購書優惠或企劃活動,歡迎您上網查詢
或下載相關資料:http:// www.showwe.com.tw

您購買的書名:_____

出生日期:_____年_____月_____日

學歷:□高中 (含) 以下　　□大專　　□研究所 (含) 以上

職業:□製造業　□金融業　□資訊業　□軍警　□傳播業　□自由業
　　　□服務業　□公務員　□教職　　□學生　□家管　　□其它____

購書地點:□網路書店　□實體書店　□書展　□郵購　□贈閱　□其他

您從何得知本書的消息?

　□網路書店　□實體書店　□網路搜尋　□電子報　□書訊　□雜誌

　□傳播媒體　□親友推薦　□網站推薦　□部落格　□其他_____

您對本書的評價:(請填代號　1.非常滿意　2.滿意　3.尚可　4.再改進)

　封面設計____　版面編排____　內容____　文/譯筆____　價格____

讀完書後您覺得:

　□很有收穫　□有收穫　□收穫不多　□沒收穫

對我們的建議:_____

_____

_____

_____

11466
台北市內湖區瑞光路 76 巷 65 號 1 樓

秀威資訊科技股份有限公司　　收

BOD 數位出版事業部

....

（請沿線對折寄回，謝謝！）

姓　　名：＿＿＿＿＿＿＿＿＿　年齡：＿＿＿＿　性別：□女　□男

郵遞區號：□□□□□

地　　址：＿＿＿＿＿＿＿＿＿＿＿＿＿＿＿＿＿＿＿＿＿＿＿

聯絡電話：(日) ＿＿＿＿＿＿＿＿＿＿　(夜) ＿＿＿＿＿＿＿＿＿＿

E-mail：＿＿＿＿＿＿＿＿＿＿＿＿＿＿＿＿＿＿＿＿＿＿＿